Jorge Barón **Biza**

El desierto y su semilla

Traduction de l'espagnol (Argentine) **par Denis et Robert Amutio**

W0338388

© Herederos de Jorge Baron Biza 1997 pour le texte / Attila 2011 pour la tradction **Le projet de ce livre est né d'une rencontre avec Gaston Gallo**

Ce texte a été composé en abadi MT **et en** ITC charter

La traduction a été aidée par **le CNL**.

Attila **Le Maou, 83820 Le Rayol Canadel**

www.editions-attila.net **16 rue Charlemagne, 75004 Paris**

«Le Hun détaché de la horde, plus vulnérable que menaçant (...), se transforme en une menace insolite» (*Le désert et sa semence*, p. 209).

Pour venir à bout de ce livre, le Hun était loin d'être solitaire: Daniel Caro Mateu, Robert Octobon et Alexandre Sanchez nous ont aidé à le lire; Misha Capnist, à en interpréter les italianismes ; Pauline Felix, à le corriger ; Cyril Gay, Alice Girard et Elsa Pierrot nous ont donné forces et idées pour la maquette, et Lola Duval a sauvé la couverture. Spéciale dédicace à Michèle Ignazy et aux Mots à la bouche qui, un matin de bouclage d'avril, nous ont permis de lire et de vérifier les épigraphes respectives de Celan et de Keats. **Les traducteurs, quant à eux, remercient pour leur aide et leur humour les *oriundos* argentins,** en particulier Diego Vecchio et Oliverio Coelho, mais aussi Damian Tabarovsky, Hernan Ronsino et Maximiliamo Tomas. Des *oriundos* différents, Lisa Della Isola et Gilberto Norteño, ont droit à notre gratitude pour leurs relectures «sévères mais justes». Hubert Lombard pour ses conseils avisés. Enfin, pour leur patience et leurs suggestions, merci à Attila et ses Huns.

Jorge Barón **Biza**

Le désert et sa semence

Postface de **Daniel Link**

Dessins de **Lorenzo Mattotti**

AU DOCTEUR SYLVIA BERMANN, ET À MA TANTE, AU NOM BIEN DIGNE D'UNE TANTE, MARIA LUISA PANDO DE SABATTINI

Estás aquí por ti acaricia esta idea
de carne como la libertad en el vaivén de las tinieblas
no la quemes con el aire de la nostalgia
los deseos viajeros el reto de la insumisión
relampaguean no esperan te dan lo que te atreves
para que no mueras con las viejas heridas

Estás aquí entre tus hermanos que responden
en el filo de tu audición en páginas que deshojan
la abundancia de silencio
sus bellezas te protegen a cada movimiento de tus párpados
su penuria es el enigma admirablemente propio
descífralo con esos labios separados por su línea oscura
el haz de lo sensible la descarga en los miembros
purgan tu suerte desquician tu sitio brotado de nuevo
en el espacio sin consuelo eres el invitado máximo.

FEDERICO GORBEA

Tu es ici par toi caresse cette idée
de chair comme la liberté du va-et-vient des ténèbres
ne la brûle pas avec l'air de la nostalgie
les désirs voyageurs le défi de l'insoumission
comme l'éclair n'attendent pas te donnent ce que tu oses
pour que tu ne meures pas avec les vieilles blessures

Tu es ici entre tes frères qui répondent
au fil de ton audition dans des pages qui effeuillent
l'abondance de silence
leurs beautés te protègent à chaque mouvement de tes paupières
son manque est l'énigme admirablement sienne
déchiffre-la de ces lèvres séparées par une ligne obscure
le faisceau du sensible déchargé dans les membres
purgent ton sort bouleversent ton lieu rejaillissant
dans l'espace sans consolation tu es l'invité maximal.

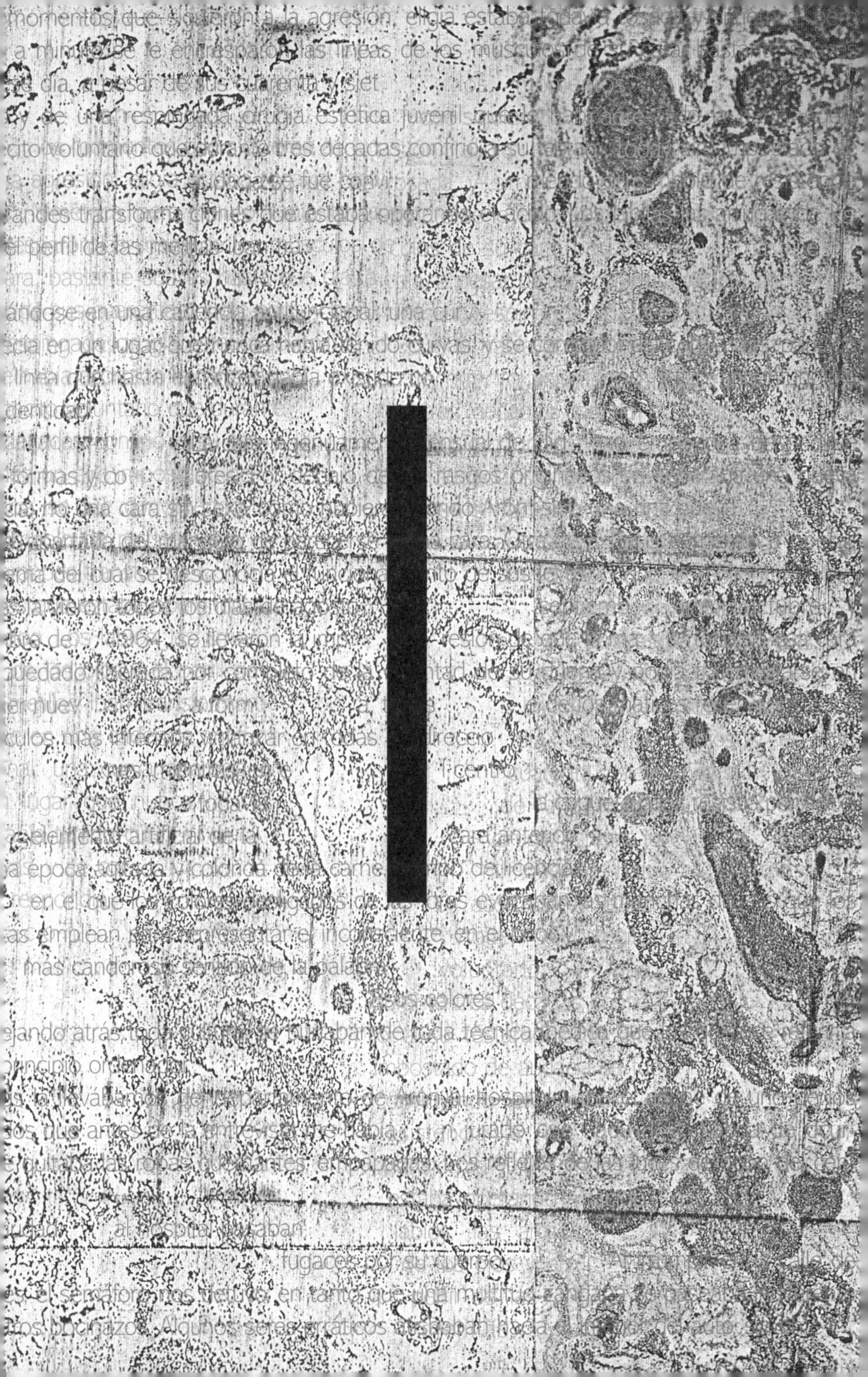
momentos que siguieron a la agresión
día, a pesar de sus cuarenta y siete
cirugía estética juvenil
tres décadas
el perfil de las mejillas
se llevaron a
culos más íntimos
época agitada y colorida de la carne
en el que los
más candorosa
esos colores
dejando atrás
principio
por su cuerpo
el semáforo nos detuvo, en tanto que una multitud
bocinazos. Algunos seres erráticos

Dans les instants qui suivirent l'agression, Eligia était encore rose et symétrique, mais de minute en minute une convulsion agita les lignes des muscles de son visage, assez douces jusque-là, malgré ses quarante-sept ans et l'insolente rhinoplastie juvénile qui lui avait retroussé et raccourci le nez. Ce léger raccourcissement volontaire, qui trois décennies durant avait conféré un faux air d'audace à son caractère entêté, devint peu à peu le symbole de la résistance aux grandes transformations progressivement opérées par l'acide. Les lèvres, les rides des yeux et le contour des joues se transformaient à un rythme étranger à toute fonction : une courbe apparaissait là où il n'y en avait jamais eu, et correspondait à la disparition d'une ligne qui jusqu'alors avait constitué un trait particulier de son identité.

Le visage ingénument sensuel d'Eligia commença à se défaire de ses formes et de ses couleurs. Sous les traits originels se générait une nouvelle substance : non un visage privé de sexe, comme l'aurait voulu Aron, mais une nouvelle réalité, délivrée de l'obligation de ressembler à un visage.

Une autre genèse se mit en œuvre, un système régi par des lois dont on ignorait le fonctionnement.

Ceux qui la virent tous les jours d'août, septembre, octobre et novembre 1964, eurent l'impression que la matière de ce visage s'était totalement libérée de la volonté de son propriétaire et pouvait se transmuter en n'importe quelle nouvelle forme, se teinter des nuances réservées aux crépuscules les plus intenses et s'élancer dans toutes les directions, tandis qu'au centre le joli nez, unique élément artificiel du visage antérieur, résistait encore.

Ce fut une époque agitée et colorée de la chair, temps de licences au cours duquel les couleurs, détachées des formes, évoquaient ces taches diffuses que les cinéastes emploient pour représenter l'inconscient, dans le pire et le plus candide sens du mot. Ces couleurs faisaient table rase de toute culture, se moquaient de toute technique médicale visant à les rapporter à un principe organisateur, quel qu'il soit.

Pendant que nous l'emmenions de l'appartement d'Aron à l'hôpital – à bord de la voiture de l'un des avocats qui m'avaient juré avant l'entrevue que rien de fâcheux ne pouvait survenir – elle se débarrassait de ses vêtements brûlants, imbibés. Les reflets des néons du centre-ville défilaient, fugaces, sur son corps. En débouchant dans la rue des cinémas, nous fûmes arrêtés par les feux, cependant qu'une foule nonchalante se promenait indifférente à notre klaxon. Quelques êtres errants lançaient des regards obliques vers l'intérieur du véhicule, sans saisir s'il s'agissait d'une scène érotique ou funeste. Les lumières clignotantes et glissantes jetaient des accords froids sur les chromes de l'automobile et sur le corps d'Eligia. Au cinéma du coin de la rue, on donnait *Irma la Douce*, et l'énorme portrait de Shirley MacLaine était illuminé par des festons aux lumières rouges et violettes qui couraient les unes après les autres: Shirley portait une jupe courte – attribut en ces temps-là des seules putains – et un sac à main voltigeur.

Eligia ne criait pas ; elle arrachait ses vêtements et gémissait à voix basse. J'aurais aimé qu'elle hurle afin que ces passants, stupides ou salaces, cessent de sourire et nous laissent passer. Mais Eligia gémissait seulement, bouche close, et arrachait ses vêtements imbibés d'acide, brûlant aussi les paumes de ses mains, l'une des rares parties de son corps à ne pas avoir été embrasée par le liquide traître. Elle avait réussi à arrêter, du dos de ses mains, une bonne partie de l'acide lancé par Aron vers ses yeux – car son intention était de la rendre aveugle, avec son image à lui comme ultime impression – et ce mouvement rapide de défense trahit l'inquiétude méfiante avec laquelle elle avait pris part à l'entrevue ; mais si les paumes furent épargnées au début, elles finirent par se consumer au cours de l'ardent strip-tease, dans la voiture qui la conduisait vers les premiers secours.

Je ne la connaissais pas très bien alors, mais j'ai toujours éprouvé une curieuse tendresse pour elle, si appliquée, si travailleuse, avec ses vêtements sobres, ses pédagogies. Elle avait toujours porté les cheveux courts, pour indiquer sa condition de femme moderne, et souligner le contour de sa mâchoire forte et sa bouche aux lèvres charnues. Elle avait toujours mis un rouge à lèvres pâle qui atténuait la sensualité de sa bouche. Les lourdes paupières de son visage originel tombaient indolemment, mais, par-dessous, ses yeux attentifs vous observaient avec vivacité. Elle avait toujours été fière de son front élancé, qu'elle essayait de mettre en valeur encore par sa coiffure.

Son histoire, le sang des Presotto – de pauvres immigrants italiens –, ainsi que sa foi obstinée en la raison et en la volonté de savoir, c'était son visage qui les manifestait avec la plus grande évidence. Mais les «toujours» de son visage étaient en train de s'effacer.

Nous étions tous les deux laconiques. Durant mon enfance, l'institutrice polonaise s'interposait dans notre vie quotidienne. Les occupations d'Eligia étaient ailleurs, du côté de son enseignement et de sa politique. Mais, au cours de mon adolescence, je compris que tous les manques ne pouvaient être imputés à la gouvernante. Pendant notre exil à Montevideo, alors que celle-ci n'était plus là et que j'étais interne dans un collège allemand où Eligia me rendait parfois visite en fin de semaine, les questions que je lui posais restaient en suspens. Elle m'écoutait, bien sûr, et me souriait à peine, ou bien me regardait en penchant la tête, mais ne répondait pas, ou le strict minimum, ou encore me répondait par une autre question : «Pourquoi n'aimes-tu pas les humanités? On t'apprend le latin dans ce collège?», ou bien: «Je ne sais pas.» Je recevais ces réponses comme des formes incomplètes, comme si quelque chose demeurait inachevé entre nous.

Je revins de Montevideo dans mon pays à quatorze ans. À dix-huit ans, lorsque Aron et Eligia se séparèrent une fois de plus, je choisis de rester avec Aron dans la capitale. De son côté, Eligia accepta une chaire d'histoire de l'éducation dans sa province natale, dans les sierras, et depuis lors nous ne nous voyions que de loin en loin.

Elle était sur la banquette avant d'une automobile, elle gémissait sans crier, et je n'y étais pour rien : je l'avais prévenue qu'Aron, durant ces dernières années qu'il avait vécues avec moi, plus longtemps séparé d'elle que lors des divorces précédents, était devenu un être dangereux.

Je me penchai par-dessus son épaule du côté intérieur de la voiture pour éponger de mon mouchoir quelques gouttes de sueur ou d'acide, et le tissu jaunit, comme si le coton se changeait en soie. Les ombres de la nuit recouvraient cette moitié de son visage d'un voile violet où brillait le blanc de son œil, regardant fixement à travers le pare-brise, cherchant le but de cet éprouvant voyage. Lorsque je me rassis sur le siège arrière, je ne parvins à voir de son visage, dans le rétroviseur, que le blanc de cet œil, assiégé d'ombres, fixé sur un point lointain, cerné d'un trait pourpre intense sur la paupière inférieure, comme dans ces dessins animés où l'on veut représenter de façon grotesque un petit animal ensommeillé. Les autres parties plongées dans l'ombre étaient un mystère bouillonnant sous l'obscurité.

Après quelques instants de très grande nervosité, je me penchai de nouveau en avant, cette fois-ci pardessus son autre épaule, côté portière. Je pus ainsi voir l'autre moitié de son visage – éclairée par la marquise du cinéma – qui contrastait, par la mobilité des lumières, avec la moitié dans l'obscurité. L'œil exposé aux éclats des néons était aussi fixe et obsédé par un but lointain que son compagnon de l'ombre. Je murmurai à Eligia «On arrive», bien que ni elle ni moi n'ayons demandé où nous allions à l'avocat qui conduisait. Je remarquai un jaune épais sur la pommette ; une seconde tache du même ton entre les sourcils, proche des ombres, qui selon toute probabilité devait s'étendre de l'autre côté, celui dans l'obscurité. Le reste du demi-visage exposé aux lumières se composait de teintes de pourpre très différentes.

Je descendis afin de disperser les passants. Je n'y parvins pas. Lorsque je regardai, à travers le pare-brise, à l'intérieur de la voiture, j'eus le premier aperçu complet des transformations en cours sur le visage d'Eligia. Les deux moitiés s'assemblèrent: le violet silencieux, d'un côté, et les stridences pourpres et jaunes, de l'autre. Je vis aussi les deux yeux grand ouverts que soulignaient des cernes enflammés. Mais ce que je n'avais pas pu considérer à partir de mes perspectives antérieures et partielles, c'était la bouche, qui, dans l'ombre comme dans la lumière, avait pris une couleur magenta; la limite entre la moitié dans la lumière et la moitié dans l'ombre, par un curieux effet, ne s'imposait pas sur les lèvres. C'est avec la même intensité que le magenta de la bouche s'avançait dans la joue violette et tranchait dans la zone polychrome, et les lèvres semblaient dotées d'une lumière propre. Par sa largeur et sa couleur, sa bouche faisait penser à celle des clowns, bien que celle d'Eligia demeurât immobile.

À la clinique, on lui donna un calmant et elle cessa de gémir. On la transporta dans la salle des premiers soins et l'on m'invita à prendre un whisky dans la cafétéria, minuscule et aseptisée. Lorsque j'en demandai un troisième, on me regarda d'un œil mauvais au lieu de se réjouir d'être tombé sur un bon client; je pris les autres au bar du coin. Il y a toujours aux alentours des grandes cliniques quelques bars, limites entre le désinfectant et la crasse, frontières à partir desquelles, aux horreurs de la vie qui nous ont entraînés là, nous opposons les horreurs que nous cultivons nous-mêmes avec obstination. Tout cela, je le compris plus tard.

Quatre mois durant, je me rendis tous les jours dans ce bar, plusieurs fois par jour, mais je ne parvins jamais à entamer une conversation avec qui que ce fût. Je ne pus – en cent vingt jours – y faire aucune avance aux infirmières ou aux femmes de service qui y donnaient rendez-vous à leurs amis pour échapper à l'ambiance de la clinique. Il m'est difficile d'établir si personne ne voulait parler avec moi à cause de quelque chose qui avait récemment obscurci ma personne, ou bien si c'était moi qui refusais ce lieu où les médecins et les infirmières s'embrassaient après avoir recouvert d'un drap un visage.

Je revins prendre ma garde au bout de deux heures. Eligia, perplexe, somnolait. De temps à autre elle émettait un sourd râle, involontaire, fatigué de lui-même. Je lui demandai de quoi elle avait besoin: «De rien. Prends soin de toi», dit-elle dans un souffle.

Sur Aron, elle ne dit rien. Les brûlures s'obscurcirent en un pourpre très seigneurial, dans de larges zones où une matière lourde s'épaississait. Au-delà du pourpre, aux limites des taches, circulait un jaune pâle, rare, presque inexistant face à la dominance de la couleur centrale. La douleur multipliait les signaux afin d'accéder à son autonomie dans le corps d'Eligia, comme le plaisir avait sûrement lui aussi conquis son indépendance en des temps meilleurs. Mais alors que les plaisirs avaient agi dans son corps avec désinvolture et clarté, la douleur arrivait avec maladresse et ne savait ou ne voulait séparer nettement les parties saines des parties brûlées : elle mêlait l'intact et la blessure, pour mieux montrer – par confusion – les dégâts qu'elle produisait.

Le lendemain matin, alors que nous étions désormais installés dans une chambre de la clinique, un proche me dit que la police avait forcé la porte de l'appartement et trouvé Aron, une balle dans la tête. « Tant mieux. Il n'avait pas un tempérament à aller en prison », fut son commentaire.

– Pourtant, il y a été plus d'une fois.

J'étais le seul à avoir vécu avec Aron ses dernières années et je savais que cette fin était inévitable. Alors que j'habitais avec lui, je me mis à éprouver un sentiment de rejet envers ses violences, chaque jour croissantes, comme envers ses romans, que je trouvais prétentieux – je n'avais même pas ouvert le dernier, écrit peu avant son suicide –, mais j'éprouvais aussi inévitablement une certaine admiration pour son courage dans la bagarre, son inclination à risquer le tout pour le tout, y compris sa propre vie, à n'importe quel moment. Tous parlaient avec respect de sa proverbiale témérité, même ceux qui avaient souffert de son emportement. Lorsqu'on m'apprit son suicide, j'eus une réaction comparable au salut que l'on fait au guerrier tombé au combat, bien que je fusse profondément horrifié par son agression. Je fus aussi envahi par cette question qui nous assaille toujours lorsque quelqu'un que nous connaissons bien se suicide: jusqu'où, et de quelle manière, avons-nous été complices? Je m'obligeai à abandonner cette inquiétude aussitôt; j'eus l'intuition de la menace que constituait cet exemple, de l'idée simple et équilibrante d'une correction par une autre balle.

Pas moi: en allant vivre avec Aron, j'appris à le connaître mieux que durant les années précédentes, faites de constants déménagements, de réconciliations et de nouvelles séparations du couple. Au cours de nos quatre dernières années, son caractère empira de jour en jour. Mon mépris s'intensifia, mais s'insinuait toujours sur un fond d'épouvante. Je décidai de me reconstruire en opposition à lui, d'être tout son contraire: aucune violence, aucun ressentiment, aucune colère. Comme je ne me sentais pas l'âme d'un saint, je pratiquai très tôt l'apathie.

Après la visite d'un de nos proches, le médecin-chef arriva dans notre chambre. Il avait un air faussement énergique. Il prit place sur une chaise et regarda très longuement, silencieusement, Eligia, qui lui rendait de brefs regards pleins d'espoir. Le docteur pratiqua d'abord une observation passive, engoncé dans sa blouse amidonnée aux initiales brodées. Finalement ses yeux se chargèrent de questions impérieuses, comme s'il avait voulu extraire un sens de ce paysage de douleur sans y parvenir.

– Comment fonctionne votre estomac ? demanda-t-il, tout en scrutant le feuillet collé à une planchette en bois que lui tendait l'infirmière.

Sous l'effet des calmants, Eligia lui répondit d'une voix pâteuse, mais ferme :

– Bien.

– C'est très important. Il faut en prendre le plus grand soin. C'est là que se forment les substances nutritives qui vont réparer le mal... Yogourts, beaucoup de jus de fruits et un supplément de vitamines, ajouta-t-il en s'adressant à l'infirmière.

– Eligia a toujours eu une santé d'acier, assurai-je.

– Je voudrais que vous la nettoyiez quatre fois par jour avec une préparation, me dit-il après m'avoir jeté un regard pénétrant. Il s'agit d'eaux minérales contenant du soufre, du cuivre, de l'arsenic et d'autres éléments. Il faut freiner cette désintégration – il désigna d'un air effaré une gaze imbibée par les suppurations. Il faut offrir à la Nature de quoi restaurer. Ces lavages vont la remettre en contact avec les éléments originels. Et puis, la nuit, ouvrez la fenêtre et laissez la clarté des étoiles et de la Lune la baigner aussi... Quel degré de parenté avez-vous avec la patiente ?

– Docteur, je ne crois pas qu'il y ait beaucoup de lumière d'étoiles qui arrive jusqu'ici. Si j'ouvre, ce qui va entrer, c'est de la saleté et les gémissements des autres chambres.

– Hein?... Vous ne pouvez pas comprendre.

– Des étoiles, non, c'est vrai, dit Eligia, mais de la Lune... Je me suis réveillée cette nuit... et il y avait un peu de clarté.

– Eligia, lui dis-je dès que le médecin fut parti, quelqu'un de raisonnable comme toi! Ne me déçois pas. On commence par la Lune et on finit comme Aron.

– Une personne raisonnable? me répondit-elle, d'une voix qui faiblissait. Ça n'a aucun sens...

Sa voix nasillarde et somnolente sembla s'enfoncer en elle-même.

– ... Ça avait du sens seulement avant...

– Avant quoi?

Mais Eligia ne répondit pas.

Le jour suivant, le traitement commença. Bien qu'il ne semblât pas s'adresser à moi, mais à un auditoire invisible, le médecin déclara après le premier passage d'Eligia sur la table d'opération, dans la petite salle de repos où il m'avait rejoint: «L'acide est très spécial.»

– Nous ne voyons pas souvent des brûlures de ce type – il parlait sans se presser. Pour le moment on ne peut pas greffer; il faut enlever chaque jour la chair nécrosée, jusqu'à ce que l'acide se calme. Ne croyez pas que cela me fasse plaisir, c'est un processus d'exposition de l'intérieur, une impudicité. Les brûlures causées par le feu nous permettent de recouvrir tout de suite; plus tôt c'est fait, mieux c'est: la nature retourne d'elle-même à son cours raisonnable. Vous le savez bien, dans ce pays, tout guérit naturellement sans que personne n'intervienne beaucoup. Dans le cas de votre mère, je ne vais pas pouvoir fermer l'œil jusqu'à ce que je puisse greffer et recouvrir tout ce délire.

– Combien de temps va durer ce processus?

– Je l'ignore. Mais il faut être absolument sûr que l'acide ait perdu son pouvoir; sinon, la greffe n'est pas irriguée et l'hémostase ne se produit pas.

– Mais, plus ou moins…

– Moi, pour être bien sûr, j'attendrais une vingtaine de jours, une quinzaine dans le meilleur des cas, cela dépend… Après cette période, réaliser les greffes va prendre quelques mois. Quel métier que le mien! – Il s'appuya sur un mur et regarda dans le vide. L'incertitude est la malédiction de cette spécialité.

Lorsque Eligia revint de la table d'opération, il lui manquait une partie des joues et ses mains étaient bandées. Dans le lit, on les lui attacha à des supports prévus à cet effet; le médecin ne voulait pas qu'elle se touche le visage, pas même en songes.

Ainsi Eligia fut-elle dans l'impossibilité de se prendre elle-même en charge. Les infirmières s'en occupèrent efficacement. Quelqu'un avait retiré le miroir de la salle de bain et – en lui attachant les mains – on la priva aussi de l'idée qu'elle aurait pu se faire d'elle d'après son toucher. À partir de ce moment, elle ne sut ce qui se passait dans son corps qu'à travers son imagination, qui s'alimentait de mots épars qu'elle entendait prononcer par ceux qui s'occupaient d'elle.

Du fond des joues d'Eligia s'épanchait à intervalles irréguliers un filet de sang et d'exsudat, qui devenait perceptible seulement lors de son entrée en contact avec le drap, car, sur sa chair luisante et dépourvue de peau, le liquide restait invisible : je veillais avec une attention constante afin de repérer le sens de l'écoulement et de l'éponger avant qu'il ne tache le drap immaculé. Mon zèle à éviter que les draps ne se salissent se transforma en une véritable obsession. Si j'échouais, la tache se répandait sur le tissu, avant de devenir brune et de s'arrêter. Je tentais de laver la trace par mes propres moyens, mais je parvenais seulement à brouillonner davantage ce sang déjà sec. Dès lors, je ne me sentais plus en paix tant que les draps n'étaient pas changés ; j'interprétais cette présence de la tache comme une grave défaillance.

Pendant les premières semaines, rien ne fut stable dans sa chair. Alors que certains secteurs de son visage se vidaient, d'autres se boursouflaient, pareils à des fruits inconnus qui semblaient naître déjà mûrs, promettant un jus extrait des vides caverneux qui commençaient à béer à proximité de ces étranges floraisons. J'essayais de regarder avec espoir ces formations, mais au fil du temps cela me fut de plus en plus difficile, car ce qui un jour annonçait une pomme sur la joue, se changeait le lendemain en une poire rouge, et le surlendemain en une énorme fraise. Son corps n'était plus qu'un rythme de vides et de tensions. Cette capacité de transformation de la chair me plongea dans la confusion. Je tentai de projeter sur ce que je voyais quelque chose de fructifère, mais je ne parvins à l'apaisement que lorsque j'acceptai tout cela comme incompréhensible et régénérateur, force renouvelant le temps et la matière chaque fois qu'Eligia revenait du bloc opératoire.

J'eus la vague impression d'avoir vu quelque chose de semblable à cette superposition de fruits et de visage dans certaines œuvres d'art. Mais ce dont j'étais le témoin involontaire à présent, c'étaient les caprices d'une substance maladroite et incontrôlable qui ne prenait pas le temps d'effacer ou de fignoler ses propres croquis.

Quinze jours passèrent. Le dessous du cou se rétracta progressivement. J'arrangeais les oreillers afin que les tendons brûlés ne tiraillent pas. Le visage et le corps demeurèrent ensemble mais sans connexion, comme si un hasard capricieux les avait réunis.

Le plus insolite se passait dans les joues. L'ablation partielle laissait des bourrelets de chair qui augmentaient la profondeur des cavités ; là, le bouillonnement des couleurs offrait une fausse impression d'exubérance, peinture féroce d'un artiste enivré de ses pouvoirs.

Au fond des puits que creusaient les médecins, réapparaissaient chaque matin, après le bloc opératoire, les couleurs joyeuses du premier jour, les couleurs des blessures fraîches, qui dénonçaient la présence de la vie et promettaient la guérison. Au début, je pus croire à l'harmonique beauté de ces incendies : les tons se définissaient réciproquement par complémentarité ou par proximité. Certaines zones prenaient la même valeur de saturation, mais lorsqu'il existait des différences d'intensité, elles se compensaient, de telle sorte qu'un pourpre très intense était cerné par un violet passé. Si l'équilibre entre deux taches se rompait au point qu'un ton en domine un autre, la situation s'inversait après l'intervention chirurgicale suivante.

Les zones de couleur se dissimulant dans les cavernes ouvertes par les médecins, j'étudiais de près les abîmes des joues, pour observer leur évolution et faire le vœu que de ces coups de pinceau renaisse l'harmonie. Ainsi je m'introduisis dans les secrets de l'espace en négatif, la niche sans sculptures ni statues. Là, les blessures avaient leur propre vie, retirées, cachées par les épais bourrelets. Ces bourrelets et les concavités qu'ils enserraient formèrent un espace chaque fois plus profond, au fond duquel chaque point semblait prêt à éclater d'énergie vitale sous la force surgie de la peau blessée, renouvelée constamment par le bistouri. Le décharnement quotidien générait une vie différente, étrangère au corps et aux soins, origine autonome d'une substance organique affranchie de toute régularité. Laborieusement, le chaos foisonne.

Cette floraison extravagante fut interrompue par les roches. Après deux semaines employées à retirer les nécroses, on pratiqua les premières greffes, hâtives. Le rythme des interventions chirurgicales se calma, et les entrées dans la salle d'opération s'espacèrent peu à peu au cours des trois mois suivants. Eligia perdit son aspect luisant et se couvrit d'une croûte sombre et opaque. Le temps des couleurs révolu, vint celui des formes. Sur sa peau apparurent des lignes qui s'étiraient par des chemins inattendus. Les courants de l'acide se manifestèrent avec un retard sournois, se moulant sur la chair, l'érodant, transmutant la vie en géologie, non pas en une géologie sédimentaire et horizontale, mais en vestige d'une activité volcanique comme déjà refroidie, aux prétentions d'éternité, stable, fixe et inexpressive comme le désert.

L'extérieur avait pris une importance qui rivalisait avec l'intérieur. En Eligia, les formes ne se modelaient plus en prenant appui sur les os, mais un nouveau principe structurant entrait en compétition, tiraillant depuis la surface.

Les muscles s'adaptaient à un système de lois dans lequel les tensions de la peau et le relâchement des cicatrices comptaient autant, sinon plus, que les articulations et les appuis fermes, comme si, après avoir été mis à nu, les os avaient perdu une partie de leur efficacité formelle et devaient lutter contre les greffes pour modeler le corps.

Le jour de l'agression, l'acide était arrivé au visage d'Eligia de bas en haut : elle s'était levée avec ses conseillers juridiques, convaincue que l'entretien avec Aron était terminé, encore inquiète, mais espérant avoir résolu le problème définitivement – tout était arrangé, à présent, enfin le divorce, après tant d'années ! Aron était resté assis, souriant, il se versait d'une carafe un liquide qui semblait être de l'eau. Les marques de l'acide demeurèrent, de ce fait, orientées en contradiction avec les lois de la gravité.

La transformation de la chair en roche recouvrit les couleurs luisantes. Je compris que, pour moi, l'illusion des métaphores avait pris fin. L'attaque d'Aron faisait du corps entier d'Eligia une unique négation, sur laquelle il n'était pas aisé de bâtir des sens figurés. La fertilité du chaos l'abandonna. Ce ne fut qu'avec le passage des mois que je pus comprendre cela dans sa complète acception, et plus tard je sus combien l'impossibilité de voir des métaphores dans sa chair correspondait pour moi à l'impossibilité de penser par métaphores à mes sentiments.

Les fruits quotidiens cessèrent de mûrir. Une rigidité générale envahit le visage d'Eligia ; les protubérances se figèrent en une surface lunaire inexpressive. Mais avec cette rigidité, les cavernes et les vides prirent un sens nouveau : la chair pétrifiée conféra aux traits une quiétude qui permettait de déduire des relations entre une forme et une autre. Ces relations étant fixées, la pédanterie des perspectives et des certitudes me revint, qui me permettaient d'analyser la situation d'un point de vue purement spatial et impersonnel, sans me laisser assaillir par des méditations sentimentales. Je procédais à mes observations d'un point de vue abstrait, concentrant mon attention, non sur la main qui avait lancé l'acide, ni sur la souffrance de la victime, ni même sur la haine ou l'amour qui avaient motivé l'agression, mais sur les relations spatiales dans le visage d'Eligia. Si cela s'avérait nécessaire, je découpais du regard la peau brûlée, jusqu'à des fragments si infimes que s'y perdait tout sentiment humain de ce qui s'y passait. Je me concentrais sur ces surfaces minuscules et construisais entre elles des relations par lesquelles je tentais de m'expliquer ce qui était en train d'advenir.

Auparavant, les fruits éphémères qui s'étaient insinués dans tout le corps d'Eligia invitaient à ce qu'on les touche pour s'assurer de leur forme inattendue, sous prétexte d'éponger le sang et le plasma y suppurant. Les galeries et les failles qui apparurent par la suite exigeaient un regard proche et scrutateur, d'abord parce que la stupéfiante structure exhibée le réclamait, ensuite parce que ce que l'on voyait au cours de cette étape pierreuse était bien plus abstrait – et pour autant irréfutable et intangible – que la fascination exercée par les fruits de la période antérieure.

Son visage vomissait des couleurs et prenait l'apparence de ces creux trouvés dans les cendres de Pompéi, qui marquent le lieu où un être humain, asphyxié par l'éruption, s'est consumé : vide dont seul un effort d'imagination laissait deviner au spectateur la chair qui l'avait créé, jusqu'à ce qu'un archéologue obvie et sacrilège pense à le remplir de plâtre. De même que les chirurgiens, l'archéologue obtint l'horreur dont personne ne peut détourner le regard, il revint à la simple exhibition du cruel, à la différence de ce qu'avaient été auparavant ces empreintes dans la lave : une théorie générale de ce qui nous détruisit et nous menace encore.

La précision de la pierre, bien qu'elle ne conformât que des ruines, se présentait comme le revers éternel de toute figure humaine, la limite – effroyablement connaissable et présente – de nos illusions, le non-être qui s'installe avec l'exactitude d'un géomètre à l'intérieur de la glaise que nous sommes si négligemment. Ainsi s'opéra en Eligia le passage des hallucinations de l'apparence aux fausses lois du remplissage.

Malgré tout, de temps à autre, lorsque les anesthésies et les calmants lui accordaient un instant de pleine conscience, Eligia réorganisait son corps et arrachait à ces fragments, régis au cours de cette étape par une loi hermétique qui l'emprisonnait, des lueurs d'intégrité, un «Je ne serai pas vaincue par le désert»: elle se constituait tout entière autour d'une dignité tenace rendant le processus qui la rongeait sans importance.

Je me plaisais à croire que la récente rigidité de l'espace sur le visage d'Eligia contrariait les desseins d'Aron: en la brûlant, il n'avait pas éliminé la chair qu'il aimait, mais l'avait sublimée par la démolition, comme pour des ruines romantiques. Et, à la manière d'un œil qui reconstruit d'instinct la géométrie incomplète d'un carrelage, je reconstruisais son visage avec les minuscules fragments survivants. Mon regard comblait, de mémoire, les ellipses actuelles de son visage, et ce souvenir rendait plus intense ce qui désormais n'était plus.

Malgré ses entraves, Eligia s'essaya au mouvement. Ces mouvements qu'elle exécutait étaient très localisés et réduits afin de se faire peu à peu, je crois, une idée kinesthésique de son nouveau corps, faute d'autres sens à solliciter. Au cours de cette période, je ne parvins pas à saisir l'intensité de son désir d'explorer les changements qui se produisaient en elle. Pour moi, la laisser vérifier avec précision combien elle avait changé n'avait pas de sens ; je craignais que le choc fût excessif, et les médecins m'approuvaient. Il semblait préférable de la maintenir dans son obstination de changer à n'importe quel prix, de se transformer même si elle ne savait pas ce qu'elle était. Je ne compris que bien des années plus tard à quel point la lâcheté, travestie en bonne volonté – celle des médecins, des infirmières et la mienne –, lui avait infligé une torture qu'aucun bourreau d'opérette n'aurait osé concevoir.

Lorsque Eligia bougeait, dans l'infime mesure où ses entraves le lui permettaient, ses traits rongés jusqu'à l'invraisemblable indiquaient clairement qu'il lui était arrivé quelque chose d'impossible : sa réalité, par excès de souffrance, n'était plus convaincante. L'état de son nouveau corps lui interdisait tout plaisir, tout orgueil, l'assignait inexorablement à un destin, à une intention absolue : changer sa situation. Dans l'impossibilité de se voir, de se toucher, il ne lui était possible de penser son corps que comme terrain de réparation, c'est-à-dire comme une chose qui n'existe pas, mais qui se prépare à exister. Elle emmura ce présent réduit à de la pure souffrance ; elle eut l'intelligence de n'attribuer aucune connotation intellectuelle ou existentielle à la douleur. Pour s'en sortir, elle était contrainte de viser un but précis et de s'y tenir.

Elle ne posa pas de questions sur les techniques qu'on lui appliquait : il lui importait beaucoup plus de s'assurer qu'elle prenait la direction d'une vie différente. Le moindre signe dans ce sens lui était un soulagement énorme. Sa conscience s'inonda de futur. Au cours de ces journées terribles, les actions, les objets n'avaient pas d'importance en eux-mêmes mais seulement dans la mesure où, bouées ou morceaux de liège, ils pouvaient la faire aborder en dérivant une nouvelle forme d'existence. Cette nécessité d'un futur exerça un effet positif, d'abord en ce qu'elle était essentielle et constante, mais aussi en ce qu'elle effaçait pour toujours ses prurits psychologiques – qui avaient déjà été carbonisés – et fondait sur l'espoir une rationalité nécessaire.

Ainsi opère en nous la serpentante efficacité du bien, le passage de l'éphémère à Dieu.

Ma sœur ne vint pas à la capitale car elle était presque une enfant, et il fut convenu entre nous tous qu'elle resterait dans la ville de province où elle avait vécu pendant ces quatre dernières années avec Eligia. Mon frère dut s'occuper des affaires familiales afin d'assurer le paiement des coûteux traitements médicaux. Sans que jamais il en soit question explicitement, c'est moi qui fus chargé des soins d'Eligia.

J'avais toujours eu horreur de m'occuper de quelqu'un. Voilà maintenant que j'étais chargé de m'occuper d'Eligia. À la clinique, je m'affairais à des tâches fictives, je ne me douchais jamais et ne dormais pas davantage dans le lit prévu pour l'accompagnateur. Dès que j'avais un moment de liberté, je me précipitais pour me doucher et me changer dans ce qui avait été l'appartement d'Aron, où je me réinstallais parce que je n'avais pas de lieu qui fût mien.

Un mois avant l'agression, je m'étais enfui de cet appartement, après une violente discussion avec lui. Il me faisait peur.

J'avais passé alors vingt jours à vagabonder dans la ville. Tard dans la nuit, lorsque le froid de l'hiver faisait disparaître les gens, les places retrouvaient leur apparence de jardin mais, flottant dans l'air, demeurait un arrière-goût barbare d'espace saccagé, avec des lampadaires brisés, des papiers tourbillonnant dans les bourrasques, des pelouses piétinées par des milliers de chaussures, de sorte que les clôtures basses qui les protégeaient ne servaient qu'à signaler : « AUTREFOIS, GAZON ! » Une force colérique dévastait les places durant la journée et s'acharnait sur chaque banc, chaque statue, chaque sentier. Mais, une fois passé le milieu de la nuit, la catastrophe semblait remonter à des temps lointains. Des arbustes et des arbres émanait, malgré la furie répétée du jour, l'assurance qu'ils résisteraient à tout et, dans l'obscurité, ils dialoguaient silencieusement entre eux, piégés par les architectures fonctionnelles qui, dans l'ombre, n'étaient plus qu'une limite inflexible.

Quand le vent ne soufflait pas, je demeurais immobile comme eux, à boire à petites gorgées tranquilles, absorbé dans une fascination intemporelle, jusqu'à ce que les premiers autobus du petit matin rompent l'enchantement. Cependant, c'était d'humeur maussade que je sortais de ces nuits calmes.

Mais, lorsque le vent faisait osciller les branches et que se déployait un jeu d'oppositions entre la rigidité du tronc et la souplesse des faîtes, mon corps se mettait en branle et j'allais d'un endroit à l'autre pour observer comment les branches résistaient ou cédaient, pour ne rien perdre de l'agitation, n'en ignorer aucune perspective.

Un membre de la famille tomba sur moi et finit par me convaincre de loger chez lui. Peu après Aron agressa Eligia.

Quatre années auparavant, à dix-huit ans, lorsque je commençai à me saouler régulièrement, les prétentions à la méchanceté des êtres humains m'étaient clairement apparues comme ridicules. Dans les bars, cela l'était plus encore : les poivrots pathétiques s'agressaient, trahissant tous les bons moments qu'ils avaient vécus, exhibaient leurs perversions avec espoir. Ils en étaient risibles et impuissants. Mais même parmi les gros poissons, ces types sobres qui parvenaient lucidement à leurs fins, la volonté d'être méchant restait dérisoire devant la très supérieure disposition des faits et des choses.

À cette époque-là, l'Histoire faisait de nous, systématiquement, des clowns. Nous vivions des temps d'instabilité politique et les nouvelles se résumaient à un défilé de civils et de militaires, tous affublés de symboles du pouvoir et promettant châtiments ou paradis. Nous les voyions disparaître au bout de quelques années ou même de quelques mois, sans avoir rien accompli. Certains de ces sauveurs, après leur passage au pouvoir, réapparaissaient en chair et en os dans nos bistrots et nos *boliches*, leur regard éteint s'enflammant uniquement lorsqu'ils rêvaient à leur gloire passée.

C'est ainsi que je me fis très jeune une idée burlesque du mal.

Un jour, un avocat apporta à la clinique un porte-document ayant appartenu à Aron et rempli des pièces destinées à préparer la succession. Tenant les feuillets à la hauteur des yeux d'Eligia, il expliquait d'une voix pleine d'ennui le contenu de chacun d'eux. Parmi les documents administratifs qui faisaient partie des nombreuses procédures de divorce lancées au cours de leurs vingt-huit ans de mariage, se trouvait une photo d'Aron et d'Eligia où celle-ci était très confortablement blottie contre son épaule. Je ne réfléchis pas à l'expression de bonheur affichée par Eligia sur la photo ni aux motifs qu'avait eus Aron de la conserver. Je l'escamotai d'un geste brusque et la gardai dans une poche, croyant qu'elle ne voulait pas le voir, même en photo.

Ensuite, assis au bar, j'examinai attentivement l'image. Je compris que la relation d'Eligia avec Aron ne se laissait pas décrire de manière simple et ne se prêtait pas facilement aux mots. Suite à cet épisode, j'écartai toute base solide à mes suppositions. Mais je n'avais pas l'esprit aux subtilités. L'échafaudage de besoins bâti par les souffrances d'Eligia et les exigences du traitement m'évitèrent d'approfondir la question. Cependant, l'idée que le chaos est plus tolérable que le désert, idée que j'avais éprouvée tant avec l'esprit d'Aron qu'avec le corps d'Eligia, sema dans ma conscience en ce temps-là : l'idée que le mal n'était pas accessible à la volonté, et que s'il affectait parfois l'homme (moins fréquemment que son orgueil le supposait), c'était en conservant le même caractère que dans la nature : involontaire, total et absent, comme dans les déserts rocheux.

Afin de distraire Eligia durant ses heures de lucidité, je pris l'habitude de lui lire les articles les plus intéressants d'une revue d'histoire. En parcourant d'anciens exemplaires dans l'intention de choisir quelque chose d'approprié, je trouvai un article sur la résistance aux gouvernements fascistoïdes des années 1930. Je vis la photo d'Aron. Dans le texte était reproduite une proclamation politique rédigée par lui en 1934 :

[L'HEURE DE LA LUTTE EST VENUE !]

Des champs de notre patrie, des cercles civiques, des universités et des usines s'est élevée la clameur de la jeune génération, qui refuse de demeurer impassible face à la toute-puissance des minorités oligarchiques, qui menacent de réduire à néant, définitivement, la structure démocratique et républicaine de la Nation.

Une crise intense secoue notre communauté nationale depuis trois ans. Nous avons vu la conformité constitutionnelle bafouée, les normes juridiques corrompues, la dignité de la magistrature affaiblie. Nous avons assisté à l'humiliation de notre fierté internationale, à la mutilation du droit prolétarien, à la perte de notre crédit à l'étranger, à l'amoindrissement de l'honneur de notre armée. Et nous voyons aujourd'hui, au milieu de l'affolement et de l'impunité, des groupes armés, imprégnés d'une idéologie servile et étrangère, qui ne cachent plus leur rancune antidémocratique et annoncent l'imposition par la force d'une dictature de classe : la droite conservatrice lutte pour l'avènement de cette dictature, car elle pense que c'est l'unique moyen de maintenir ses monstrueux privilèges politiques et économiques qui font honte à ce pays tout en l'appauvrissant.

La vague de violence, qui secoue la vieille civilisation, avec ses haines raciales et ses frontières, ne saurait trouver auprès de nous nul écho.

La droite prépare l'escamotage définitif de la volonté de la majorité populaire consacrée par la Constitution, le brutal esclavage des classes laborieuses, et la remise de nos richesses nationales entre les mains capitalistes d'impérialismes étrangers.

Face à ce spectacle humiliant, nous constituons l'Association démocratique, organisation civile de lutte qui s'inspire des principes élémentaires de la Constitution…

Par ce manifeste, nous exhortons et appelons à l'action tous les Argentins courageux. En rejetant faiblesse et défaillance, nous en appelons aux hommes jeunes d'esprit, de corps et de mentalité, sans distinction de classes ni de corporations.

Nous mesurons et comprenons la signification de nos paroles, et assumons la responsabilité de l'attitude que nous adoptons. Notre honneur et notre vie sont engagés dans notre lutte.

Aron Gageac.

L'article recensait également les peines de prison qu'il avait purgées, les fuites, les conspirations contre des gouvernements militaires, les exils, les grèves de la faim, les trains payés à ses frais pour mobiliser ses partisans, les journaux clandestins... Un sentiment contradictoire me revint: le vieux avait été violent, cruel, enragé, mais il avait vécu avec passion, s'était engagé corps et âme pour ses idées, avait dépensé des fortunes à combattre des dictateurs, après en avoir dilapidé de plus importantes encore avec des putes en Europe. Je ne parlai pas de l'article à Eligia.

Un matin, alors que la porte de sa chambre s'ouvrait, je surpris un curieux qui épiait dans le couloir. Il regardait depuis un autre monde, depuis une réalité dans laquelle santé et maladie se confondaient en un seul mot, normalité, cette normalité qui donne le droit et la crainte d'épier ce qui est étranger à sa nature. Un monsieur normal, qui venait rendre visite ou s'occuper d'un malade normal, c'est-à-dire qui souffrait d'une douleur qui n'avait été souhaitée par personne. Plus tard, je revis le même curieux expliquant à ses proches: «La pauvre! Ils la laissent comme ça...!», et, levant des bras rigides, il essayait d'évoquer la sensation d'immobilité crucifiée. Tous avaient oublié leur propre malade, qui sifflait avec difficulté après une trachéotomie.

Mes moments libres, je les perdais au bar ; c'est à cela que se limitaient mes contacts avec l'extérieur. Aider Eligia était une corvée tolérable car nous aimions tous deux le silence. Elle ne faisait jamais de drames ni de caprices ; elle passait des heures entières sans rien dire, sans que personne ne sache à quoi elle pouvait penser. Les seuls moments qui me perturbaient étaient ceux où je ne pouvais éviter la proximité la plus immédiate : l'aider à se redresser, quand j'entrevoyais les blessures cachées de son corps ; lui donner à boire et à manger ; laver ses blessures.

Ainsi la vérité défait-elle avec constance les échafaudages protecteurs de notre esprit.

Au bout de trois mois, le seul élément encore identifiable était le nez court et insolent, qui s'était pétrifié entre les joues concaves. Une furie immobile de glace oxydée se massait autour de cet ancien trait, vestige d'une coquetterie du passé. C'était l'ultime signe d'une identité qui s'en allait, balayée par les vagues d'un nouveau profil, inhumain. Les ailes avaient rapidement disparu, mais l'arête du nez, soutenue par le cartilage, avait bien résisté. En enlevant, lors de la dernière intervention chirurgicale, l'extrémité du nez et la partie la plus molle du cartilage, le dernier bastion qui la rendait reconnaissable tomba.

Au quatrième mois de traitement, observer le

visage d'Eligia me donnait une sensation de liberté. Fin du fonctionnalisme : si la forme que nous avons détermine ce que nous sommes, Eligia nous avait dépassés. Il est certain qu'un visage, un corps, signifient tellement pour nous que leur présence demeure toujours vague, confuse, à cause du trouble qu'engendre en nous tout ce qui se manifeste dans sa nudité et dans son entier. Les visages – du moins pour moi, qui suis timide – n'acquièrent leur précision qu'après leur reconstruction par la mémoire.

Un jour le nouveau médecin-chef arriva. Personne ne nous expliqua la disparition de l'ancien. Le remplaçant annonça avec une joie forcée que la première étape était terminée. Il félicita Eligia de son courage, il la loua d'être une excellente patiente, une stoïcienne quasiment, femme d'une force comme il en avait peu vu au cours de sa vie. Le temps d'un repos bien mérité et de la récupération était venu, avant d'entreprendre la chirurgie reconstructrice, «qui fait des merveilles». Il fit également l'éloge du travail du médecin-chef précédent, «un savant malgré ses idées peu orthodoxes sur l'efficacité symbolique, mais qui n'interféraient en rien avec son travail scientifique, croyez-moi».

– Pour des cas tels que le vôtre, poursuivit-il, nous avons peu d'expérience ici. Je vous recommande de vous faire opérer par le professeur Calcaterra, à Milan. C'est le meilleur du monde. Il était déjà médecin-chef en chirurgie reconstructrice du visage au début de la guerre. C'est dire l'expérience qui est la sienne. Bien sûr, notre ancien médecin-chef défend des opinions différentes de celles de Calcaterra, je dirais presque qu'ils partent de conceptions opposées de la chirurgie. L'un est spécialiste de la reconstruction, et le nôtre des brûlures.

– Ce n'est pas un chirurgien plasticien qui doit m'opérer ?

– Les spécialistes de la reconstruction sont l'élite de la chirurgie esthétique. Nous sommes, en quelque sorte, les pompiers des soins, mais ceux qui travaillent dans la restauration sont des spéléologues, ils vont en profondeur.

Avant notre départ pour l'Italie, un ami médecin m'avoua qu'aucun chirurgien du pays ne voulait opérer Eligia parce que c'était une personnalité connue, et elle s'en tirerait mal quoi qu'on fasse.

– Ici on a fait ce que n'importe quelle autre équipe aurait fait dans un tel cas : enlever la nécrose et reboucher.

– Alors les lavages quatre fois par jour et les bains de lune, ce n'étaient que fables ?

– Non. Cela a servi à ce que tu te sentes utile.

Montevideo, le 2 octobre 1955

«Je suis fier de ce école»,
par Mario Gageac
(COMPOSITION)

En ma troisième Année dans l'Allemand École Herder de Montevideo, que nous aimons tous tant, je veux par cette Composition ma Reconnaissance exprimer.

Je me souviens de ce premier Jourscolaire en 1953, lorsque je solitaire intériorarrivais avec mon français Nom sur le dos, et le peu de l'Allemand Langue que je me rappelais, apprise quand un petit Enfant de six ans j'étais vraiment, en Suisse, plus un peu que je pratiquais après avec l'Institutrice, qui parlait Allemand bien que Polonaise elle était. Mais avant que dans ce École j'intériorisquais, mon Allemand malheureusement oubliant j'étais et beaucoup de Difficultés j'ai pour l'apprendre car cette École est pour Garçons depuis leur naissance qui Allemand parlent, et pas pour Étrangers comme moi. Je demande Pardon pour mes Erreurs.

Au moment de la Rentrée, le Peur je ressentais encore, car huit mois avant dans le Prison des Mauvaisesfemmes une Semaine, avec Eligia et ma Petite Sœur, là-bas dans mon Pays enfermé je restais, parce que la Police ne pas voulait dire qu'Eligia emprisonnée elle était. Moi je crois que celle qui aurait dû dans ce Prison enfermée rester aurait dû être la grande Politiquefemme de mon Pays, l'Épouse du Général, au Lieu de nous. Parmi les Putains et Voleuses elle était obligée de dormir, comme nous, car dans ce Lieu ils n'avaient même pas de Pavillon spécial pour les Politiquesfemmes, car le mien n'est pas Pays qui dans l'Ère de la Raison vécu ait : seulement Moyen-Âge et Romantisme. Pas comme cet Libreterre uruguayenne où réfugiés nous sommes. Je sais je dois de ces Choses même pas parler : de mon Pays, aucune Parole.

Mais une de ces sales Putains qui pour Bonniches du Général l'affaire ne faisaient même pas (et pour cette raison dans la Prison étaient en ces Temps – il y a si peu dépassés pour toujours – où les Putains promenaient par là, et voulaient Viceprésidentes être) avec beaucoup de Gentillesse me traitait et dans ses bras me tenait quand Eligia à l'Interrogatoire appelée était, et aussi de la Voleuse me défendait qui toujours criait à moi « Oligarque », et promettait qu'elle à toute ma Famille nous tuerait, aussi mon opposant Grand-Père.

Lorsqu'elle revenait de l'Interrogatoire, Eligia très énergiquement me recommandait, pas de Politique du Pays et encore moins du Général et de son Épouse parler. Car cela très dangereux c'était. Que si je disais quelque chose fausse ou un Nom propre, toujours dans la prison nous devrions rester. En résumé, de mon Pays, absolument rien du tout dire ; c'était le Mieux. Je devais pas parler.

Non plus je devrais des Mots comme « Putain » ici écrire, mais confiant que Monsieur le Professeur com-

prendra que je sais bien que très Mauvaisesfemmes sont, et celle qui était gentille, je ne la crois pas car quelque chose caché dans son Esprit devait être.

Quand de la Dictature de mon Pays nous avons échappé, j'ai été à l'école de ce petit Pays et dans ce grand École, en Fin de Primaire. Cet Année 1953, dans la Herder, encore nous n'avions de Secondaire École. Seulement en 1954 à l'Enseignement Secondaire notre cher École Herder s'ouvrait, après une injuste Fermeture durant la Mondialguerre. Chaque Année une nouvelle Classe nous inaugurions de cette Manière je parmi les Grands toujours restais. J'aime parmi les Grands toujours rester car j'ai compris – comme Monsieur le Directeur Von Zharschewsky nous l'a dit et aussi le Cher Monsieur le Professeur Bormann – qu'une Responsabilité cela était, et non comme dans les Anglaises Collèges. Que nous n'avions aucun Droit de les sansdéfenses Petits frapper. Ici, par Chance, les seuls qui le Droit de Correction sont les Professeurs et les Surveillants, non les Élèves grands, et toujours avec Justice le font ; aucun Doute il n'y a.

Avec les premiers Coups de Baguette (qu'ensuite mes Camarades m'ont expliqué ne pas faire si mal que ça, bien que la première Fois, je comme une Tapette pleurais) je compris que j'étais entré dans une Réalité complètement différente des nombreuses Collèges antérieures où j'avais étudié. Par les autres Écoles j'étais passé sans de l'intérieur mon Caractère former, sauf ce premier École à Freiburg en Suisse, ou les Sœurs, des Fèves ou Petits Pois, ou Haricots, ou quelque chose comme ça dans leur Costume gardaient et sur le sol répandaient les sèches Boulettes et nous agenouiller dessus il fallait lorsque nous avions fait une Bêtise. Si une grosse Bêtise nous avions fait, en plus, regarder le Soleil il fallait.

Grâce aux Conseils du Detlef et du Bernhardt, mes meilleurs Amis ici à Montevideo (à présent tous deux Heureusement de Retour dans la Pèrenation, après que le Championnat de Football de Suisse est glorieusement obtenu, et mon Pays n'a pas voulu participer, et Uruguay éliminé parce que Hochberg a reçu trop de coups de pied, et les Hongrois au cours des Prolongations, profitant de l'Obscurité, deux Joueurs ont changé; je demande Pardon de parler de Sujets Banals) je compris que m'adapter à une neuve Lucidité spirituelle je devais, que adopter je devais un ModedeVie volontaire dans lequel toutes mes Actions entreelles confluent pour à un Destin supérieur parvenir.

Maintenant que je vais sur ma tridécannée, convaincu je suis que mon École le meilleur Enseignement me dispense, sans inconvenantes Émotions privées ni Féminine Sentimentalité. Ici, dans la Section Masculine, les Devoirs mal faits, déchirés sont par les mêmes qui les ont si mal fait. Ils les déchirent en Cours et devant les Camarades, après que monsieur le Professeur leur a expliqué pourquoi ils sont si mauvais. La première Fois, il m'a semblé une Douleur ou un Vide ressentir, mais le Temps passant (et grâce à Messieurs les Professeurs qui avec Vocation pour leur Travail sont revenus après la Fermeture de l'École durant la Mondialguerre, et reprennent leur Tâche dans cette triste Aprèsguerre qui est une Préguerre contre les Russes, et alors on va avoir besoin de nous) de plus en plus Souvent j'entends : « Monsieur Gageac, vous avez un Bien », ou un Très Bien, ou un Excellent ! Et ma Poitrine d'Idéal se gonfle. Seulement le Latin est oublié ici, comme Eligia l'a remarqué. Mais notre Directeur dit que ce n'est plus maintenant pratique.

Qui me fait le plus d'éloges est le vieux Professeur de Dessin, Bormann, même si je dessine mal, mais ses Explications sur le Grand Art et les Idéaux avec Application j'écoute. On dit qu'il était un grand Extrêmesavant dans la MèreTerre, et lui dit que les Idéaux sont plus importants que les Dessins. Aux Idéaux, nous dit le Professeur Bormann, nous devons à travers l'Observation arriver : les Lois de la Vision physiologique dominés dans le Cadre des Canons et des Nombres Dorés. Et il nous explique sur des Gravures l'Harmonie des Statues Classiques, qui sont nues. Ainsi pense mon préféré Monsieur le Professeur Bormann. En plus, c'est celui qui pour moi se préoccupe le plus dans cet Internat, il me traite comme si toujours quelque chose me manquait.

Grâce à ces Amis, Professeurs et Idéaux, je me sens Assurance comme jamais je ne m'étais senti dans mon Pays ou dans les autres Pays où Aron avait déménagé avec nous. Cette Assurance qui au-delà de tous les Dangers du Monde Extérieur me place, et de toutes les Hésitations qui tant m'exaspéraient lorsqu'un Enfant j'étais.

Je vais maintenant le Retour entreprendre, avec Mes Parents, vers mon Pays car le tyran Général a été déposé (et je vais revenir en Paquebot !) ; je suis sûr de ne plus exprimer mes Sentiments à chaque Déménagement de rue, de Ville, de Pays et de Classe sociale de Monsieur mon Père Aron. Je ne suis pas sûr de me sentir aussi sûr qu'ici je serais. Mais quand un Excellent en récitation de Goethe on a eu, on ne peut pour ce qui arrive en Amérique du Sud s'effrayer.

Mais avant de Je partir, notre bien-aimé Directeur Von Zharschewsky mourut. Sa Nécrologie je fus chargé d'écrire pour le Bulletin de l'École. Je fus seul dans le Bureau du Professeur laissé, face à ses Photographies de la Guerre, en Uniforme. Je me mis à la Machine : «Nous avons perdu un Être très spécial, qui donnait tout sans exiger rien. L'un de ces exceptionnels Êtres qui, au lieu de Sourires gaspiller, Savoirs et Exemples spartiates nous apportait. Je me souviens que bien des Fois comme lui droit je tâchai de me tenir, mais toujours par être fatigué et dans une Inattention je me voûtais. Mais lui, à quatre-vingts ans, non, il ne se voûtait pas. Lorsque autour de lui nous étions, je me sentais intimidé par sa Forcesprituelle et je voulais lui ressembler. Maintenant lorsque je lève les yeux pour le trouver dans le Ciel, je ne peux que les Vers de Goethe lus en Cours avec lui me souvenir : « …die Beschwörung war vollbracht, / und auf die gelernete Weise / Grub ich nach dem alten Scheaze / Auf dem angezeigten Platze / Schwartz un stürmisch war die Nacht.» Ce qui en Espagnol signifierait (oserai-je traduire ?)… »

II

Eligia passa l'été et l'hiver suivants dans les sierras, à se reposer aux côtés de ma sœur cadette. Je demeurai dans la capitale, dans l'appartement d'Aron, où je m'étais réinstallé après que le juge eut ordonné la levée des scellés ; il en resta des traces sales sur les rebords et en diagonale des portes d'entrée que la police avait forcées.

Sans rien modifier, sans rien changer de place, j'y retournai avec mes quelques vêtements de rechange. Mon coin favori était cette bibliothèque, dans laquelle j'écris à présent avec précipitation avant que ne soit vendu l'appartement. En ce temps-là, il y avait de quoi lire pour plusieurs années : de la pornographie française kitsch des année 1920 (reliures de luxe et illustrations pseudo-historiques recréant Babylone et Alexandrie), des collections de précaires journaux clandestins antifascistes des années 1930, qu'Aron lui-même avait dirigés contre les dictatures, à quoi il faut ajouter Stirner, Papini et Lénine, des exemplaires dédicacés de très mauvais livres d'importants politiciens de mon pays, et aussi un peu de l'habituel clinquant des rayons de bibliothèque : les grands philosophes, les romanciers français du XIXe siècle et les livres dont on lui avait fait cadeau ou qu'il avait achetés parce que leurs titres lui avaient plu. Mis bout à bout, ils constituaient un échantillon des contradictions d'Aron, grâce auquel chacune de ses connaissances composait le personnage qu'elle préférait.

La pièce aux murs recouverts d'ouvrages (certains étaient des bouteilles d'alcool qui imitaient un dos de livre) était meublée de ce bureau de style chinois, aux pieds en serres dorées. Le bois du meuble est entièrement laqué dans des tons voilés de cerise et de noir qui ne se détachent que mieux sur ce tapis persan lumineux au dessin aéré de fleurs aux couleurs chaudes.

C'est ici qu'il lui avait jeté l'acide. Pas une goutte n'était tombée sur le bureau ; une traînée noire – suffisante pour empêcher toute restauration – était visible sur le tapis, unissant le bureau au fauteuil de style vaguement Louis XVI dans lequel Eligia avait pris place durant l'entrevue, même si elle était déjà debout lorsqu'elle avait reçu le liquide. Si les accoudoirs et les pieds du siège étaient demeurés intacts, la brûlure en revanche avait dévoré la plus grande partie de la soie ; le fauteuil éventré exposait à l'air libre ses triplures et son dossier d'assez bonne qualité. Le coussin du siège exhibait ses plumes roussies.

Sur le mur ouest, une porte vitrée donne sur le balcon, qui débordait en ce temps-là de lierres et de jasmins grimpants, de telle sorte que la lumière qui s'y infiltrait l'après-midi apportait toujours une ombre végétale. Dans l'angle de ce mur, sur une petite table sobre, un coffre qui surprend par sa grande taille, lui aussi laqué et décoré de motifs chinois. Je ne m'étais jamais inquiété de son contenu, gardé sous clef pendant les quatre années où j'avais habité ici avec Aron, mais après son suicide la curiosité me prit. Je forçai la serrure, et aujourd'hui encore je peux voir les éraflures maladroites qui abîmèrent la laque. Aron y avait conservé quelques photographies pornographiques que je pus revendre à bon prix, ainsi que des cahiers et les bulletins de notes des années de scolarité de ses enfants. Je vis les couvertures des dossiers de quelques-uns des huit établissements que j'avais fréquentés. Au dos du bulletin d'une école suisse où j'avais commencé mon périple éducatif, Aron avait inscrit ses projets pour mes études: cela allait des professeurs de piano et de latin (qu'il ignorait totalement), jusqu'aux cours d'escrime et de prestidigitation. Dans une strate plus profonde, je trouvai les devoirs que j'avais faits sur mon cahier d'une humble petite école des sierras. Je l'ouvris au hasard et tombai sur une rédaction, «Le Puma», où Aron avait biffé mon expression «pattes aux grands ongles» et avait écrit «griffes»; dans la marge il avait noté en majuscules «... MÊME PAS POUR UN SANGLIER !» Ses observations devaient être postérieures de plusieurs années à la rédaction de mon devoir, car à l'époque où je me trouvais dans les sierras il ne vivait pas avec nous. En les lisant, et malgré les quatorze années qui s'étaient écoulées, je fus pris de haine pour ces mots de mépris. J'arrêtai mon exploration avant la couche inférieure, où affleuraient mes cahiers de l'école Herder à Montevideo.

Telle était la pièce que j'avais choisie pour lire à mes moments perdus, en ces derniers jours de l'année 1964. Mais une semaine après mon retour, les brûlures et les éraflures sur les meubles commencèrent à me déranger, comme me dérangeaient les taches de sang à la clinique d'Eligia. Je me résolus à lire dans mon ancienne petite chambre, celle que j'avais occupée ces quatre dernières années, car la grande, qui était plus ensoleillée, avait été délestée du lit où Aron s'était tiré une balle, et une vitre manquait, brisée par la balle en question. Celle-ci, après être sortie de sa tête, avait perforé le rideau et la vitre – avec moins d'élan car ayant déjà traversé deux fois les os temporaux ; après avoir percuté la persienne close elle tomba exsangue, sans parvenir à s'échapper de ce huitième étage : autour, un pâté de maisons avec jardins ; en face, de l'autre côté, une église, à l'ouest, de sorte que le soleil se couchait derrière la coupole : une trajectoire du Levant à l'Occident. Je croyais que ces balles étaient beaucoup plus puissantes.

Des années plus tard, lorsque je pris connaissance du dossier judiciaire du suicide, je vis les photographies médico-légales : Aron était assis sur le lit, vêtu d'une robe de chambre très imposante, en poil de chameau avec des franges de soie noire. Le whisky dans une main ; dans l'autre, le P38 canon long.

Cet été-là et l'hiver suivant, je tombai amoureux, longue parenthèse au cours de laquelle je ne me souciai plus d'Eligia. Comme la femme que j'aimais était une beauté, je n'avais pas très envie de partir en voyage, mais je n'eus pas non plus à me forcer pour fourrer mes affaires dans un sac et décrocher mon vieux pardessus noir – vêtement qui dissimulait toute tache en surface, et tout renflement liquoreux à l'intérieur. La femme qui m'attirait tant n'était pas non plus de celles qui demandent aux hommes de ne pas partir.

Treize ans étaient passés depuis la dernière fois que j'avais entrepris un voyage avec Eligia, en 1952. Cette fois-là, le voyage était tombé à l'eau. C'était à Montevideo qu'elle, ma petite sœur qui ne marchait pas encore et moi, avec mes dix ans, nous devions nous rendre. Aron nous y attendait pour l'une de leurs inévitables réconciliations, mais la police politique arriva lorsque le navire était sur le point de partir. Eligia refusa de débarquer, soutenant qu'à bord elle jouissait du statut d'extraterritorialité. Le capitaine la pressa de descendre car chaque heure de retard lui coûtait des milliers de dollars d'amende portuaire. La moitié de l'après-midi s'écoula en discussions, jusqu'à ce que les policiers la saisissent par son bras libre (de l'autre elle portait sa fillette) et elle dut s'en retourner à terre dans un climat de drame. On nous emmena à la prison pour femmes et nous y restâmes une semaine. En ces temps-là, il y avait fort peu de détenues politiques, c'est pourquoi dans les pénitenciers pour femmes aucun pavillon n'était prévu spécialement pour elles. Nous fûmes logés dans le pavillon général. Ensuite, la police nous emmena, ma sœur et moi, à l'hôtel et avertit par téléphone notre grand-mère maternelle. Eligia resta emprisonnée quelques mois. Nous finîmes par rejoindre Montevideo clandestinement.

Avant de tenter mon deuxième voyage avec Eligia – cette fois-ci en Italie – en septembre 1965, je pris la précaution de sortir dans le couloir de l'appartement les bouteilles de cognac bon marché que nous avions bues avec mon amour, et je constatai qu'elles occupaient une bonne partie de l'escalier. Je souris. En ce temps-là, l'alcool avait bonne presse: Bogart buvait un coup si une blonde le laissait tomber; le cow-boy Wayne tétait directement la bouteille (la première fois que je voulus l'imiter, j'échangeai le whisky écossais du film contre de la grappa, et, dans la tentative, je faillis laisser ma peau).

Eligia arriva des sierras par un vol intérieur, à bord d'un avion à hélices. L'avion international avait une forme très effilée. Les premiers jets entraînaient alors l'imagination vers des voyages futuristes, interplanétaires, mais en réalité ces Comet s'écrasaient plus fréquemment que les bons vieux avions. Dans l'appareil, un gamin, qui devait avoir dans les huit ans, éclata en pleurs lorsque Eligia entra. Quoi qu'il fût assez grand, il ne semblait absolument pas gêné de pleurer et de brailler, et la mère ne fit rien non plus pour l'en empêcher, tandis que les autres passagers se retranchaient derrière leurs silences. «Qu'est-ce que c'est? Qu'est-ce que c'est?» demandait le garçon, et la mère de répondre: «Ne regarde pas ; ne regarde pas.» Il ne fallut pas deux minutes pour que le capitaine soit là. La vieille scène du capitaine du bateau lui demandant de descendre et d'Eligia, têtue, s'y refusant, traversa mon esprit.

Le capitaine de bord nous invita, tout sourire, à nous installer dans la classe de luxe. Là, c'était très spacieux et on s'occupa de nous royalement. Avant le décollage, une hôtesse de l'air, plus élancée que celle de la classe touriste, nous demanda ce que nous voulions boire. Je demandai du whisky et l'on m'apporta de l'écossais – comme dans les films de Wayne – généreusement servi, et gratuit. Je n'avais pas touché aux alcools d'importation depuis que je m'étais enfui de chez Aron, mais la marque que l'on servait en classe de luxe était d'un goût plus doux que celle qu'il buvait. Nous avions à peine décollé que l'on nous prépara un repas accompagné de vins français, puis de cognac. Nous volions dans le sens opposé à la course du soleil, lequel s'enfonçait dans l'océan printanier. Après dîner, commença le grand numéro de l'hôtesse : alors qu'une voix dans le haut-parleur nous expliquait que nous allions survoler l'océan durant quasiment tout le trajet, nous révélant où étaient les gilets de sauvetage et comment s'en servir, la femme grande et brune mimait – pour Eligia et moi seuls – tous les gestes que nous devions accomplir pour nous protéger en cas d'accident. La voix du haut-parleur, qui fonctionnait mal, débitait un anglais incompréhensible et termina son discours par des références aux horaires et aux changements à effectuer sur nos montres ; on percevait, derrière les distorsions électriques, combien la voix était joyeuse.

Eligia prit son médicament pour dormir, mais moi je restai bien éveillé, tout excité à l'idée de rendre visite au petit chariot des whiskys, que l'hôtesse aux longues jambes avait dissimulé au bout du couloir. Je bus ses mouvements, attendant anxieusement qu'elle finisse sa pantomime. Elle me faisait en retour un sourire figé ; elle mit le masque à oxygène sur sa bouche, pour m'ôter tout doute sur la façon d'en activer le mécanisme, et effectua sa démonstration le sourire aux yeux.

Quand elle termina son show, je lui demandai un whisky. Elle me servit et alla s'asseoir deux sièges derrière moi. La cabine était bleu, mauve et beige. On se sentait très protégé et à l'aise à l'intérieur du poisson volant, respirant un air surchauffé, alors qu'en bas la mer se transformait en métal fondu sous la clarté de la lune. Je tournai plusieurs fois la tête pour la voir. Elle me sourit. Nous ne pouvions bavarder tant que je ne quittais pas mon siège à côté d'Eligia. Je restai où j'étais et regardai de nouveau plusieurs fois l'hôtesse. Pourtant, au lieu de me renvoyer un sourire à chaque fois, elle prit un air perplexe, d'abord, puis préoccupé. Elle s'approcha et me demanda – très professionnelle, très murmurante, dans la pénombre de la cabine – si je désirais quelque chose. Je demandai un whisky. Elle me servit trop généreusement. Toute la scène se répéta deux fois. Ma pourvoyeuse était entièrement fardée, poudres de couleur beige, crèmes aux couleurs mauves, liquides aux couleurs bleues. Je lui demandai si la compagnie l'obligeait à utiliser ces tons qui copiaient les nuances de la cabine, ou bien si elle avait pris cette décision elle-même, dans l'intention d'être en harmonie avec cette capsule absurde qui traversait le ciel et dont personne ne savait si elle allait exploser ou non.

– Tu ne serais pas un peu bizarre ?

Et elle fronça le sourcil.

En ce temps-là, les vols à destination de Rome duraient presque trente heures. À la quatrième commande de whisky, la lune avait disparu, la mer s'était éteinte et les lumières rouges qui tournoyaient sous l'aile de l'avion marquaient l'unique coordonnée de mon espace. L'hôtesse adopta une attitude presque maternelle avec moi, à la fois un petit peu complice et un peu ironique. «Je comprends», dit-elle avec douceur, et elle regarda Eligia qui dormait à mes côtés parmi les éclairs rouges. Elle m'apporta un verre à jus de fruits, rempli à ras bord de whisky pur. Ensuite, elle s'installa six rangées derrière, mit ses lunettes opaques et s'endormit.

Je me laissai aller à mes rêveries. J'essayai de m'imaginer les infirmières de la clinique. L'une d'entre elles devait ressembler à Catherine Spaak. En plus, à Milan m'attendait du grand art... Au fil des semaines, la peau d'Eligia deviendrait lisse et, par la magique habileté reconstructive du meilleur chirurgien au monde, elle recouvrerait sa couleur de rose. Quelques cicatrices, mais ce serait une nouvelle femme. Je la caressai; non sa main, mais la manche de sa robe marron. Eligia avait toujours été discrète dans le choix des couleurs de ses vêtements; elle tâchait de donner l'image d'une femme cultivée, d'une politicienne et d'une fonctionnaire de l'éducation, efficace et informée, impression qui était parfaitement à la hauteur de son expérience: palmes académiques de la faculté, professeur d'histoire, deux ans de perfectionnement en Suisse, vingt ans de pratique; fonctionnaire au plus haut degré de l'échelle hiérarchique, elle avait confirmé dans leur statut d'enseignantes des milliers d'innocentes petites institutrices, les arrachant ainsi aux vicissitudes des nominations arbitraires et aux dangereuses griffes de députés donjuanesques. Elle était très fière de ce qu'elle avait fait sans que personne ne le remarque : les écoles à scolarité double, afin que les mères puissent travailler ; les instituts de perfectionnement technique ; la loi des écoles des frontières, qui permit l'ouverture de centaines d'établissements scolaires en des endroits reculés ; la modernisation de l'enseignement avec de véritables contenus démocratiques. Dans le fond de son âme ingénue et technocratique, elle s'était vue – lorsqu'elle était fonctionnaire – comme la continuatrice de la célèbre femme politique, l'épouse du Général, qui était tout son opposé dans les méthodes et dans le style. Eligia débordait d'enthousiasme à la perspective de démontrer que, grâce à une éducation rationnelle, les femmes de son pays étaient à la hauteur de tous les défis du monde moderne.

Bien qu'elle ait à plusieurs reprises fini emprisonnée à l'instigation de son ennemie, Eligia ressentait une certaine admiration pour celle-ci, mais elle n'aurait jamais eu l'audace de rivaliser avec le style énergique de l'épouse du Général. Il suffisait, pensait-elle, d'étudier et d'être efficace.

Treize ans après son dernier emprisonnement, elle volait vers l'est pour retrouver le minimum de visage qui lui permettrait de paraître à nouveau en public. Elle rêvait et espérait, la bouche béante, les rugueuses « greffes d'urgence » recouvrant à peine ses os, tandis que des voix enfantines répétaient à ses oreilles « Qu'est-ce que c'est ? » Le cadavre embaumé de l'épouse du Général – morte l'année même de notre fuite à Montevideo –

s'était perdu dans le mystère, après la révolution qui les avait chassés tous les deux en 1955, le Général en vie et son épouse embaumée.

Mes pensées revinrent au chariot des bouteilles dorées. Je marchai à tâtons jusqu'au bout du couloir où il était garé. Dans l'obscurité, je ne trouvai pas le whisky; je bus d'une autre bouteille, un liquide au goût sucré. Le recoin où était rangé le chariot de mes délices était plongé dans la plus totale obscurité. Lorsque je me retournai vers le couloir, l'étrange bouteille en main, je me retrouvai face à une silhouette féminine, à contre-jour, plus petite que l'hôtesse. «Eligia!... Les toilettes sont là-bas. Tu m'as fait peur.»

– N'aie pas peur; je ne suis pas ta mère, me dit l'hôtesse, sans talons. Tu aurais dû me réveiller; je suis là pour t'aider... Tu as bu tant que ça? Tu bois toujours comme ça, ou seulement en l'air? Tu en veux encore? Tu veux manger? Tout est à ta disposition... Merde alors, pourquoi tu ne dis pas ce que tu veux?

– Oui.

– Les gars de moins de trente ans voyagent toujours pour aller chercher maman ou pour la fuir. Tu es le premier à voyager avec sa mère sur le dos. Et j'ai dix ans de vol...

– Les femmes devraient être plus stables, au lieu de balader leur visage peinturluré à travers ciel. Pourquoi tu te maquilles autant?

– Tu as une fiancée?

– Pas exactement.

– Pourquoi tu n'en as pas ?

– Je n'en sais rien ! Je suppose que je n'ai pas eu de bons modèles. Arrête avec tes questions compliquées ; je ne me sens pas bien.

– Tu as trop bu et tu n'as rien mangé, c'est pour ça. Je vais te servir un repas froid. Ça ira mieux quand tu auras mangé quelque chose.

Elle m'apporta une assiette débordante de viandes, avec couteau et fourchette du service de table de l'avion. Je posai mon assiette sur le chariot aux délicieux nectars et tentai de découper une bouchée, mais, avec les couverts métalliques et à bout rond, ce fut en vain. Alors l'hôtesse retourna dans la cabine et se mit à fouiller dans son sac. Elle revint avec un objet jaunâtre.

– Tiens, essaie avec ça.

– Qu'est-ce que c'est ?

– Je l'ai acheté dans un marché aux puces, je ne sais même plus dans quelle ville. Je m'en sers pour me raser – mais on l'a trop aiguisé et ça me fait mal ; ce sera parfait pour la viande.

Je regardai l'objet : un corps de femme nue étendue, de quinze centimètres tout au plus. Au centre, près de la hanche – inattendue, haute et grosse –, un rebord métallique faisait saillie. Je tirai et une lame de canif, reluisante malgré l'obscurité, apparut. Je coupai la dinde désossée sans percevoir aucune résistance.

Quelques jours plus tard, à la clinique de Milan, j'eus le loisir de mieux l'examiner durant les ennuyeuses heures blanches et aseptiques. Fabriqué en imitation os, au moule ; rien d'artistique, évidemment. Ça ressemblait vaguement à un poisson, mais la forme d'une femme nue s'y superposait, la tête près de la bouche de l'animal, et les pieds appuyés sur la vis qui maintenait la lame. Les formes humaines ressortaient plus que les formes animales, elles s'imposaient par des bosses insolentes : non celles d'une amusante caricature, mais celles d'une maladroite exagération des courbes. Effet involontaire auquel on était parvenu par la conjugaison d'un mauvais moulage et d'une mauvaise finition.

– Viens, je te raccompagne jusqu'à ton siège, me dit l'hôtesse dès qu'elle s'aperçut que j'avais cessé de manger et que je me servais généreusement un autre verre.

C'était une femme de plus de cinquante ans et elle n'aurait plus pu voler dans des compagnies aériennes importantes. Je ne saisissais pas bien si elle était en train de me materner ou de me séduire ; elle me prit par la main, non par la manche. Nous avançâmes dans le couloir. Après quelques pas, nous dépassâmes la rangée où rêvait Eligia. Mes jambes s'engourdirent de fatigue ; une lourdeur opaque teinta toute la cabine. Mes pas se ralentirent.

– Je dois prendre soin d'elle, dis-je à mon guide, tout en m'arrêtant.

– Tu dois prendre soin de toi.

Dans mon siège, je finis le verre et dormis jusqu'à Dakar.

… (oserai-je ?) «… le mystère fut accompli. / Et à la manière apprise / Je creusai la terre à la place indiquée, / sûr d'y rencontrer un vieux trésor. / La nuit autour de moi était noire et orageuse.» Quand je finis de traduire ces vers, je me vis, comme par enchantement, debout dans la fosse qui attendait Von Zharschewsky. Je levai de nouveau les yeux au ciel, pour trouver l'inspiration et parvenir à une bonne traduction, mais il ne me venait en tête que les paroles d'une chanson à la mode : «Il sera triste et amer, / triste et sans amour, / il sera triste et amer / parce que la fille d'à côté / a dit non…» Je tentai de me souvenir de sujets élevés, de phrases qui auraient pu contenir des mots pompeux, du genre Demeure, Séjour, Neigehivernale, Retour. J'étais debout dans la fosse, et le sol du cimetière arrivait exactement au niveau de mes yeux de treize ans. Ma main tenait la nécrologie que j'avais moi-même rédigée. Le fond de la fosse était humide, rempli d'une boue violacée qui sentait la femme et la chaux. Je m'enfonçais, résigné et calme. La boue couvrit mes yeux ; je me noyais dans un marais visqueux. Lorsque je refis surface, j'émergeai dans un bourbier sans rives, au milieu d'un moutonnement éblouissant qui m'aveugla, car le jour de l'enterrement du maudit Von Zharschewsky le temps était couvert et pluvieux. Je me maintins à la surface de la boue, quand, soudain, dans l'espace s'étendant de la frange mouvante des moutonnements au lieu où je faisais la planche, hésitant sur la direction à prendre, une barque passa en silence, sans rameur. L'unique passager, Von Zharschewsky, appuyé sur

le bord le plus éloigné de moi, me regardait, et semblait vêtu d'un treillis. Sur le bord le plus proche de moi gisait, négligemment posée, une croix en marbre blanc avec une photographie au centre. C'était ma photographie, sur les branches de la croix mon nom et une inscription étaient gravés : « Dans ce maudit pays tu ne sais jamais qui tu es. » Von Zharschewsky me sourit comme je ne l'avais jamais vu sourire auparavant : un sourire large, joyeux, plein de vitalité, le sourire de quelqu'un qui n'a aucun souci. Alors la boue où je flottais m'avala de nouveau, mais une fois totalement englouti, et comme je m'attendais à être désintégré, je me retrouvai planant dans le ciel, blond, dans un corps plus grand que ne le serait jamais le mien. Une bruine rougeâtre m'étouffait ; j'aperçus une tache noire au sol. Je fondis sur une énorme termitière couverte de termites noirs, aux pattes très longues et enroulées comme des boucles. Rien ni personne ne pouvait marcher sur de si fragiles extrémités, de sorte que les termites restaient où ils étaient en agitant leurs étranges pattes frisées. J'entendis une voix me dire : « Garde-toi bien de les écraser ! », je me mis donc à les manger ; et plus j'en mangeais, plus je me sentais léger. Je m'en gavai, jusqu'à ce que je découvre l'unique entrée de la termitière. J'y fourrai mes doigts pour en extraire des termites et fouillai du mieux que je pus, mais je ne parvins à en attraper aucun ; ils étaient tous sortis. Je repris mon vol, contre mon gré, m'élevant dans la bruine maintenant violacée.

À mon réveil, l'hôtesse était en train de livrer la cabine à un nouvel équipage. Il y avait deux remplaçantes, et mon amie de la nuit me montra du doigt et hocha la tête. Reconnaissant, je lui rendis son salut.

Je descendis à l'aéroport. Ce jour-là, je commençai à la vodka. En retournant à ma place, je demandai une vodka orange à l'une des nouvelles jeunes femmes. Elles étaient plus jeunes que la première. On m'apporta un verre plein à ras bord, et je supposai que l'hôtesse de la nuit m'avait signalé afin que l'on me serve généreusement. Je pensai à elle avec sympathie, certain à présent que je ne la reverrais plus. Elle s'était bien comportée envers moi : une vague de sentiments affectueux m'envahit et je serrai comme un talisman le petit canif dans ma poche.

Nous quittâmes Dakar. Je m'étais un peu embrouillé avec les horaires : l'apparition d'une lumière soudaine et intense blessa mes yeux. Deux autres passagers étaient montés ; l'intimité de la nuit était rompue. Eligia glissa vers une position inconfortable et peu naturelle, mais elle continuait à dormir et, à cause de sa mâchoire en retrait, lançait les sons gutturaux, humides, énergiques qui composèrent ma berceuse au cours des années suivantes. Je tentai doucement de lui faire prendre une position plus confortable, mais en vain. Je la réveillai alors sous le prétexte du petit-déjeuner. La suite du voyage fut lumineuse : les filles me servaient tout ce que je voulais, devant le regard muet d'Eligia.

Pendant que nous survolions Rome et son crépuscule,

je me penchai avec intérêt vers le hublot. J'étais déjà allé en Italie en 1949, quand j'avais sept ans, et en 1958, à seize ans. Je conservais quelques réminiscences enfantines, avec leur hiérarchie propre : je me souvenais de la momie d'un saint dans une urne, mais pas du *Moïse* de Michel-Ange ; d'une armure dont le casque était découpé de façon à ventiler la moustache Renaissance de son propriétaire, mais pas de la Galleria Borghese. Je ne suis jamais parvenu à distinguer vraiment ces souvenirs des exposés et lectures sur l'art que m'avait dispensés le vieux professeur Bormann, à Montevideo, à l'aide d'illustrations en noir et blanc, ou sépia. Ces combinaisons de souvenirs d'enfance et de leçons reçues au cours de l'adolescence avaient creusé en moi un recoin esthétisant de la pire espèce, un lieu peuplé de Vierges de la première Renaissance, dorées à la feuille, et d'autres naïvetés. De l'avion, je lançai des regards pleins de convoitise vers l'Italie, et demandai une autre vodka orange.

L'avion arrêta ses moteurs avec un soupir de soulagement. Je me levai. Comme Eligia voyageait aussi légèrement que moi, nous nous trouvâmes face à l'écoutille ouverte en un clin d'œil, alors que les deux autres passagers s'affairaient à leurs mallettes, leurs sacs à main et leurs cadeaux. Avant de sortir, l'une des jeunes femmes nous arrêta : « Non, s'il vous plaît, attendez un instant. Vous descendrez ensuite. » Après avoir échangé, Eligia et moi, un regard intrigué, nous décidâmes de nous asseoir dans les fauteuils les plus proches de la sortie. Les autres passagers descendirent.

Au bout d'une longue attente, l'autre hôtesse descendit également, avec son sac réglementaire, accompagnée du reste de l'équipage, y compris le copilote qui ne daigna pas même nous saluer. C'est alors seulement que sa collègue, qui s'occupait de nous avec un large sourire forcé aux lèvres, nous autorisa à sortir. Eligia, engourdie par tant d'heures inconfortables, s'appuya pesamment sur moi, marchant avec difficulté. L'air frais de l'automne dégourdissait l'esprit. Au pied de la passerelle vint se garer une ambulance. Je pensai que cette attention du capitaine était exagérée ; après tout, le petit parti politique auquel Eligia appartenait n'était même pas au pouvoir ces temps-ci. Trois hommes robustes montèrent jusqu'à nous une chaise roulante et invitèrent Eligia à s'y asseoir. Elle s'y refusa au début, mais l'hôtesse lui demanda d'obtempérer : « C'est le règlement. Si vous chutez ou si vous vous faites mal, ce sera de ma faute. S'il vous plaît, madame ! » Les colosses manipulèrent la chaise comme s'ils avaient porté une idole millénaire. On sentait dans leurs efforts une crainte révérencielle et stupéfaite. Un groupe de curieux se forma au pied de la passerelle – travailleurs de l'aéroport et passagers d'autres vols – qui observaient la scène avec incrédulité pendant que la chaise roulante descendait, portée comme sur des brancards, en un mouvement continu et régulier, comme si elle flottait. Je regardai les curieux ; leurs jambes et leurs bras bien faits, leurs visages charnus, me paraissaient incroyables et enviables. Ces totalités, ces plénitudes me semblaient fausses et ostentatoires. Nous descendîmes la passerelle de l'avion escortés par l'hôtesse. Je me souvins de l'autre voyage, de notre descente de la passerelle du bateau, escortés par la police. Je fus pris d'un vertige.

À peine avions-nous touché terre qu'un infirmier sorti de l'ambulance m'invita à prendre place à l'arrière. L'intérieur était assez spacieux, un membre de la police de l'air et un médecin m'y attendaient. Ils me demandèrent de ne pas faire d'esclandre. Je les traitai par le mépris. Pendant qu'on me faisait une intraveineuse, le médecin m'expliqua, sans que je lui aie demandé quoi que ce soit : « C'est la loi, vous savez. Vous ne pouvez pas passer la douane avec autant d'alcool dans le sang. Vous devez comprendre, c'est pour votre bien. » Puis il partit, mais le policier resta. Je lui dis que je me sentais parfaitement bien, et que la personne en compagnie de qui je voyageais était restée dehors, dans un fauteuil roulant, sur la piste. « Vous devez attendre une demi-heure », me répondit le policier d'un ton impersonnel, et je compris que toute insistance pouvait m'amener au commissariat de l'aéroport.

La demi-heure écoulée, on me libéra de l'ambulance. L'après-midi déclinait. Tout autour de l'avion on apprêtait l'appareil, et ces apprêts intimes lui donnaient l'air d'une dame impudente à la toilette. Je voyais des parties du fuselage relevées, offrant au regard des intérieurs métalliques, facilement remplaçables ; des messieurs aux uniformes multicolores branchaient des câbles et des tuyaux à d'étranges machines bruyantes et soufflantes, battant des paupières avec leurs manomètres. Des effets mécaniques précis se produisaient ; on épongeait sans perdre un instant les exsudats d'huile avant qu'ils ne maculent le sol en béton. Aux endroits les plus adaptés, de petits engins jaune et noir communiquaient tout naturellement avec les entrailles de l'appareil.

Eligia m'attendait dans le fauteuil roulant, abandonnée sur la piste, à côté de l'avion brillant. En haut, dans la cabine, tout était déjà sombre. La jeune hôtesse était partie. Eligia me regarda, mais elle ne pouvait composer aucune expression. C'est seulement pour cela qu'elle se décida à parler.

– Ah, Mario... ne bois pas autant qu'Aron.

– Ne me compare pas à ce gangster. Regarde ce qu'il t'a fait. Je suis exactement l'inverse.

La nuit, pendant le vol intérieur à destination de Milan, dans un avion à hélice cette fois encore, je me souvins de l'hôtesse de nuit qui m'avait montré du doigt à ses collègues, lors de la relève de l'équipage. C'est là qu'avait débuté sa trahison, qui avait trouvé sa conclusion dans l'ambulance. Je serrai le canif avec force.

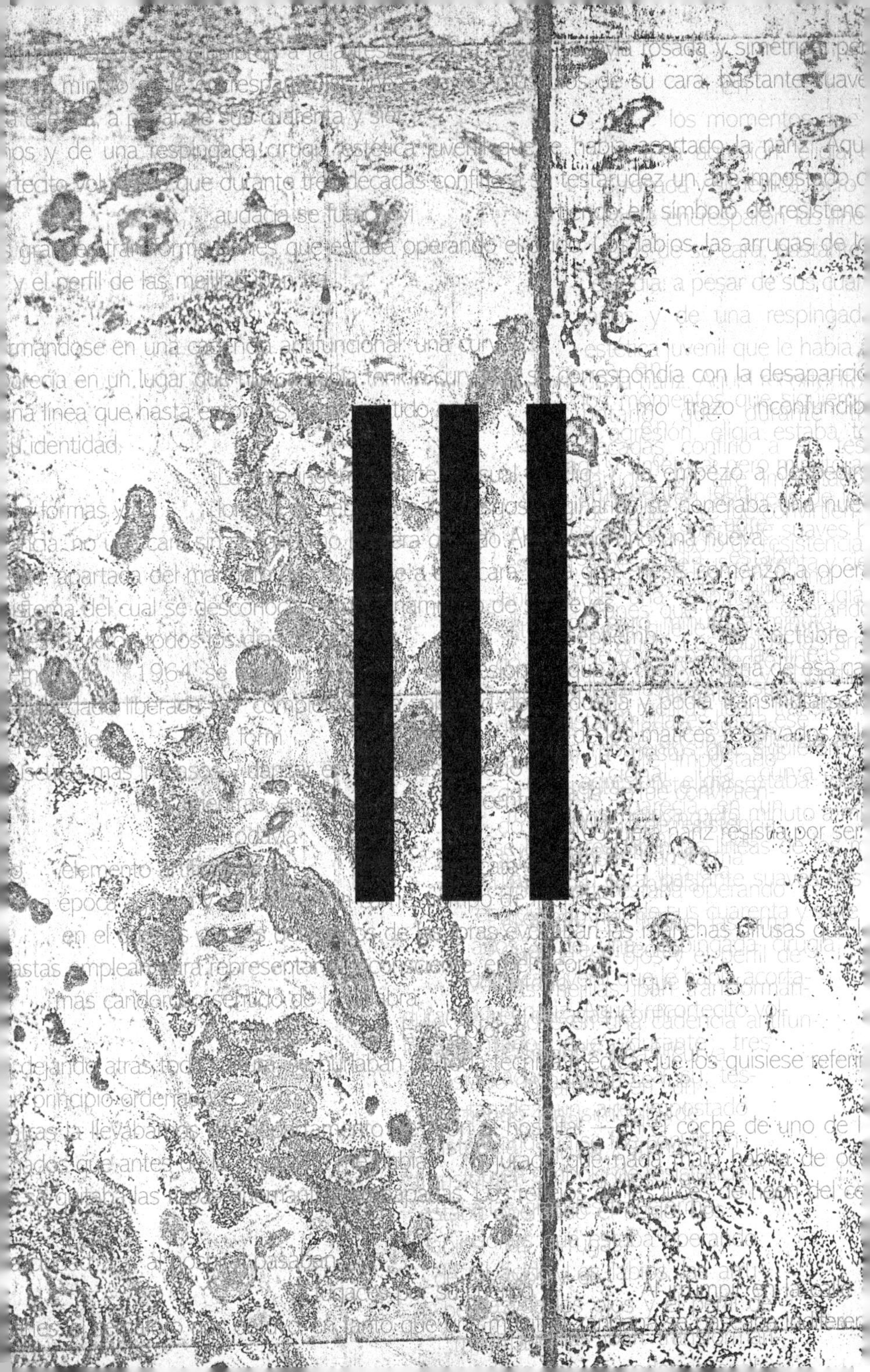
III

Es suave como su mejilla se crispa
Fluyen las miradas que reconocen límites
y su cuerpo es una mezcla de maderas,
chapas y miedos nocturnos.
Raúl Santana

Sa joue se crispe si joliment
Coulent les regards qui reconnaissent des limites
et son corps est un mélange de bois,
de tôles et de peurs nocturnes.
Raúl Santana

Nous nous rendîmes directement à la clinique où opérait le docteur Calcaterra, dans le sud de la ville, via Quadronno, petite rue aux bâtiments d'après-guerre qui n'étaient rien de plus qu'une opération chirurgicale urbanistique d'urgence visant à pallier les destructions des bombes. Nous y arrivâmes par le Corso di Porta Vigentina, en longeant un triste pan de mur qui dissimulait des décombres et, au moment où notre taxi tourna à l'angle de via Quadronno, j'aperçus un bar minuscule. Nous arrivâmes à la clinique après dix heures du soir et demandâmes la plus petite des chambres ainsi qu'un rabais pour long séjour. Malgré toutes ces précautions, on nous confirma dès le lendemain matin, dans le bureau de l'administration, ce que nous soupçonnions et que personne dans la famille n'avait voulu avouer : le coût du traitement chirurgical d'Eligia allait achever de nous ruiner.

Dès nos premiers instants dans la clinique, tous les employés démontrèrent qu'ils savaient ce qu'ils avaient à faire sur le bout des doigts ; jamais aucune infirmière ni aucune aide-soignante n'avait la moindre hésitation. Personne ne semblait remarquer l'aspect d'Eligia ; « votre place est bien ici », disait l'atmosphère autour d'elle.

La porte de notre chambre était verte, très large, à deux battants, mais un seul suffisait à laisser passer les personnes, comme les chariots des soins ou des repas. Cette porte ouvrait sur un couloir intérieur, avec des placards semblables à ceux qui équipent les clubs sportifs et, par une autre porte, petite, sur la salle de bain, minuscule, dépourvue de baignoire : étant donné le genre de patients sans mobilité soignés à la clinique, ces commodités avaient été prévues pour le seul usage des accompagnateurs. Le vestibule et la petite salle de bain avaient été disposés en biais par rapport à la pièce principale, de manière à ce que, de la porte laissée ouverte, des regards indiscrets venant du couloir ne puissent parvenir jusqu'au grand lit. L'intimité était sépulcrale.

La chambre était dominée par ce grand lit central, articulé, doté d'un mécanisme de roulettes que les infirmières actionnaient du pied. En face de celui-ci, il y avait une reproduction d'un paysage de la montagne Sainte-Victoire dont les couleurs brillantes interdisaient toute perspective aérienne. Je couvris l'image d'une serviette, mais, au cours des deux années suivantes, les femmes de ménage n'eurent de cesse de l'ôter : « Mais arrêtez de faire le vilain ! Vous ne voyez pas que les couleurs joyeuses remontent le moral de madame bien plus que ces vulgaires serviettes ? » Le professeur Calcaterra, en revanche, souriait en voyant la reproduction cachée.

Sur le même mur, à droite du spectateur qui admirerait la gravure – c'est-à-dire, le patient immobile –, s'ouvrait une grande fenêtre étroite, aussi haute que le mur, munie d'un système de stores réglables permettant d'entrevoir l'extérieur. Dehors, l'abside de l'église Santa Maria al Paradiso occupait presque tout le panorama.

À gauche du lit se trouvait l'embrasure qui se prolongeait en biais vers le vestibule, ce qui conférait un côté théâtral à l'irruption des visiteurs, apparaissant d'un seul coup et par surprise, à moins qu'ils ne s'annoncent de vive voix. Contre ce même mur, parallèle au lit principal, un canapé vert en plastique, transformable en lit d'appoint pour l'accompagnateur, bien plus bas que le complexe lit central, puisqu'il arrivait à peine à la hauteur des manivelles et des manettes qui élevaient ou abaissaient les différentes parties de cette grande mécanique.

À droite du lit du patient était rangé un plateau roulant utilisé pour servir les repas aux accidentés sans les déplacer. Je ne mis pas bien longtemps à m'apercevoir qu'il était inutile, à cause d'un défaut de conception. Le sol de la chambre était vert et plastifié pour faciliter son nettoyage à l'aide de produits désinfectants. Je hais les matières plastiques.

Eligia semblait confiante. À peine eûmes-nous posé les pieds dans l'établissement, cette première nuit, que son esprit, visiblement, s'était trouvé allégé. L'attitude du personnel, de toute évidence familiarisé avec ce type de lésions, eut en peu de temps un effet narcotique et la déconnecta. Son esprit se retira dans la région la plus éloignée de la vie sociale, la moins responsable, où les pensées étaient libres d'espérer sans traîner avec elles la tristesse quotidienne. Mais cet abandon de son identité charnelle causa aussi un surcroît de gêne dans les blessures, une plus grande densité rocheuse de son mal. Alors qu'au fond de ses yeux brillait une sérénité nouvelle (difficile à apprécier sous ses paupières plombées couvertes de chéloïdes), le reste du visage se chargea d'une densité silencieuse, restée invisible aussi longtemps qu'Eligia s'était concentrée sur la chair de la douleur, sur les moues qu'elle faisait dans l'autre clinique afin de vérifier les progrès des transformations de son corps. Ce qu'il y avait de rocheux en elle était – là-bas, dans notre pays – d'une apesanteur lunaire, mais dès les premières heures à Milan, inversant sa course, au lieu de signaler la trajectoire ascendante de l'acide, s'était changé en une matière défaite voulant ramper vers le bas, se détacher de l'os qui la soutenait si mal, et choir là où nul regard ne parviendrait, comme si elle partageait les intentions des architectes qui, par la position du vestibule, avaient si bien préservé le caractère privé de la chambre.

Les artifices architecturaux et les rapports impersonnels nous contraignaient à une solitude d'anachorètes. L'exclusion de toute forme de chaleur humaine impliquait – de la part du personnel de la clinique – un formalisme travesti en bonne humeur humanitaire. Pendant que les corps s'échinaient au travail, leurs voix répandaient des propos usés jusqu'à la trame, un peu comme la musique de ces pianistes qui sillonnent le monde en jouant quelques sonates, répétées chaque matin tout en lisant le journal. On entendait les «Bonsoir ! On vous apporte une bonne petite soupe, mais avant nous allons contrôler votre température.» Il était entendu, dès la première syllabe, que personne n'attendait de réponse. Quel étonnement aurait provoqué une réponse, démontrant une écoute attentive des expressions, une amorce de dialogue, quelque chose comme: «Pas besoin de me prendre la température car je sais que je vais parfaitement bien. Quant à la soupe, je veux d'abord la goûter, et si je ne l'aime pas, vous m'apporterez une cuisse de poulet à la sauge.» Une réplique de ce type était inconcevable et, chaque fois qu'on apportait les repas, j'avais beau l'imaginer dans la bouche d'Eligia, celle-ci demeurait toujours silencieuse et acceptait tous les plats et toutes les formules verbales.

La prévisibilité qui enfermait les patients, ajoutée à l'extrême planification de ces intérieurs, avait un seul objectif: que personne ne soit une gêne excessive par le simple fait d'être couché là, brisé, que personne n'exprime une idée personnelle, qu'aucun être souffrant ne découvre dans son environnement la moindre prise pour s'imaginer des raisons de se plaindre de ses malheurs.

Si quelqu'un pleurait parce qu'on lui avait coupé une main ou le nez, les infirmières exhibaient un visage consterné où se lisait un soupçon d'offense personnelle : «Pourquoi faites-vous ça? Vous ne voyez pas que tutti-quanti vous aime bien ici et fait le maximum pour vous soigner?» Et si l'occasion se présentait, elles glissaient une phrase à propos du patient de la chambre voisine que l'on avait amputé des deux mains et qui plaisantait sur les grandes vacances qu'il allait prendre. La conclusion était infaillible : « Et puis, pensez à la sua famiglia, qui vous aime bene bene. Quel péché, s'ils vous voyaient vous plaindre comme ça ! » Généralement, après ce petit discours, le patient se sentait assez honteux de lui-même.

Cette camisole de force emprisonnait tous les véritables pensionnaires, les long-séjour : après un mois d'alitement, la mort se présentait comme une alternative insignifiante pour les corps déjà abandonnés des individus gisant dans ces chambres, effet de l'ascèse imposée par les impénétrables usages de « l'humanitarisme souriant ». Aucune extravagance, aucune réaction imprévue de la part des patients ne se produirait jamais.

Derrière ce comportement tout en retenue, se percevaient, cachées et fermes, les véritables limites : le personnel de sécurité au rez-de-chaussée et la sourde « chaîne de démontage de la vie », fonctionnant avec une formidable efficacité, emportant les cadavres et nettoyant la chambre en un clin d'œil.

Avec le temps, la situation d'Eligia finit par lui valoir des bénéfices secondaires : une aura d'importance enveloppait les plus anciens, lorsqu'ils déclaraient être là depuis quinze ou vingt jours. L'occasion de mépriser ceux qui ne relevaient pas vraiment de la chirurgie reconstructive, les infiltrés de la chirurgie esthétique, ceux de la rhinoplastie admis pour deux jours, pour être plus beaux, plus lisses, et pas à cause d'une nécessité aussi évidente que le manque de bouche ou de nez. Un respect épique auréola Eligia après la première année de séjour dans la clinique mais en nous installant, face à ce mur «d'humanitarisme souriant», j'eus la nostalgie d'Aron.

Pour l'invoquer, ma mémoire commença par ses globes oculaires, très blancs et proéminents lorsqu'il voulait inspirer de la terreur et qu'il s'efforçait à un regard impitoyable. À partir de ces sphères blanches, le souvenir passa à d'autres points saillants – l'orbite des yeux, les arcades sourcilières, l'arête du nez –, et de là une cascade créatrice engendra les narines, les joues... jusqu'à compléter ma reconstruction déductive, dans laquelle chaque forme appelait la suivante. Ce fut alors seulement que je pris conscience qu'à l'origine, la sphère blanche des globes oculaires était dépourvue de regard.

Je me lançai dans une recherche supplémentaire, non plus en termes de mémoire visuelle, mais de reconstruction d'intentions – la psychologie imprécise, qui en ces temps de mauvaise vulgarisation, me semblait en outre stupide –, par laquelle je tentai de recréer la volonté d'Aron de pénétrer la chair par n'importe quel moyen, de posséder violemment tout ce qui passait à sa portée, surtout ce qui lui échappait ou était sur le point de s'évanouir. Je me retrouvai, sans le vouloir, au cœur de sa panique: la présence de la moindre vulve. Je réussis à m'apitoyer quelques instants sur cet éperon qui l'avait changé en don Juan, en individu violent. Mais ensuite me revinrent les agressions dont j'avais moi-même souffert et je me considérai, égoïstement, comme un être à la conscience outragée, un pur haïssant toute forme d'agression. Je m'affirmai pacifique, certes non par amour du sort que la paix pourrait me réserver, mais par mon épouvantable connaissance du tréfonds de l'âme où se génère la violence.

Qu'aurait-il fait dans cette clinique ? Sans doute se disputer jusqu'à l'exaspération, se pavaner devant l'une ou l'autre de ces insipides infirmières, protester contre la disposition de la chambre, contre la médiocrité de la reproduction, demander que l'on échange la Montagne de Cézanne contre une gravure porno ou un Goya, et faire un tel grabuge tard dans la nuit que personne, dans toute la clinique, ne puisse ignorer qu'il était arrivé avec sa robe de chambre en poil de chameau, à franges et doublure matelassées de soie noire... et qu'il était là pour s'en prendre à quiconque conversant avec lui plus de dix minutes. Une vague de sympathie parcourut mon sang. Je ne pouvais me le représenter ni en accompagnateur, dans un rôle secondaire, ni en patient. Pour être admis dans cette clinique, il fallait être gravement atteint, mais je ne parvins pas à m'imaginer Aron avec, sur lui, les plaies d'Eligia. Il ne présentait presque aucun signe de détérioration quand nous le retirâmes de la morgue. Conservé au froid, c'était un cadavre plein de santé, comme s'il avait gardé une part d'indestructible : « Il aurait pu vivre encore mille ans », avait dit le médecin légiste devant nous, les membres de sa famille, qui caressions l'espoir qu'on ne sait quel cancer aurait expliqué son dernier geste. Il portait un bandeau noué qui cachait les perforations des tempes et maintenait également la mâchoire fermée.

De la morgue, à toute vitesse, au crématorium. Comme l'ami témoin avait été pris de malaise, nous dûmes y aller. «C'est une formalité, pas besoin de regarder», nous dit l'employé du cimetière. Je regardai fasciné : tout d'abord l'immobilité wagnérienne cernée de flammes, ensuite l'obscure carbonisation, et même une brève convulsion d'adieu.

L'image d'Aron ne cadrait pas avec cette clinique de chirurgie du visage. La vague de sympathie revint, mais je la réprimai aussitôt. Je n'allais pas, moi, me permettre ces affinités. Il avait soigneusement planifié son départ dans l'intention de nous faire à tous le plus de mal possible. Je n'allais pas lui laisser de porte entrouverte – c'est ce que je pensais dans cette nuit italienne –, je me reconstruirais moi-même avec la même ténacité qu'Eligia, contredisant tous les desseins d'Aron. Je serais l'anti-Aron ; j'aurais ma propre façon d'être fort, de défier le destin. Mon indifférence ne serait pas une dette filiale.

– Ne fais pas comme là-bas. Couche-toi et dors bien. Nous sommes fatigués par le voyage, me dit Eligia lors de cette première nuit à Milan.

L'infirmière de nuit nous apporta de quoi manger et nous annonça que le lendemain, dans la matinée, le professeur ferait sa visite. Les repas d'Eligia étaient déjà compris dans les honoraires de la clinique, mais il me fallut signer un bon supplémentaire pour mon sandwich. Nous évoquâmes avec Eligia le problème de mes repas.

– Tes repas sont inclus, lui dis-je, et moi, je vais trouver un petit resto dans le coin.

Je me promis de chercher un endroit bon marché pour alléger le budget familial et écluser en passant quelques verres. J'allai dans la petite salle de bain pour me mettre en pyjama pendant qu'elle se changeait dans la chambre. Nous nous endormîmes aussitôt, mais je me réveillai à une heure incertaine de la nuit. Je m'aperçus que l'obscurité n'était jamais complète dans la chambre, car les stores réglables en plastique laissaient filtrer un peu de l'éclairage lointain du Corso di Porta Vigentina, la rue sur laquelle donnait l'église du Paradiso. L'éclat tombait sur le couvre-lit en coton blanc du lit d'Eligia. Elle dormait, rapetissée, immobile et couverte jusqu'au cou. Les couvertures de mon lit de camp étaient vertes, mais les draps étaient aussi blancs que ceux d'Eligia. En essayant de me redresser, je sentis une humidité tiède près de mon nombril. Ça me mit en colère. Il y avait si longtemps que de tels débordements ne m'étaient plus arrivés ! Je ne m'y attendais pas, et encore moins après avoir tant bu dans l'avion. « Quand on prend la peine de boire au point de devoir monter dans une ambulance, la moindre des choses que l'on puisse demander en compensation c'est que des accidents d'une aussi dégoûtante humidité ne se produisent pas », pensai-je, cette lointaine nuit. Le pantalon du pyjama était mouillé, le liquide coulant le long de la hanche gauche avait également touché le drap. Je regardai avec effroi Eligia, qui dormait en hauteur. J'imaginai le lendemain matin, lorsqu'une infirmière ressemblant à Catherine Spaak apercevrait une tache durcie. Les vagues de mon irritation enflèrent. J'en attribuai la faute au médicament qu'on m'avait administré dans l'ambulance, une de ces cochonneries qui dissipent l'effet de l'alcool en une seconde, l'aiguille à peine plantée. Ce n'était pas la première fois qu'à cause d'une cuite je finissais dans une ambulance ; en général, on me donnait de la coramine. Je maudis l'infirmier de l'aéroport, mais je maudis encore plus l'hôtesse de l'air qui m'avait d'abord donné tant à boire, pour ensuite me dénoncer à ses collègues et au commandant.

En tâchant de ne pas faire de bruit, je me glissai jusqu'au petit vestibule et, dans l'armoire, récupérai le stylo dans la poche de mon manteau. Je me douchai et lavai soigneusement la partie souillée de mon pyjama. Je remis le vêtement humide. Je revins à mon lit. Je fis couler l'encre du réservoir du stylo à plume sur la tache du drap, qui était à peine une trace humide. De temps à autre, je lançai des regards furtifs en direction du lit qui occupait presque toute la chambre. J'évoluai dans la pénombre, éclairé par le reflet du grand dessus-de-lit qui servait de point de repère à mes mouvements. Finalement, je me couchai de façon à ce que la partie lavée de mon pyjama coïncide avec l'encre sur le drap. Avant que n'arrive l'heure du ménage, l'eau, l'encre et le sperme sécheraient, laissant une tache crédible, qui trahirait seulement l'endormissement d'une personne, stylo à plume à la main. La chaleur de mon corps devait accélérer ce processus.

Je n'ai jamais pu me souvenir de ce rêve aux effets si fertiles. Je mis presque dix années à m'apercevoir que depuis cette nuit-là je ne rêvais plus, ou que je ne me souvenais plus de mes rêves. Le dernier fut celui de l'avion. Dans la clinique, je m'étais réveillé avec la sensation confuse d'images qui fuyaient enveloppées dans la brume, mais je me mis tout de suite aux opérations de nettoyage et je ne les retins pas. Au cours des deux années suivantes, le même désir de saisir ces silhouettes fuyantes me hanta fréquemment, sans que je puisse jamais préciser quelle fantasmagorie avait traversé mon esprit. Je n'ai plus sali un lit de toute ma vie.

Le matin venu, je constatai que ma stratégie de nettoyer en salissant avait été inutile. L'aide-soignante du matin ne ressemblait pas à Catherine Spaak : c'était une blonde, aux cheveux secs et courts, de presque cinquante ans, d'une corpulence solide et harmonieusement répartie sur tout son corps. J'avais laissé traîner près de ma couche quelques livres, pour rendre la situation plus évidente. Lorsque je voulus lui expliquer ce qui était arrivé, elle ne répondit même pas. J'essayai de demander un «biombo», un des mots italiens que je n'avais pas appris en regardant des films néoréalistes. Pour me faire comprendre, je dus parler avec les mains, ce qui ne fit qu'augmenter mon impuissance. Finalement, la femme, qui exhalait une haleine aux relents de viande froide bien assaisonnée, s'exclama : «Ah ! Un paravento. Mais vous n'avez pas besoin de "biom-bo"». Elle prononça avec difficulté le mot espagnol en riant. Vous devez faire attention à votre mère. Vous pensez pouvoir la secourir rapidement, caché derrière un paravent ? Comment vous pouvez faire attention derrière un "biom-bo" ? Non, ce n'est pas comme ça qu'on soigne ces blessés. Je m'y connais. Vous devez être vigilant. Cela ne serait pas pareil si vous engagiez une infirmière, au moins pour la nuit, pour pouvoir vous reposer ou même sortir faire un tour, danser, je ne sais pas, moi, ce que vous pourriez machiner par là… Alors là, oui, vous pourriez mettre un "biom-bo".»

Le tarif d'une infirmière particulière était très élevé. L'idée d'une femme inconnue veillant, pendant que moi, endormi et trahi par d'insaisissables images, je trempais le drap, me traversa l'esprit. «Ou bien, reprit-elle, en voyant la tête que je faisais, peut-être pas toutes les nuits, mais au moins quelques-unes ; j'ai une cousine spécialisée dans ce genre de blessés, vous verriez comment elle les bouge !, comme des marionnettes bourrées de plumes, sans qu'ils souffrent du tout, du tout : c'est un don !, un don qu'on a ou qu'on n'a pas. Avec ces blessés, le plus difficile, c'est de les manipuler. Et aussi de les faire manger, c'est tout un art. Vous savez : un faux mouvement peut ruiner tout un travail de greffes ; une petite négligence et tout est perdu. Et puis, en plus, le matériel – je suppose qu'elle faisait référence à la peau, et non aux gazes et aux cotons – est vite épuisé. Il faut en prendre bien soin. Vous n'avez pas idée des problèmes que cela pose, tout seul comme vous l'êtes. Après, venez voir la salle de soins, les palans et les baignoires spéciales qu'il faut savoir manœuvrer dans ce métier.» L'idée d'une femme à haleine fortement épicée manipulant Eligia à l'aide d'un palan, comme un pantin bourré de plumes, me dérangea également.

Au milieu de la matinée, les aides soignantes et les infirmières revinrent régler les derniers détails dans la chambre. Elles avaient à peine terminé leurs tâches que le professeur Calcaterra fit son entrée : c'était un vieillard vigoureux parlant d'un ton calme, bien que ses paroles aient un sens inquiétant. Il inspira sur-le-champ une solide confiance à Eligia. Cette scène me déplut aussi et je pensai que la pauvre n'avait guère d'autre choix que de se remettre entre les mains des médecins. Le visage du professeur Calcaterra était synthétique : la bouche, le nez et les sourcils se réduisaient à un seul trait économe, alors que les larges surfaces du front et des joues s'étendaient jusqu'aux oreilles, petites ; aux cheveux, raides, clairsemés, grisonnants ; et à la mâchoire, en forme de proue.

Le professeur était toujours entouré de trois ou quatre assistants, en général silencieux, mais tout à fait disposés à éclaircir le moindre doute. L'équipe avait l'air efficace. Les honoraires avaient déjà été réglés par courrier. Ce qui revenait vraiment cher, c'était la clinique. Le maigre héritage d'Aron n'y suffirait pas.

– Les soins seront longs, très longs, déclara Calcaterra, mais je puis vous assurer une totale récupération. Les dégâts ont été terribles, mais il y a des solutions… Regardez, ajouta-t-il en désignant de l'index les capricieux détours tracés par les crêtes et les cicatrices.

Son doigt pointait fermement dans une direction, mais finissait par décrire des cercles qui reproduisaient ceux de la peau.

– Des labyrinthes!, chère madame, dans lesquels vous vous perdez vous-même. Des inventions inutiles! Des caprices! Des labyrinthes! Quel est leur sens? J'ai étudié avec beaucoup d'attention le dossier que m'ont transmis mes collègues d'outre-mer et les photographies...

– Les photographies? Quelles photographies? demanda Eligia.

– Quelqu'un a fait des photographies dans la salle d'opération afin de suivre les étapes du processus... Vous ne vous en souvenez pas? L'anesthésie peut-être... Un grand service à la science... Puis il se concentra sur le visage d'Eligia.

– Ah! Ceci est un mal véritablement complexe: un labyrinthe en mouvement..., soupira-t-il avec une affliction théâtrale. Il est des visions qui devraient être uniquement accessibles à Celui dont le regard est supérieur, Celui qui ose affronter l'occulte grâce à un savoir plus profond encore que la confusion créée par l'acide, «un savoir réconciliateur» diraient les religieux qui fréquentent ce lieu... Écoutez-les.

– Mais je présume qu'avec tout ce que vous avez vu durant toutes ces années de pratique, dis-je avec un zeste d'ironie dans la voix, vous aurez conquis ce savoir, cette vision profonde qui permet d'analyser la situation.

– Non, cela, je ne l'ai pas acquis par la médecine. Dans cette spécialité, il faut également prendre en compte tout ce qui n'est pas à la portée de la science, de la main, ou de l'œil: les mouvements occultes de la matière, les changements sous-cutanés. Il m'est arrivé de recoudre une épaule et de voir les points de suture réapparaître à la hanche. Tout ce qui pénètre notre chair devient une bouteille à la mer. Nous ne connaissons pas les courants, et nous ne savons rien des forces en jeu, de leurs directions, ou de leurs raisons. Nous nous contentons de tenir un registre de ce qui refait surface. Ce qui véritablement se passe à l'intérieur est inexplicable. Que nous cache la peau ? Il doit y avoir là-dessous un enseignement fondamental, une raison pour que cette surface, si désirée, si chantée, si aimée, se transforme, avec un peu de feu ou d'acide, en un paysage stupéfiant. Pas en déchet, vous comprenez ?, pas en ruine : c'est une construction nouvelle sans lien avec la volonté de l'architecte. Il faudrait inventer un mot qui n'existe pas, quelque chose comme « écroulement constructif de l'énigme »... Solo cosi s'expliquent ces merveilleuses régénérations qui ont lieu parfois. Il y a une puissance là-dessous ! Vous allez voir comment les vieux points de suture qu'on vous a faits au cours du traitement d'urgence vont commencer à émerger ; comme des blessures de flèches venues du passé. Quelle irrépressible nocivité ! Toute cette chair ne sait plus que faire d'elle-même et de son histoire, elle a perdu le nord et le sens. Rien d'étonnant si ce qui est à l'intérieur veut en sortir. Savez-vous, madame, quelle va être notre stratégie ? Au tourbillon, nous allons opposer l'abîme ordonné. À la surface, sur la peau, on peut trouver uniquement des solutions superficielles, bonnes pour des chirurgiens urgentistes. Mais nous, les plasticiens, nous sommes des gens qui œuvrons dans la profondeur.

Au lieu de recouvrir, nous allons nous creuser, nous allons approfondir afin de parvenir là où l'acide n'est pas arrivé. Pour le moment, le labyrinthe occupe plus de la moitié de votre peau, il n'y a pas d'issue. Eh bien, creusons ! C'est la seule manière courageuse de résoudre ça. madame, vous avez été vitriolée. « *Vetriolo*, vous comprenez ? » – Il récita quelques latineries que je ne parvins pas à déchiffrer, mais qui firent naître des étincelles d'espoir et de respect dans les yeux d'Eligia.

Le médecin me regarda du coin de l'œil et remarqua mon trouble.

– Nous extirperons toute cette confusion. La chair brûlée faisait partie d'une structure musculaire plus importante, très complexe et savante. Les premiers médecins à avoir soigné votre mère ont retiré ce qui était évidemment endommagé, mais ont laissé subsister des restes de la structure, ce qui n'avait pas été touché par l'acide. Échafaudages inutiles à présent. Une structure incomplète, c'est le chaos, voire pis encore, un échec de la raison, des ruines parmi lesquelles tout se perd. Nous allons mettre de la nouvelle matière, mais en lui donnant des bases saines, des fondations solides et propres, dit-il presque dans un murmure.

Ses paroles firent l'effet d'un baume sur Eligia, mais, pour ma part, je les interprétai comme une nouvelle série d'ahurissants changements de couleurs et de formes ; je me demandai quand ils parviendraient à ces fondations solides et propres.

– Chère madame, nous creuserons à la recherche

du Créateur, nous le chercherons au fond des plaies, di le sua plaies, chère madame. Nous allons le chercher et, lorsque nous l'aurons trouvé, nous lui demanderons de refaire une nouvelle femme. De sorte que, à partir de la haine qui vous a blessée, à partir de cet acide maudit, de ces brûlures, vous, madame, vous trouverez la sua vérité, la sua grande vérité, sur laquelle vous pourrez de nouveau construire, cette fois pour toujours. Savez-vous, chère madame, quel est le symbole de v.i.t.r.i.o.l. en alchimie ? Vous allez être surprise : Cupidon ! L'amour ardent qui transperce et régénère. Mais ce n'est pas un symbole arbitraire. Comme l'amour, l'écorchement par la brûlure a lui aussi un côté raisonnable : découvrir la beauté intérieure... Vous, jeune homme, qui avez tout votre temps, allez donc admirer la statue de San Bartolomeo dans notre Duomo, un saint si transparent.

Le vieillard avait imprimé à ses paroles un accent de dignité et de conviction. Je les avais perçues comme un excès de zèle professionnel, mais elles firent le meilleur effet sur Eligia.

– Nous pouvons commencer dès demain matin. Vous ne voudrez pas perdre de temps, conclut le professeur.

Il donna des instructions à ses assistants et aux infirmières. Il disparut dans une nuée de respect et de blouses.

Nous renonçâmes à notre projet d'aller à Brera. Eligia dut rester alitée et suivre un régime strict. Elle m'envoya acheter quelques petites choses. Elle se doutait qu'elle serait immobilisée de nouveau pendant longtemps et ne voulait pas être prise au dépourvu.

C'est à peine si j'eus le loisir de jeter un œil à l'automne milanais, le temps des courses. Je revenais tout juste lorsqu'on lui apporta un déjeuner frugal. Après la visite d'un assistant, on lui donna sans plus d'explications quelques comprimés.

Je sortis dans le couloir. Dans un coin, éloigné des chambres et proche du local des infirmières, bavardait un groupe de jeunes filles, assises dans de petits fauteuils. Elles me saluèrent en souriant. C'était le seul lieu, de tous ces couloirs, où l'on pouvait s'asseoir. Elles parlaient de chirurgie esthétique et faisaient l'éloge du professeur Calcaterra.

– Me ne frego que cela coûte une fortune… C'est pour toute la vie et le professeur est le meilleur ; il t'inspire comme ça, autant de sécurité, autant de confiance ! En plus, il m'a expliqué tout ce qu'il allait me faire. Vous le saviez, vous, que le nez est une structure ? Lorsqu'elle n'est pas harmonieuse, il faut la démolir complètement pour construire à la place quelque chose d'harmonieux, qui ne te trahisse mai più.

– Une cousine à moi est ressortie bellissima ; elle a même de meilleures notes au lycée.

– C'est comme acheter un diamant qu'on pourra montrer pour toujours. Et vous, qu'allez-vous refaire ? me demanda l'une d'entre elles. Regardez-le, n'est-il pas mignon tout plein… avec ce petit bout de nez bien droit ?!

– Non, rien. Moi, je ne fais qu'accompagner.

– Qui ça, votre épouse ? Vous ne voulez pas la laisser seule ne serait-ce qu'une nuit, la pauvre ?

Les employées n'ignoraient plus rien déjà des liens qui m'unissaient à Eligia ; je ne pouvais pas le nier.

– Ma mère.

Bien qu'elles se soient connues à peine quelques minutes auparavant, cet après-midi même, un air de confrérie les rapprochait déjà : elles étaient toutes en robe de chambre et chemise de nuit, elles se souriaient toutes, tâchant de se rassurer les unes les autres, elles rêvaient toutes d'un futur parfait qui commencerait le lendemain, ou au plus tard le mois suivant, lorsque l'œdème de l'opération serait résorbé ; elles possédaient toutes un trait de travers qui les avait mortifiées au cours de leur vie : à présent, la perfection était à portée de main, et pour demain.

Le professeur n'opérait pas des caprices ; s'il s'occupait d'un cas, c'est qu'il le considérait comme nécessaire, comme on pouvait le voir dans ce groupe. Lorsque je me détachai de la conversation et des sons, mes yeux me révélèrent un sabbat domestique. Dans la lumière crue de la fenêtre, j'observais ce que ces femmes ne seraient plus jamais, ou seulement en secret, dans leurs souvenirs, ce qu'elles transmettraient – inexplicablement pour leurs époux – à leurs enfants. Je les imaginai réduire en mille morceaux toutes les photos « d'avant », essayer de jeter un voile d'oubli sur cette étape de leur vie qui s'achèverait le lendemain matin. Elles n'admettaient pas les imperfections. Je me souvins de mon école Herder à Montevideo, où l'on convainquait les élèves de la nécessité de détruire eux-mêmes leurs devoirs mal faits.

Les petites sorcières vivaient la situation inverse d'Eligia : ici, des jeunes femmes rêvant d'un futur prometteur et à portée de main ; dans la chambre, une femme rêvant d'un passé déjà connu et irrécupérable. Je me rendis au bar du coin.

C'était un établissement très étroit, complètement différent de ceux que je fréquentais dans mon pays. Juste deux minuscules tables, autour desquelles jamais personne ne prenait place, un comptoir court sans sièges ni barre où poser les pieds. Les seules exceptions à cette échelle lilliputienne étaient la machine à expresso et le juke-box.

Dans cet espace exigu, quatre habitués bavardaient debout. On voyait à leur attitude qu'ils étaient pressés de partir et de retourner à leurs occupations. Un jeune homme de mon âge les servait, le seul barman sobre que j'aie rencontré au cours de ma vie. Je bus pendant une demi-heure, jusqu'à ce que tous les clients soient partis. À ce moment-là, quelqu'un interrompit mes réflexions.

– Tu es à la casa di cura ? me lança une voix féminine, stridente et impérieuse. La question semblait presque un ordre dicté par quelqu'un qui n'en avait jamais dicté. Elle venait d'un recoin aussi lointain que l'exiguïté du local le permettait. Je vis une jupe qui couvrait les genoux et un chemisier croisé très ample, sans col et avec un seul et énorme bouton au niveau de la taille, de sorte que, selon l'ondoiement du tissu, des pans de poitrine plus ou moins généreux se découvraient fugitivement. Des vêtements inadaptés à ces heures laborieuses. En dépit des variations, la plus petite surface de peau entrevue était déjà plus qu'audacieuse, et constituait l'unique élément attrayant dans ce bar hostile qui, jusque-là, m'obligeait à boire à la hâte, soupesant à chaque seconde l'éventualité de retourner à la clinique sans avoir déjeuné. Elle s'approcha.

– C'est très cher, là-bas... Mais toi bien sûr... Et elle pinça, méprisante, mon pardessus. Tu m'offres quelque chose ?

Sans que j'esquisse un geste, le jeune barman lui servit une boisson chocolatée.

– Tu accompagnes la tua donna ? Ne me dis pas que c'est toi qui veux te faire opérer.

Je ne répondis rien. Quelques minutes plus tard, je commandai un autre whisky, pour la route.

– Whisky ? Mais d'où est-ce que tu viens ?... Ah ! Latino. De quel pays ? Tu parles italien ?

– Je ne connais pas la ville et je cherche un endroit bon marché pour déjeuner. J'ai assez de fric pour t'inviter, si tu ne commandes pas n'importe quoi. Pour le reste, je n'ai pas de fric.

– Je connais une trattoria à cinq minutes à pied d'ici.

Nous traversâmes le Corso di Porta Vigentina. De l'autre côté du mur s'amoncelait l'inutilité des décombres, que leur mystère occultait. On s'enfonça ensuite dans un quartier solitaire, longeant l'arrière d'un grand bâtiment au centre d'un parc clos par une grille aux pointes de lances dorées, pour arriver enfin à un petit restaurant vide. Je demandai un bifteck.

– Paillard ? Bistecca ?

– N'importe quoi. De la viande.

Elle commanda des pâtes. J'étudiai le menu et les prix indiqués étaient très modestes. Nous ne parlâmes presque pas durant le repas. Elle me regardait avec un certain agacement, spécialement lorsque je me servais du vin de la carafe avec empressement. Je demandai l'addition et il y en avait pour une fortune.

– Douze mille lires pour le bifteck ! Mais sur le menu il est écrit trois mille.

– Monsieur, regardez bien s'il vous plaît, trois mille l'*etto*. Je consultai à nouveau le menu avec plus d'attention cette fois-ci. À côté du prix du bifteck se trouvait un astérisque minuscule qui renvoyait à une note au verso de la page. Là, en caractères de corps six, était consigné, sans aucun doute, l'*etto*.

– Qu'est-ce que ça veut dire, l'*etto* ?

– Cela veut dire cent grammes, m'expliqua la femme avec un sourire.

– Mon petit bifteck ne pesait pas plus de deux cents grammes.

– Nous l'avons pesé en cuisine, répliqua calmement le garçon tout en regardant l'assiette dans laquelle se trouvaient quelques tendons rebelles que moi seul avais pu couper grâce à mon canif, et c'était un bifteck de plus de quatre cents grammes.

La fille se leva pour se rendre aux toilettes pour dames.

– Donc, ajouta le garçon, cela fait douze mille pour le bifteck, plus la salade, le vin, les pâtes et un soda: au total vingt-et-une mille lires.

Je payai et attendis vainement le retour de la femme. Je me sentis soulagé car sa fuite m'avait épargné de la punir pour le traquenard où elle m'avait fourré : le garçon fut seul témoin de mon humiliation. Je revins au local du Corso di Porta Vigentina. Je demandai au barman de me vendre une bouteille de whisky.

– Formellement interdit de vendre des bouteilles ici… D'ailleurs, il ne m'en reste qu'une, et elle est déjà ouverte. Pourquoi vous ne goûtez pas une liqueur? Vous avez la bouteille pour dix mille.

– Vous n'avez pas une… ? «Fiasque» était un autre mot que je n'avais pas appris dans les films de Gassman. Entre approximations et mimiques, je me fis comprendre.

– Non, c'est un bar sérieux ici.

Je payai la liqueur, d'une couleur mandarine artificielle. Dans un coin, la femme souriait. Je pris la bouteille, qui avait une forme impossible à dissimuler: elle avait un col pansu et un cône creux à la base, au lieu du cylindre de n'importe quelle bouteille décente. Je ne lui rendis pas son sourire. Elle était revenue pour se moquer de moi. Cette nuit-là, je restai à la clinique. Ni Eligia ni moi ne mangeâmes.

On vint la chercher tôt le matin. Tout alla très vite. On la transporta dans son lit qui glissait sur des roulettes. Je compris alors la raison de la largeur des portes de la chambre. Les infirmières ouvrirent les battants et elle s'en alla voguant par là. Je la suivis jusqu'à la salle d'opérations, et j'attendis dans une pièce voisine. Un chariot, très, très étroit et très, très élevé, était réservé au transport des cadavres, comme je pus m'en apercevoir avec le temps.

Elle sortit sur le même lit roulant; l'après-midi était avancé. Quelques jours plus tard, elle me raconta qu'on l'avait anesthésiée dans son lit et qu'on ne l'avait transférée au bloc qu'une fois totalement endormie. De cette manière, on lui évitait le choc de la vision de la salle d'opérations.

À la sortie du bloc, plusieurs médecins et infirmières s'affairaient autour d'elle. «Tout s'est bien passé», me dit l'un des assistants.

Ce ne fut que lorsqu'on nous laissa tranquilles dans la chambre que je pus l'observer attentivement. Tout manquait. Les greffes d'urgence n'y étaient plus; les lourdes paupières avec leurs chéloïdes n'y étaient plus, et les orbites laissaient voir les yeux blancs, enfoncés et tout à fait immobiles. Le peu qu'il subsistait auparavant des lèvres et de la joue la plus touchée avait également disparu. On voyait en partie les os de la pommette, de la mâchoire, les dents et les molaires, avec la langue relâchée ressortant un peu entre les creux de la dentition. Les cheveux étaient prisonniers d'une coiffe. Je la fixai plusieurs heures, absorbé.

– Tout s'est très bien passé, lui dis-je à l'oreille; elle remua à peine un peu la tête et gémit en demandant de l'eau.

– Tout s'est passé bien, me dit le docteur Calcaterra quand il vint seul, tard cette nuit-là.

Il me parla en susurrant, dans l'obscurité où j'étais resté à veiller sur Eligia.

– Vous croyez ?

– Oui. Je comprends que, maintenant, il suo aspetto puisse être un peu impressionnant. Ça a été une brûlure... pire que celles de la guerre. Permettez-moi de vous donner un conseil, et il me prit par le bras et m'éloigna d'Eligia. Dans ces cas, il faut être réaliste. Comme je l'ai déjà dit, il ne s'agit pas de dissimuler, de cacher, d'occulter. Il est indispensable d'accepter qu'une nouvelle réalité a été inventée. Votre père a créé quelque chose de nouveau. Nous ne pouvons le nier : il ne nous reste più qu'à donner à la tragédie son propre sens, sa voie pour s'exprimer. Déblayer les vieilles ruines afin que le nouveau visage se forme en toute liberté, sans labyrinthes trompeurs. La vie nous surprend : avec des particules infimes, presque dépourvues de sens, la Création multiplie la substance. Mandare via ces bourrelets et ces chéloïdes, enlever cet embrouillamini humain. Laisser l'essentiel, afin que le fabricant accomplisse son œuvre sans dévier de son chemin, ni s'attarder. Rien de tel que l'air, la lumière, si l'on désire que les formes suivent leur meilleur cours. Naturellement, plus avant nous allons l'aider, avec quelques lambeaux de peau. Cette femme recouvrera toutes ses fonctions : paupières, lèvres, tout. Mais l'esthétique, ça, nous le laissons à la vie. Permettez que le monde se familiarise avec cette nouvelle forme. Seul ce qui est visible peut être compris; c'est cela qui peut changer. Un mystère non cambia mai. Quel mystère peut s'améliorer? Ne vous laissez pas donc impressionner. Courage! Vraiment, vous ne connaissiez pas les blessures de votre mère? Vous l'appelez Eligia? Prenez cette première étape du traitement comme une révélation de la lumière, de l'ordre, de la clarté.

Cette nuit-là, je fis comme dans la première clinique, je ne me déshabillai pas. Je m'assis sur le canapé-lit et, au terme de trois heures particulièrement longues, glissant lentement, ma tête atteignit le siège. Je m'endormis, mon corps couché selon un angle qui trahissait ma position assise originelle. Je me réveillai et je vis d'où j'étais le visage d'Eligia, dans la pénombre des reflets blancs de son couvre-lit, sans comprendre ce que je voyais. Soudain, les surfaces blanches de son visage s'assemblèrent. Allongé dans l'obscurité, je regardai, anéanti: j'avais devant les yeux le cartilage nasal mis à nu et sa position par rapport aux autres taches claires de la face. Vue sous un angle inférieur et latéral, m'apparut la demi-tête de mort d'Eligia, qui soupirait de temps à autre dans son sommeil forcé. La disparition de la joue avait laissé une cavité très profonde. Dans la pénombre, on ne pouvait distinguer les couleurs, mais seulement les degrés de sècheresse ou d'humidité dans une image en noir et blanc. Ses dents parfaites, qui naguère ne se découvraient que dans l'esquisse de son sourire indécis, se montraient à présent au complet, en une série courbe et élusive, matière immaculée qui plongeait avec prestance dans le temps et les drames personnels pour ne s'arrêter que dans l'archéologie dépassionnée. En revanche, la vie bouillonnait dans les gencives larges et luisantes, humides de salive au-dehors, et palpitantes de sang en dedans.

Après un laps de temps que je ne pus préciser, je me dis que j'en avais fini avec les illustrations. Je n'aurais jamais plus besoin de chercher dans la bibliothèque de l'enfance ces gravures anatomiques superposées, avec toutes les strates de notre organisme. Je savais à présent ce que nous étions.

À travers le store filtrait une lumière avare et artificielle.

Les soins nécessaires à Eligia occupèrent les journées suivantes. C'est à peine si j'eus le temps de demander un sandwich aux aides-soignantes, ou de m'échapper quelquefois au bar pour y commander l'alcool le moins cher. Je goûtai à tous les colorants artificiels de la chimie. Le garçon du bar conservait ces bouteilles plus comme décor que pour être bues. Il y avait des liqueurs pourpre brillant, violet, cristallin, vert émeraude, jaune clair ou intense.

Au cours d'une de mes escapades au petit bar, la femme me salua en souriant dans son coin.

– Ciao ! Tu es pâle. Va bene ?

Je ne lui répondis pas.

– Sans rancune, non ?

Alors que l'on pouvait désormais me considérer comme le meilleur client du bar, l'employé me reçut avec le début d'un sourire. Au moment de régler, la note s'était merveilleusement allégée.

– Prix d'habitué, me dit-il. C'est la Dina qui me l'a suggéré, pour que vous ne nous quittiez pas pour aller boire je ne sais où.

Alléché par les nouveaux tarifs, j'eus une conversation très sérieuse, au cours de la visite suivante, avec le jeune homme. Il s'agissait d'en finir avec les alcools doux ; il devait me procurer du whisky.

– Trop cher pour ce bar.

– Alors un autre alcool sec. De la grappa ?

– Trop vulgaire pour mes clients. À quel genre de bar croyez-vous avoir à faire ?

La femme quitta son coin reculé et me prit par la main.

– Viens, je te montre un endroit où tu peux acheter ce que tu aimes. Ne me regarde pas avec cette tête fâchée, tu ne sais pas faire confiance aux gens ?

Nous sortîmes dans l'après-midi et prîmes la direction du centre-ville. Quelques pas plus loin, nous errions dans un quartier qui m'était inconnu. Dans un magasin d'alimentation, ma guide demanda un whisky d'importation et paya.

– Tiens. Un cadeau. Faisons la paix. Tu n'as pas le sens de l'humour. Tu es libre : se vuoi, tu peux la jeter dans la rue.

J'ouvris la bouteille, bus, et la fourrai dans mon manteau. Nous entrâmes dans un secteur de vieux édifices du siècle passé, imitant dans la mesure du possible, mais en plus économique, les fastes de la Renaissance. Je ne sais lequel des deux faussa compagnie à l'autre, mais quelques minutes plus tard je me retrouvai à marcher seul et perdu.

Je suis un homme de cités rationnelles, uniformes et quadrillées. Au cours de mes voyages antérieurs, j'avais toujours eu un guide, mais à présent j'étais livré à mes pas, déambulant dans ces rues capricieuses dont le tracé obéissait à des remparts qui n'existaient plus, ou allez donc savoir à quels ateliers extra-muros où avaient été fabriqués des armes ou des brocards, destinés non à se battre ou séduire, mais à être vendus dans toute l'Europe ; et les ateliers avaient disparu, pour ne laisser subsister qu'un élargissement de la voie ou une placette. Aucune direction n'était constante ; aucune référence, stable ; nul damier pour contenir l'ensemble. La largeur de ces artères était fluctuante : parfois, elle variait brusquement, parfois par imperceptibles transitions ; ce qui est sûr, c'est que je ne savais jamais si je marchais dans une rue, une avenue ou sur une place.

Toute cette incertitude dénuée de références empirait avec l'obnubilant brouillard qui commençait à tomber, le premier brouillard dense de l'année. Il était difficile de distinguer s'il était possible de tourner à gauche, à dix mètres, ou à droite, ou s'il n'y avait pas d'issue. Je tentai de marcher dans l'espace assigné comme trottoir, qui, dans certaines sections, était uniquement matérialisé par une bande de peinture jaune, et dans d'autres par une minuscule bordure, mais qui ne constituait jamais un refuge sûr pour les piétons. À un carrefour imprévu, une automobile faillit m'écraser en mordant sur la frontière symbolique dans son virage. Je ne me sentis pas en sécurité. Il me sembla que je traversais une succession de tronçons qui jamais ne se réuniraient. Je demandai à un passant pressé par le froid où se trouvait le Corso di Porta Vigentina.

– C'est loin… le mieux c'est de tourner par là, dit-il, indiquant du bras une vague direction, prendre via Regina Margherita, qui après change de nom et s'appelle via Caldara. Quand vous serez exactement à Porta Romana… Voyons… Vous devriez retourner… Non, non…

Au fur et à mesure qu'il se perdait dans ses explications, il abandonnait sa méfiance envers moi pour se concentrer sur sa propre confusion.

– Faites comme ça : de la place prenez Corso di Porta Vittoria jusqu'à via Sforza… Tutto revenir par ce chemin vous repartez en arrière… Vous avez intérêt à aller jusqu'à la place et à demander à quelqu'un d'autre !

Je voulus suivre ses conseils, mais ne trouvai pas la place et me perdis à nouveau. Je vis un bâtiment dont la façade se creusait en un énorme portail aux arches plein cintre, conçu par un architecte dans l'évidente intention d'oppresser les pauvres gens qui passaient dessous. Dans le fond, un recoin plus petit offrait un abri, genre de vestibule fermé par une petite porte sur laquelle quelqu'un avait gribouillé des graffitis et écrit des légendes.

Je m'assis par terre dans ce vestibule ; je bus. À ma droite gisaient des objets qui n'étaient plus que des détritus : boîtes vides aux étiquettes déteintes, un pare-chocs chromé, un lavabo sans robinet. Ces pièces usées conservaient leur allant, ou l'avaient retrouvé seulement parce que quelqu'un voulait les transformer en détritus. Je fus frappé qu'elles aient pu échapper à l'attention méticuleuse des services municipaux milanais. J'imaginai qu'elles devaient être du meilleur effet aux côtés des graffitis. Je bus et traversai la rue pour observer mon vestibule en perspective. Ce n'était pas mal du tout : juste les dessins à la craie avec quelques mots grossiers, et sur un côté les objets en carton et en métal.

Ensuite, je parcourus du regard ce qui m'entourait. Le vestibule se cachait, rapetissé, assailli par les voussoirs gigantesques de l'arc titanesque qui l'abritait ; celui-ci, à son tour, s'inscrivait dans une série d'arcs identiques se perdant parmi le brouillard, dans les deux directions. Hors du vestibule, toute couleur était insuffisante, elle était en trop. D'un arc à l'autre, d'énormes pierres rugueuses se pressaient entre elles en un ouvrage cyclopéen qui pesait sur l'intérieur d'une manière étouffante. Sur ces pierres grises, la lumière se transformait en une veste mouillée, rétrécie et inférieure à celle des grands volumes. Je cherchai avec angoisse une limite, un cadre, des angles droits qui auraient donné un sens à la construction, embrassé un tout, et enfermé les tensions à l'intérieur d'une certitude fiable. Plus mes yeux faisaient un large tour des lieux, plus les forces et le poids semblaient écraser le vestibule. Ces constructions, abominables et gigantesques, finissaient par ne plus se rapporter à rien : vers le haut, elles se perdaient dans une splendeur éteinte et incolore derrière laquelle il devait y avoir le ciel ; sur les côtés, les arcs s'enfonçaient dans l'obscurité de la rue. Toute continuité, toute séquence, toute reproduction, demeuraient tronquées. De mon vestibule, on ne voyait plus qu'une fente colorée, et encore. Je revins à lui ; en me baissant, un supplément d'alcool afflua à mon cerveau et je titubai. Je m'assis, à présent mal à l'aise. Je sentais à travers les murs la pression des énormes blocs. J'avalai une rasade de whisky, repliai les jambes contre moi et m'emmitouflai. Je m'endormis jusqu'à ce qu'une voix m'apostrophe : « Tu peux pas dormir ici. Allez, dégage. Via ! Fuori ! »

Un homme vêtu d'une combinaison de la voirie municipale me donna quelques petits coups de son balai. Il était effrayé et on lisait, sur son visage criblé de taches de rousseur, une répugnance qu'il ne cachait pas. Je me levai et me mis à marcher sans but. Je me retournai et je pus l'entendre marmonner : « Ces types du Sud ! », pendant qu'il ramassait de mauvaise humeur le bric-à-brac abandonné dans le vestibule et le balançait dans son petit chariot à bras.

IV

Alors que l'hiver approchait, le piège de la routine se refermait sur ma vie à Milan. La nuit, je dormais sur le lit sans me déshabiller. Les premiers matins de mon séjour dans la clinique, la femme de chambre me disait sur un ton de reproche :

– Vous avez encore dormi sans vous mettre dans le lit. Mais quel genre de garçon êtes-vous ! Si vous aviez été élevé avant-guerre, vous ne seriez pas devenu aussi paresseux. Il faut voir comment les jeunes gens apprenaient à faire leur lit et à être propres sur eux. Mussolini, ça c'était un homme ! Dommage qu'il se soit trompé avec la politique étrangère…

… Et s'épargnant le travail de refaire ma couche, elle se contentait de lisser le couvre-lit, puis repliait le meuble pour en faire un canapé en plastique adossé au mur. Au bout de quelques jours, elle arrêta de faire des commentaires.

Eligia, dépouillée de ses muscles, pénétra dans une zone de calme. Moi, c'était l'absence de paupières qui m'ennuyait le plus. Lorsque je lui faisais la lecture à haute voix, une heure le matin et deux heures l'après-midi, il m'était difficile d'apprécier si Eligia dormait ou non. Ses pupilles pouvaient être présentes, indiquant un état d'éveil complet, ou absentes, signalant la chute dans un sommeil profond, mais la plupart du temps elles demeuraient mi-cachées, mi-visibles, dans une position indécise entre la veille et le sommeil. De temps à autre, elle interrompait ma lecture pour me dire que la dernière chose dont elle se souvenait était tel ou tel passage du texte.

J'avais parcouru ce fragment plusieurs minutes auparavant, de sorte que je devais psalmodier de nouveau une quantité considérable de pages. Relire de bonnes pages, cela ne m'aurait pas dérangé, mais, dans le premier colis, nous reçûmes de mon pays des romans sentimentaux à deux sous et des magazines d'épanouissement personnel, du style «votre maladie est une chance incroyable de refaire votre vie». Le seul livre dont on tira quelque chose fut un ouvrage de vulgarisation sociologique avec une analyse de la vie quotidienne assaisonnée d'un zeste de critique de l'aliénation à l'eau de rose. J'écrivis donc à ma famille afin de préciser le genre d'ouvrages que préférait Eligia. En novembre arrivèrent des romans du *boom* latino-américain et quelques exemplaires de la revue d'histoire dans laquelle Aron avait publié sa proclamation. Le numéro le plus récent comportait la description d'une bataille, lutte fratricide et sordide rapportée par l'un des participants, dont le manuscrit avait été retrouvé quelques mois avant notre départ pour Milan.

... Avant le lever du soleil, dans la froidure du petit matin, j'allai réveiller notre cher commandant et caudillo avec quelques matés. Les autres officiers nous rejoignirent, certains apportèrent leur gourde d'étain émaillé. Devant l'imminence du combat, et le froid qui nous gelait les os, le commandant laissa faire, et embrassa même quelques fois de ses lèvres le goulot de ces flacons qui nous prédisposaient si bien. Il empoi-

gna notre bannière rouge et noir, enfourcha un poulain pommelé étique et à moitié dressé. Il me dit que les caracoles de l'animal attisaient l'ardeur combative de ses soldats. Moi, ça me paraissait prétentieux. Pour son malheur, il avait ordonné de ferrer le jeune cheval le matin même : lorsque la fougueuse monture pénétra sur les champs couverts de chaumes, elle se mit à patiner comme si elle avançait sur des dalles.

Dans cette nature sans grande visibilité, nous aperçûmes les étendards bleu outremer, quasiment noirs, portant une étrange croix blanche (qui me semblait celle d'hérétiques), déployés par les bandits que nous poursuivions. Une étrange brume bleutée, inconnue dans cette région, ne nous permettait pas de voir combien de hors-la-loi se tenaient là. Nos héros et ces sauvages chargèrent avec enthousiasme, les uns contre les autres, mais, au premier coup de feu, les deux lignes firent demi-tour et s'enfuirent ventre à terre. Lorsque, après avoir beaucoup galopé, les officiers des deux camps réussirent à rassembler leurs subordonnés et à les disposer en formation, face à face, à nouveau, la troupe, à nouveau, refusa d'attaquer. Notre commandant, afin de pousser à la charge, fit caracoler son poulain, puis, après quelques mots sûrement glorieux que le vide de la plaine emporta sans que personne ne les consigne pour l'Histoire, mit le sabre au clair et commença à avancer. Pas un homme ne le suivit.

La ligne resta immobile. La seule chose que ces lâches parvenaient à faire était échanger de furtifs regards. À partir de ce moment-là, tout se présente à ma mémoire comme extraordinaire et inexplicable. Quand le commandant s'aperçut qu'il chargeait seul, il tenta de réfréner son poulain, mais celui-ci paraissait mu par on ne sait quelle autre volonté démente, et il arriva à quelques mètres de l'endroit où les ennemis observaient en silence ce qui se passait. Là, l'animal glissa et le commandant se retrouva par terre. Face à cette situation, j'éperonnai mon alezan et arrivai sur les lieux de la chute de mon chef. Je tâchai de le relever, mais le commandant était si échauffé par l'eau-de-vie qu'il avait bue avant la bataille que, chaque fois que je le remettais debout, il butait contre une touffe d'herbe et se retrouvait le nez par terre. Le temps passait et nous étions toujours là à nous débattre lorsque l'ennemi commença à avancer au pas, peut-être par curiosité, car la scène que nous jouions, le commandant et moi, était incompréhensible pour eux. Je saisis le commandant par le col et lui criai :

– Débrouillez-vous, maudit soûlard. Moi, je me replie.

À ce moment précis, une pierre frappa le pauvre homme, et le laissa étendu, soufflant bruyamment et vomissant. J'eus à peine le temps de me mettre en selle que je me vis entouré par nos courageux rivaux. Je crus mon heure arrivée, mais, incroyablement, nos chevaleresques adversaires se mirent en formation à mes côtés. J'étais absolument stupéfait. Nous passâmes près du commandant et je ne pus m'empêcher de penser que, si cette horde qui lui servait prétendument d'armée n'avait pas été si lâche, il ne se serait pas retrouvé dans une situation si méprisable.

Pendant ce temps et contre ma volonté – je le jure sur mon honneur ! –, je dus conduire une charge de la cavalerie bleu et blanc contre ces brigands que le commandant avait rassemblés. Les deux armées se trouvèrent face à face, et commença alors le plus insolite mouvement jamais évoqué dans toute l'histoire de la tactique. Lorsqu'une aile de l'un des deux camps attaquait, les deux lignes, toujours face à face, commençaient à tourner sur les chaumes bruineux, dans le sens de la pression mais, avant d'entamer le combat effectif, la partie qui cédait se reprenait, faisant reculer à son tour l'une des ailes adverses, et la ronde des deux armées repartait en sens contraire. Cette extraordinaire danse des armées se prolongea des heures durant, sans que l'on déplore de victimes, et sans, au bout du compte, rien changer aux positions respectives des deux corps, si bien que cela ressemblait plus à une contredanse ou un menuet. Finalement, les troupes du commandant – qui, à ce paroxysme de la bataille, dormait en ronflant à tout rompre – commencèrent à exercer leur pression sur tous les fronts, jusqu'à mettre fin à ma captivité. Je pus alors serrer dans mes bras mes héroïques camarades rouge et noir et leur vaillante troupe. Devant l'ennemi en déroute, tous nos braves poussèrent des hourras pour fêter une si difficile victoire, sans que personne ne songe le moins du monde à poursuivre cette bande si peu disciplinée. Mais un pauvre crétin m'accusa, allez donc savoir sous l'effet de quelle rancœur, d'avoir collaboré avec l'ennemi. Sans plus de cérémonie, ces brutes qui l'instant auparavant *m'avaient embrassé me jetèrent à bas de ma monture et se disposèrent à me faire la violín-viólon*, sans vouloir écouter ni mes prières, ni mes larmes, ni mes raisons, qui sont les suivantes : afin de me protéger des rigueurs du climat, ma sainte mère m'avait donné une des pèlerines qu'elle vendait sur le marché, la seule restante d'un lot de quatre, alors que les trois autres lui avaient été achetées par des officiers du camp adverse. Ces vêtements étaient très demandés, car ma mère travaillait avec les anciens fuseaux indigènes des Andes, et elle ourdissait et tramait de la même manière, ce qui rendait ses vêtements très chauds et impénétrables à l'humidité. Et c'est justement à cause de l'humidité de la brume que j'avais enfilé la pèlerine avant le combat, et ceux de l'autre bord m'avaient pris pour l'un des leurs. On n'accorda aucune attention à mes explications si simples et je m'apprêtai à faire de mon âme l'unique victime de cette bataille.*

Cependant, la troupe, qui fêtait sa victoire en éclusant force alcool, aperçut soudain au loin une colonne se dirigeant vers nous. Désespéré, je hurlai « Les sauvages reviennent avec des renforts ! », et ces pantins qui étaient sur le point de m'égorger prirent leurs jambes à leur cou, déguerpissant comme des âmes en peine. Je me retrouvai seul en pleine nature, sans monture et sans armes, mais en vie. J'attendis debout la colonne dont l'apparition avait mis en fuite les bélîtres du commandant, qui continuait à ronfler. Je pus alors me rendre compte qu'il s'agissait d'une patrouille de reconnaissance que

* *Trancher la jugulaire et faire courir l'égorgé...*

nous avions envoyée la nuit précédente, et que nous avions tous complètement oubliée. Nous étions, l'officier à la tête de la patrouille et moi, en train de nous expliquer l'affaire, lorsque des cavaliers apparurent à l'horizon. Les patrouilleurs prirent la poudre d'escampette car, selon leurs dires, ils n'avaient pas reçu l'ordre de combattre, mais seulement d'observer. Pour la deuxième fois, je me retrouvai seul au milieu des chaumes.

Il s'avéra que les muletiers qui s'approchaient de nous n'appartenaient à aucune des parties, et qu'ils convoyaient des bêtes pour les vendre à l'armée des officiers en pèlerine. Lorsqu'ils arrivèrent jusqu'à moi, ils me traitèrent avec une grande considération et m'offrirent leur plus beau cheval. J'étais très étonné de les voir si prévenants envers un prisonnier, mais je ne soufflai mot car ils portaient de redoutables coutelas. Et c'est ainsi que nous parvînmes au campement de ceux qui, jusqu'au matin même, étaient mes ennemis. Je me considérai à nouveau comme perdu, et j'étais sur le point de m'agenouiller pour demander clémence, quand l'un des muletiers commença à expliquer ce qu'il avait vu, et c'était la chose suivante : moi tout seul, sans monture et sans armes, j'avais fait fuir une patrouille ennemie. Dès que le récit du paysan prit fin, les glorieux soldats parmi lesquels je me trouvais me nommèrent maréchal par acclamation. Cette nuit-là, autour des feux de camp où rôtissaient les bêtes des paysans et où l'on buvait un vin épais, commencèrent à circuler les plus véridiques légendes sur mon inépuisable courage. C'est ainsi que je me *retrouvai à la tête de cette vaillante armée. Je décidai de marcher dès l'aube sur ces sauvages rouge et noir qui, jusqu'à la veille, me retenaient par leur fourberie, et de leur imposer par le sang et le feu les principes de la civilisation, et si les arguments contondants des Lumières et de l'*Encyclopédie *n'y suffisaient pas, cela se ferait par la violín-viólon.*

Et comme je ne suis pas homme à manquer de ressources, nous entrâmes dans la ville en catimini et arrêtâmes ces canailles qui par leur fourberie avaient fait de moi leur compagnon d'armes. Il fallait les voir loucher quand nous les égorgions ! Mes hommes laissaient leurs coutelas plantés dans les têtes juteuses.

Ensuite, on m'amena le commandant, ce soûlard pour lequel j'avais noblement mis ma vie en péril sans qu'il me concède ne serait-ce qu'une promotion, sans parler de médaille. Je le fis s'agenouiller sur des pois secs, et lui ordonnai de ne pas quitter du regard les têtes de ses acolytes fichées sur des piques à dix pieds de ses yeux.

Je le laissai ainsi pendant quatre jours, jusqu'à ce que les mouches et les caranchos *aient blanchi les crânes. J'avais résolu de le décapiter lui aussi, mais les gardes me firent remarquer que c'était inutile, car de toute façon il avait perdu l'esprit et ne s'adressait qu'aux morts et têtes de morts, comme si c'étaient les seuls êtres à pouvoir le comprendre…*

Bien des années plus tard, devenu sénateur, je passai par cet endroit et j'y remarquai des touffes de pois couvertes de figurines d'argent et de petits bouts de papier. Un villageois me dit que ces plantes venaient des pois qui s'étaient trouvés sous les genoux du commandant, et qu'elles étaient miraculeuses. Pour compléter ces superstitions, on se souvenait dans toute la province que mon rival avait erré pendant des années, faisant des miracles tous azimuts, et qu'un éclair l'avait emporté au ciel.

– Mario, je me suis endormie.

– Quand?

– Quand l'officier change de camp.

Le narrateur était passé si souvent d'un camp à l'autre que je décidai de relire l'article depuis le début, mais je me souvins à temps de son effroyable fin et dis à Eligia qu'on ne pouvait rien tirer de bon de ce texte.

Les interventions chirurgicales prirent un rythme accéléré, du moins était-ce mon impression car l'absence d'événements dans la clinique faisait s'envoler les heures.

À Noël, un prêtre vint nous saluer, mais Eligia, opérée deux jours plus tôt, ne put le recevoir. Ce fut la seule intervention où elle ne fut pas accompagnée, étant donné la date, par cinq ou six gros-nez, mais elle avait un tel désir de progresser dans son traitement qu'elle ne voulut pas gâcher ne serait-ce qu'une seule journée, sans égard pour les fêtes traditionnelles.

Le professeur venait souvent nous voir et faisait montre d'un intérêt scientifique et humain pour ce cas. Alors que la lumière de Milan avait déjà pris cette teinte sans horaires ni ombres qui la caractérise en hiver, ce gris estompé qui se marie si bien avec les ors, les rouges et les bleus, mais écrase l'esprit lorsqu'il occupe seul tout le champ visuel, le professeur observa attentivement le visage d'Eligia et s'exclama avec satisfaction :

– Nous progressons, nous progressons.

Son index plana de nouveau, traçant des volutes, et s'adressant à moi il ajouta :

– Regardez comment la situation s'est simplifiée. Plus de labyrinthes ; nous allons directement au fond du problème. Et en plus, le corps de cette femme est solidaire : voyez comment les bords de ses blessures s'acceptent au lieu de se confronter. Preuve que nous travaillons sur un être en harmonie. Maintenant que nous en avons fini avec le désordre, nous pouvons soigner des lésions qui au moins sont cohérentes. Fuori, chéloïdes !

Tout en marchant vers la porte, il tira, avec un sourire franc, un petit papier de la poche de sa blouse et il me le tendit.

– Étudiez le latin. Faites comme votre mère. Qu'allez-vous faire tout ce temps, ici à Milan, sans amis d'aucune sorte ?

Je cachai le papier, me doutant qu'il s'agissait de quelque chose qu'Eligia ne devait pas voir. Je me réfugiai dans les toilettes et lus :

« V.I.T.R.I.O.L. : *Visita Interiorem Terrae Rectificando Invenies Operas Lapidem*. Descends aux entrailles de la terre et, en distillant, tu trouveras la pierre fondamentale. »

Si, au cours des séances de lecture, ma gorge s'asséchait à force de lire, je mettais à profit les assoupissements d'Eligia pour me rendre au bar. Je croisais souvent sur le trottoir la femme qui m'avait emmené à la trattoria; elle allait et venait sur quelques mètres ou s'accoudait au mur sur le Corso di Porta Vigentina. Elle était habillée avec une certaine simplicité, si on comparait ses vêtements avec les tenues fantaisie par lesquelles ses collègues tâchaient d'attirer l'attention dans d'autres secteurs de la ville, plus animés que les ennuyeux alentours de la clinique. Je la voyais grelotter; les manteaux prêt-à-porter dont elle devait s'envelopper ne la protégeaient guère du froid ou de l'humidité.

En bien ou en mal, c'était la seule personne avec qui je pouvais parler, de sorte que je pris l'habitude de l'inviter à prendre ce qu'elle voulait, en général un cacolac. Elle s'appelait Rovato, Dina. Tout en bavardant avec moi, elle surveillait d'un œil le coin de mur où elle attendait d'ordinaire ses clients. Si une voiture venait à s'arrêter à cet endroit, elle sortait précipitamment et, le dos déjà tourné, murmurait: «Excuse-moi, c'est un client.» À peine avait-elle quitté les lieux que le barman retirait son verre si bien qu'à son retour, au bout d'une vingtaine de minutes, je devais lui offrir un autre cacolac si je désirais poursuivre la conversation.

Au cours de l'une de nos premières rencontres, elle me demanda qui était la femme avec moi dans la clinique.

– Qui t'a raconté que c'était une femme? Tu as passé ton temps à ragoter avec une des aides-soignantes?

– Non ! fit Dina en riant. Les aides-soignantes ne me parlent pas ; d'ailleurs elle ne s'arrêtent plus jamais ici, maintenant qu'elles sont toutes sur le point de s'acheter la Fiat 600... Elles sont insupportables, ces prétentieuses. Je demandais comme ça, pour demander.

– C'est une femme très importante et une véritable beauté dans mon pays. Elle me paie pour lui tenir compagnie pendant des opérations de chirurgie esthétique de rajeunissement.

– Curieux qu'elle n'ait pas préféré une dame de compagnie.

– Elle avait besoin de quelqu'un qui la protège en plus de prendre soin d'elle. Elle a de puissants ennemis. Tu ne sais pas comment ça se passe là-bas, dans mon pays.

– Curieux que tu aies accepté ce genre de travail. Je ne te crois pas... Comment tu as appris à parler italien ?

– Avec les films de Gassman.

Dina demeura dubitative l'espace de quelques secondes. Finalement elle s'enhardit :

– Il y a qualcosa de bizarre avec toi, mais je ne sais pas che cos'è.

Puis elle ajouta d'un ton professionnel : « Pourquoi tu ne me racontes pas ? »

– Avale cette saleté et va arpenter.

Après cet échange, on ne se parla plus durant deux semaines. Lorsque j'allais boire quelques verres, je pouvais la voir du coin de l'œil, accoudée à son mur. De temps à autre, elle me décochait des regards souriants, mais non sarcastiques. Au bout d'une quinzaine de jours, un soir, elle entra dans le bar avec un homme.

– Je te présente mon prince, lui dit-elle. C'est lui qui m'a violée pour la première fois. Fais gaffe, car il est sud-américain. Il a un couteau et il sait s'occuper des femmes.

L'homme me regarda d'un air craintif. Il commanda deux ristrettos.

– Invite-le lui aussi à prendre quelque chose, ajouta Dina.

Je demandai un whisky sans attendre qu'il ouvre la bouche. Le regard peureux de l'homme se nuança, en outre, de l'angoisse du radin.

– Siente, caro : n'aie pas peur, c'est mon petit frère, et il a beaucoup de respect pour moi.

– Oui, bien sûr, répondit l'homme tout en continuant à me fixer.

Dina me regarda.

– Ce monsieur veut nous inviter chez lui.

Je haussai les épaules.

Quelques mètres en auto suffirent pour que je sois totalement perdu dans cette ville construite en cercles concentriques. Nous arrivâmes à un appartement petit et humide. Il n'y avait pas de whisky, pas de vin, rien du tout : je me plaignis. L'homme s'approcha de moi, le regard méprisant et moqueur à présent ; il mesurait une quinzaine de centimètres de plus que moi. Il me jeta quelques billets et dit : « Va acheter ce que tu veux ; il y a un magasin de l'autre côté de la rue ; laisse ton passeport ici. Je veux que tu reviennes. »

– Le passeport, pas question que je te le laisse. Je laisse mon manteau, et basta.

Deux heures plus tard, nous étions tous deux complètement ivres. Dina susurrait sensuellement à l'oreille de l'homme, assis sur un canapé, alors que je me tenais à l'écart, de l'autre côté de la pièce. Le tourne-disque faisait entendre les cris d'opéra dramatiques d'une chanteuse métallisée.

Soudain, la voix de Dina, avec ses nuances d'arrogance hésitante, mais cette fois avec un certain accent bureaucratique aussi, s'imposa : « Viens, Mario. Sois gentil et viole-moi. » J'ôtai mon pantalon avec un « Pfff » d'ennui. Dina, qui n'avait même pas enlevé sa jupe, tenta de compenser mon inappétence en exagérant sa résistance théâtrale. Les poils de son pubis remuèrent comme des pattes de fourmis qui ne vont nulle part. L'homme regardait attentivement jusqu'à ce que, excité, il me demande :

– Allez, frappe-la.

– Moi, je ne frappe personne.

– C'est mieux que ça soit toi qui le fasses, me dit Dina à voix basse.

– Quoi, tu as peur d'une putain ? insista l'homme.

– Si ça te plaît comme ça, c'est bon ; sinon, bonsoir. Moi, je ne frappe personne.

– Laisse-moi regarder ; écarte-toi un peu, mais ne sors pas.

Dans la pénombre, le corps tout habillé de Dina s'agitait trompeusement, et simulait le plaisir. Moi, ça m'ennuyait tellement que c'est à peine si je bougeais.

L'homme commença à la frapper posément, mais de toutes ses forces; il avait son rythme. Je sentis Dina se crisper sous la douleur, mais elle continuait à jouer la farce du viol. Mes mains, qui maintenaient les bras de Dina, recevaient deux communications de la douleur: l'une continue, en mouvements désordonnés qui simulaient une résistance au viol; l'autre, spasmodique, authentique, parcourait électriquement Dina lorsqu'elle recevait un des coups espacés de l'homme. Elle essayait alors de ne pas pleurer et enfonçait sa tête dans le canapé, mais elle avait la respiration coupée quand l'homme lui assénait un coup de poing. Le type savait frapper pour faire mal sans pour autant laisser de marques. Ce n'était pas un débutant: il savait où cogner avec la main fermée, et où frapper avec la main ouverte. Lorsque, après un coup de poing, Dina ne put se retenir de pousser un gémissement, le châtiment prit fin. L'homme lui ordonna :

– Maintenant suce-le, mais finis-le hors de ta bouche.

Dina s'appliqua, obéissante, et s'affaira durant un bon moment, jusqu'à ce que l'homme frustré s'exclame:

– Et alors... ?

Ni Dina ni moi ne répondîmes. Finalement, il écarta Dina de moi, jeta un regard irrité à ma verge en érection et me dit:

– Demande-moi de te la couper.

– Écoute, j'ai un couteau dans mon manteau.

– Bravissimo! Je te donne du fric. Je te donne tout le fric que tu veux, petit latino. Ici, c'est le miracle économique.

Une petite coupure superficielle à la base, comme si je te castrais, juste ce qu'il faut pour qu'on voie du sang, puisque tu n'as pas de foutre. Tu imagines bien que je ne veux pas d'histoires. Je suis quelqu'un de bien. C'est un caprice innocent.

J'allai chercher le couteau de l'hôtesse et l'ouvris, la lame pointée dans sa direction.

– J'ai parlé du couteau parce que si tu continues à me gonfler avec cette histoire de me castrer, je te saigne.

– Et allez, qu'est-ce que ça te coûte ? C'est rien du tout, ça ne se verra presque pas, je l'ai fait plein de fois déjà. Qu'est-ce que ça te coûte ? Là, tu es à l'étranger, à quoi ça te sert ? Pour ces putes ? Si tu me fais plaisir, tu gagnes quelques lires, et tu en économises d'autres.

J'approchai la lame de son visage. Il me regarda dans les yeux.

– Mais qu'est-ce que tu as cru... que c'était sérieux ? On m'avait bien dit que vous, les latinos, vous aviez mauvais caractère. Vous ne savez pas jouer. Vous êtes des durs là-bas, dans le Sud.

Il ouvrit sa braguette et mit sa verge dans la bouche de Dina. Quelques secondes après, il s'exclama, excité :

– Suce et garde-la dans la bouche.

Dina émit une série de sons abdominaux étouffés, cependant que l'homme éjaculait dans sa bouche. Lorsqu'il retira son membre humide, il ajouta : « Ne crache pas, ne crache pas, n'avale pas non plus. »

– Maintenant vas-y et crache dans les cheveux de ton sud-américain. Je te donne cinq mille lires de plus.

Dina m'enlaça tendrement et frotta sa joue contre

la mienne. Ensuite elle m'embrassa la tête et, à chaque baiser, elle laissait s'écouler un peu du contenu tiède de sa bouche. Quand elle fut vide, elle alluma une cigarette. Pendant que l'homme se lavait, elle me murmura à l'oreille : « Excuse-moi, mais j'ai besoin d'argent… Tu es gentil ; ça m'ennuie cosa qu'il t'arrive : maintenant tu es mon ami, mais pour de bon… Pourquoi tu n'en as pas profité pour jouir ? Après tant de mois à l'étranger. Tu as une petite infirmière dans cette clinique ? »

Encore prisonnier de mon érection intemporelle, dès que j'avais perçu l'humidité sur ma tête, je m'étais senti paralysé, mais soudain me vint la conscience intense de mon corps, assis sur le tapis, appuyé contre le canapé. J'eus aussi plus tard conscience de la vulve humide de Dina et du membre encore humide de l'homme, et même de tous les hommes qui marchaient dans la cité ou qui dormaient, avec leurs verges ridicules, et de toute les femmes, avec leurs vulves humides ridicules, toutes cachées sous les caleçons et les culottes, pendant que leurs propriétaires faisaient des courses, se saluaient avec cérémonie, se vendaient des niaiseries entre eux. Je sentis une goutte qui roulait de ma tête vers mon dos. J'éclatai de rire. L'homme fit un signe à Dina, son index sur sa tempe, et lui dit :

– Sers-lui quelque chose.

Je n'arrivais presque pas à boire à force de rire. Je parvins à me contrôler par moments, mais trois verres plus tard j'étais encore en proie à des crises de fou rire.

Je me sentais trop fatigué à mon retour à la clinique pour aller me doucher. Le lendemain, ma tête était couverte d'épaisses croûtes d'un blanc douteux et de gomina sèche et durcie. Il y avait aussi des taches sur mon oreiller, mais je ne pris aucune précaution et la femme de chambre ne remarqua pas non plus les croûtes.

Eligia traversait la période la plus décharnée de son traitement: les os de la mâchoire et du nez étaient parfaitement visibles. Les fragments en contact avec l'air libre avaient pris une teinte jaunâtre et les autres, recouverts d'une pellicule de matière organique qui ne parvenait pas vraiment à former de la peau mais à peine une cuticule, tiraient vers une couleur blanchâtre. Elle me demanda de lui lire un article, le dernier pour quelques jours, puisque le lendemain une autre intervention chirurgicale avait été programmée.

Elle quitta la salle d'opération avec un grand plâtre autour du thorax et des appareils orthopédiques munis de sangles et de boucles pour maintenir son bras gauche, qui restait levé, formant un angle droit au-dessus de la tête, l'avant-bras appuyé sur la fontanelle. Une lanière de chair reliait la partie interne du bras – immobilisé, très près des os du visage – à la partie inférieure du menton. Les chirurgiens appelaient ça un «lambeau», mais ça ne pendouillait pas, au contraire c'était très tendu et ne laissait aucune liberté.

Les jours qui suivirent, Eligia développa un sens original de la cinétique. Dans la première clinique, elle avait inventé une activité motrice qui lui permettait de se percevoir elle-même sans l'aide de ses mains ni d'un miroir. Elle usait alors de mouvements et de tressaillements localisés de la peau, semblables à ceux des chevaux lorsqu'ils veulent chasser les mouches. À Milan, après cette opération, elle expérimenta une gymnastique essentiellement centrée sur le lambeau. Toute partie du corps qui entrait en action le faisait en s'articulant au lambeau. Comparées avec l'organisation d'origine de l'anatomie humaine, ses possibilités de mouvement étaient réduites et, bien entendu, les difficultés à se prendre en charge elle-même s'accentuèrent. Les médecins lui expliquèrent qu'elle traversait un stade crucial du traitement et que, grâce au lambeau, ils allaient avoir de la matière à travailler, de telle sorte qu'Eligia prenait des précautions pathétiques pour assurer son succès. On pouvait voir clairement, à travers le vide de sa joue, les dents qu'elle serrait, lorsqu'elle s'efforçait de bouger de quelques centimètres sans mouvements brusques.

Deux nuits après je tombai dans le couloir sur une poignée de femmes à ex-gros-nez, que les assistants de Calcaterra avaient opérées, sous anesthésie générale, pendant les instants de liberté que leur laissaient les interventions importantes.

Quelques-unes bavardèrent avec moi ; les questions habituelles : «Qu'est-ce que vous faites, là-bas dans le Sud ? Comment se débrouillent les Italiens ? D'où est-ce que vous êtes ?» C'était un flirt qui revêtait des nuances originales, s'agissant de femmes qui avaient été convaincues qu'elles étaient laides et qui, depuis vingt-quatre heures, étaient convaincues qu'elles allaient être belles; mais, en réalité, elles avaient une tête boursouflée et d'énormes cernes violets de boxeur, des bandages qui couvraient leur nez et les contraignaient à nasiller des phrases courtes et essoufflées. Personne ne pouvait dire avec certitude dans quel état elles allaient sortir de là, et elles-mêmes encore moins que quiconque.

Celle qui m'adressa la parole le plus souvent était une brunette menue, cheveux courts et peignoir bleu ciel, qui parsemait sa conversation de mots anglais, en plus des voyelles italiennes ouvertes, des labiodentales coupantes du dialecte milanais et de la nasalité française forcée des bandages. On ne la comprenait pas vraiment bien, mais tous ces sons hétérogènes m'amusaient et son corps large et peu épais, construit en seulement deux dimensions, me plaisait. Le peignoir s'ornait d'un dessin compliqué fait de *paillettes* et se fermait avec un grand bouton près du cou.

Les infirmières s'adressaient à elle avec une déférence particulière et satisfaisaient – et même devinaient – tous ses désirs, c'est pourquoi je supposai qu'elle devait être la fille d'un médecin actionnaire de la clinique ou qu'elle venait d'une famille qui avait une certaine influence politique. Elle était très jeune et me dit: «Tu sais, j'ai un cousin là-bas de chez vous. Il est parti juste après la guerre, dès que les restrictions à l'émigration ont été levées. Il s'appelle Peter, Peter Schweppes. Tu ne le connais pas?»

– Non, il y a beaucoup de gens là-bas. Pourquoi est-ce qu'il est parti ?

– Des idioties... De la politique.

Une à une, les autres opérées retournèrent dans leur chambre, et nous restâmes seuls. L'infirmière de nuit nous sourit et dit : « Allez dormir, il est déjà tard... très tard..., quelle cosa voulez-vous faire ? »

– Je ne sais pas ce qui m'arrive, je n'ai pas sommeil, répondit la petite brune.

On parla, elle et moi, jusqu'à très tard. Elle me dit qu'elle s'appelait « Sandie » Mellein, qu'elle allait encore au lycée et habitait à Milan avec son père. Elle me confessa toute une série de secrets intimes, mais c'était alors chose courante qu'un inconnu expose sa vie privée au cours de la toute première rencontre, sous l'effet de la divulgation démesurée des théories freudiennes. Ces bavardages ne révélaient rien d'important de la personne qui se confiait, mais – à cette époque – ils servaient à rompre la glace rapidement et à entamer une relation plus proche. Au bout de deux heures, les révélations intimes et transcendantes se répétaient à satiété. La franchise établie nous permit de nous rendre compte que les sujets s'épuisaient rapidement.

– Sandie, c'est le diminutif de Sandra ou de Sarah ? demandai-je, mais elle haussa les épaules sans mettre fin au doute. Sandie avait une élocution précipitée. À cause des bandages qui lui cachaient le bas du visage et du gonflement autour de ses yeux, je ne parvenais pas à distinguer ses traits. Lorsqu'elle se mettait à bredouiller sous les bandes, sa main gauche se lançait dans des figures aériennes qui auraient dû souligner son discours, mais étaient en définitive totalement décalées par rapport aux paroles.

Elle me racontait, d'ailleurs, des lieux communs sympathiques sur ses camarades d'école et sur sa famille ; elle avait une façon pleine de fraîcheur de se tromper. Je m'aperçus qu'elle utilisait des mots anglais du genre *beach boys*, à propos de ses vacances à Hawaï, ou *cereal* (qu'elle prononçait «siriol», et c'est tout juste si le son «l» final sortait de sa gorge avec une hypercorrection pédante), au sujet du petit-déjeuner qu'elle avait commandé pour le lendemain matin. Sans que je le lui aie demandé, elle me dit son âge : dix-sept... et voulut savoir le mien.

– Ah ! Vingt-trois ans. Tu es déjà un homme.

«Six ans de différence, ça ne devrait pas faire tant que ça, me dis-je, Aron en avait vingt de plus qu'Eligia.» Je tentai de prêter attention aux propos banals de Sandie, mais soudain je fus assailli de l'intérieur par une phrase catégorique : «C'est ainsi qu'ils ont fini.»

J'eus l'envie impulsive de retourner dans la chambre ou d'aller au bar. Pour chasser les tentations, je fixai toute mon attention sur mon interlocutrice. Sa famille était de la ville, où elle fabriquait depuis très longtemps déjà les bas Cavaliere Marco et, plus récemment, des tissus de confection. Je lui demandai si un nom plus féminin, quelque chose comme «Peau douce» ou «Pêche» n'aurait pas mieux convenu, mais il s'avéra que l'arrière-grand-père, le fondateur de l'entreprise, s'appelait Marco et que les bas continueraient à s'appeler «Marco».

Elle arborait une coiffure soignée, bouffante, avec une frange sur le front, authentique prouesse de coquetterie si l'on considérait qu'elle avait subi une anesthésie générale la veille, et qu'un interne inconnu avait réduit son nez en miettes à coups de marteau.

Je m'efforçai de me souvenir si je l'avais vue avant l'opération, mais soit ce n'était pas le cas, soit elle ne m'avait pas marqué. J'avais ainsi perdu la dernière chance de connaître Sandie au naturel. Ensuite elle avait effacé l'ardoise avec impatience pour recommencer à zéro. Je remarquais son empressement d'étrenner coquettement son autre visage, de mesurer son pouvoir. Un étranger était le terrain approprié pour ce genre d'expérience. L'intention de vivre le premier amour de sa nouvelle belle vie, de sceller par cette romance les années passées, les années au long nez, transparaissait. J'avais été choisi comme sujet d'expérimentation pour sa séduction, témoin condamné à disparaître une fois les moues mises au point.

– J'ai une âme un peu diffuse, comme si un parchemin s'interposait entre ma conscience et mon inconscient. Ma conscience est nocturne, lunaire, comme le dit l'horoscope de *Bella*… Ce que confirme une psychologue nord-américaine qui, se basant sur Freud, a établi les catégories scientifiques du caractère féminin dans un livre qui s'appelle *The Goddess you will be*. À cause du manque précoce de maman et du type de relation que j'ai établi avec papa, il est absolument clair que les divinités qui me gouvernent symbolisent la libération par son propre mérite, comme Athéna ou Shiva. Maintenant que je vais être belle, je dois dépasser cette tendance à explorer mon préconscient, à agir selon les ordres du ça, *the it*. Je dois m'efforcer de regarder le miroir sans complexes. Pour une aryenne telle que moi, c'est l'époque idoine pour les grands changements. C'est pour cette raison que j'ai décidé de me faire opérer maintenant. Tu le savais que, pour Freud, l'anatomie c'est le destin ? Donc la manière la plus directe d'influer sur le destin, c'est une belle chirurgie esthétique. Il y a une psychique, ici à Milan, qui est à travailler sur une combinatoire de Freud et des astres. Je l'ai consultée avant de me faire opérer, bien sûr, et elle m'a dit que les mie pulsions cosmiques me modèleront de l'intérieur, soutenant le modelé extérieur du professeur Calcaterra, grâce à une conjonction de Jupiter et Saturne. Maintenant que l'ascendant de Jupiter influe sur mon nez, a commencé la meilleure période pour changer la mia ancienne personnalité... *It's the right way*.

Et cetera.

– Quand j'irai mieux, tu viendras à nous, à la maison, me dit-elle soudain, d'un ton assuré, comme si elle exerçait déjà une certaine emprise sur son premier admirateur.

Le lendemain matin, Eligia, encore bouffie par l'opération de l'avant-veille, me demanda de lui lire l'article d'ouverture d'un magazine d'actualité arrivé dans le dernier envoi.

Nous vous présentons ce document, fruit de l'une des enquêtes les plus approfondies réalisées en Amérique du Sud par la presse écrite. Grâce à cette investigation, et après presque un an passé par nos limiers à retrouver et à perdre cette piste complexe et secrète, nous pouvons écrire ce qui désormais doit être considéré comme la vérité définitive sur l'un des mystères les plus jalousement gardés de notre temps : le destin du corps embaumé de l'épouse du Général qui a dominé l'histoire du XXe siècle sous nos latitudes. Nous sommes fiers d'avoir réussi là où les meilleurs correspondants étrangers ont échoué. Le matériel exposé dans cet article se fonde sur des déclarations signées et des enregistrements sur bandes magnétiques entreposées en lieu sûr…

Avec l'énergie qui lui était coutumière, l'épouse du Général luttait contre ses ennemis de toujours, les riches. Lorsqu'on lui suggéra de consulter un médecin pour ses hémorragies de plus en plus fréquentes, elle répondit avec indignation : « Pas si folle ! Les médecins sont tous des oligarques. Ils veulent m'éliminer ! »

Pendant qu'elle refusait de prendre soin de sa santé, un éminent scientifique étranger ouvrait tout grand les yeux de stupéfaction devant la proposition d'un émissaire secret du gouvernement.

– Mais comment avez-vous pu penser que je pourrais accepter une telle proposition ! La dame est vivante. Comment voulez-vous que je m'occupe d'elle ! C'est un sacrilège.

Le grand savant n'était pas cancérologue ni clinicien ; sa spécialité : l'embaumement. Après toute une vie d'études et d'expériences, il avait développé une incroyable méthode pour conserver les corps quasiment intacts.

Cependant, à mesure que le dénouement prenait un caractère évident et que les honoraires offerts augmentaient, le génie fit preuve de plus de souplesse, et une demi-heure après le décès, le savant avait installé son complexe attirail, qui comprenait d'énormes baignoires, des grues et d'autres machineries compliquées, dont on se sert habituellement pour manipuler les victimes de fractures multiples ou de brûlures très graves et étendues.

La méthode du professeur était si perfectionnée qu'elle permettait de réaliser le « traitement d'éternité » sans toucher au corps, abîmé par les affres de l'agonie. Le scientifique exigea un secret absolu sur ce qui se passait dans les pièces du Palacio présidentiel où se déroulaient ses travaux. Une telle discrétion s'expliquait. Le cadavre devait être déshydraté et dans un état de complète dessiccation avant qu'on ne lui rende pour toujours sa beauté. Personne ne trahit le secret.

Le seul à parler fut un garçon de courses peu fiable, à peine adolescent. Il dit avoir jeté un coup d'œil dans l'embrasure d'une porte qui s'était fugacement entrouverte. Il pâlit et mentionne une terrible momie ridée, à la peau pétrifiée pareille à un minéral violet, aux rebords ourlant d'obscurs abîmes de chair morte et évanouie. Mais tout cela n'est qu'imagination d'un pauvre jeune homme qui ouvrit la bouche une seule fois et disparut pour toujours. Interné à perpétuité dans un asile psychiatrique, comme l'assurent certains? Règlement de compte au gros calibre par un agent de sécurité? Simple modestie? Toutes les spéculations sont vaines. Cette période demeurera secrète pour toujours. Une seule chose est certaine, la beauté du résultat final; mais au cours du traitement qui dura presque deux années, même le Général n'eut pas assez de cran pour regarder son épouse. Une seule fois, il vit le corps de sa femme, de loin et baignant dans des éthers parfumés. Le militaire endurci pâlit au point que les gardes de son escorte redoutèrent l'infarctus.

Finalement, des pièces que certains ordonnances appelaient avec crainte «clinique de l'Éternité» sortit, non plus l'épouse du Président, mais une poupée angélique: c'était elle sans aucun doute, mais âgée de douze ans, au moment où sa beauté avait été la plus parfaite, sa peau la plus blanche et la plus impeccable, et que son âme n'avait pas encore souffert des déchirements de la politique et de la maladie. De son côté, le grand savant avait déclaré à la presse: «C'est un travail parfait. Ce corps est imputrescible. Rien ne peut le détruire, hormis le feu ou quelques acides.»

– Il y a des photos du corps embaumé? demanda Eligia.

– Non, seulement d'elle vivante, lui répondis-je.

Elle ne s'y intéressa pas. L'article se poursuivait par

l'invraisemblable série de péripéties que le corps de la femme avait subies depuis que le Général avait été déposé jusqu'à ce que la momie disparaisse. Toutes les pistes suivies s'étaient révélées fausses, y compris certaines qui conduisaient en Europe.

Eligia sembla particulièrement intéressée lorsque l'ex-président civil et constitutionnel, le même qui avait nommé Eligia à la tête de l'éducation primaire, et qui dirigeait le parti auquel elle appartenait (parti de gens si instruits et raisonnables qu'ils semblaient être aux antipodes des fougueux partisans du Général, et qui donc finirent par s'allier à lui), déclara que le corps avait été détruit à l'acide. Selon la rumeur, c'étaient justement les amours d'Eligia avec ce président qui avaient déchaîné la fureur d'Aron.

Des aventures encore plus incroyables étaient relatées dans l'article. Il se concluait par un rapport secret, rédigé semble-t-il par l'un des militaires qui avaient, avec tant de succès, planifié la disparition du corps. Les derniers paragraphes situaient l'action à bord d'un navire :

> *Après quelques minutes émergea, des escaliers conduisant aux cabines, la silhouette du prêtre, ayant à présent revêtu l'habit. La caisse était appuyée contre la bordée, sur une planche qui servirait de tremplin improvisé. Dans un silence tendu, le prêtre célébra la cérémonie. Le répons s'éleva, lugubre et sec, sur le pont de l'embarcation. Le rythme des paroles*

rituelles parut avoir un effet sédatif; les hommes baissèrent la tête et écoutèrent l'ultime amen.

Ensuite, ramené à sa petitesse matérielle, le cercueil glissa sur la bordée, heurta l'eau avec un claquement, flotta quelques instants et s'enfonça lentement dans les flots.

Le marin ne put rien faire de moins que se pencher afin de regarder ce tourbillon si simple, si définitif ; la sonde indiquait à cet endroit vingt-cinq mètres de profondeur…

J'interrompis la lecture pour me débarrasser d'un vieux doute qui me hantait.

– Lorsque, à l'âge de dix ans, on m'a emmené à la prison pour femmes avec toi, c'était sur son ordre à elle ?

– Je ne sais pas.

– Pourtant, tu as organisé un hommage à l'épouse du Libertador, une femme du siècle passé, « une vraie femme au foyer », le jour même où les partisans du Général ont défilé en son honneur.

– Oui. Mais quarante personnes sont venues à notre hommage, et deux cent mille à l'autre.

– De toute manière, vous vous haïssiez.

Elle réfléchit longuement avant de répondre « oui ».

Après la lecture, nous entendîmes de petits coups à la porte. C'était Sandie ; elle avait déjà pris ses « sirio-I ». Je la fis entrer et les présentai l'une à l'autre avec curiosité.

– Comment allez-vous, madame. Les infirmières m'ont tellement parlé de vous.

Je m'étais toujours refusé à inviter des gens dans la chambre d'Eligia, ne sachant pas quelle impression ils lui feraient. Je me disais qu'il fallait prendre en compte qu'elle ne pouvait pas se lever et partir si quelque chose la dérangeait, mais, de plus, j'avais le sentiment que la visite de quelqu'un d'extérieur à la clinique devenait une présence offensante à mes yeux.

Eligia regarda la boursouflure des yeux de Sandie – toute cette substance en trop – et lui adressa quelques mots très aimables. Il n'en fallut pas plus à Sandie pour se mettre à débiter avec chaleur ses anglicismes et faire voleter ses mains dans tous les sens. Elle ne resta pas longtemps. Il lui échappa un :

– Après-demain, lorsque Mars passera sous l'influence de Vénus, ce sera le bon moment pour travailler la cathexis de notre narcissisme secondaire. Je suis sûre que vous irez beaucoup mieux !

Avant de quitter la chambre, elle insista pour que je l'appelle, me donna son numéro de téléphone et me susurra… :

– … Et si toi, tu ne m'appelles pas, c'est moi qui t'appellerai.

Au moment de dire au revoir à Eligia, elle s'approcha d'elle en lui tendant la joue et les lèvres froncées en l'air, pour un de ces baisers de femme – *cheek to cheek* –, mais elle s'aperçut à temps de la *gaffe* et s'arrêta toujours souriante. La peau olivâtre des bras de Sandie semblait d'une matière impénétrable et opaque, qui pouvait fondre mais non s'ouvrir. On apercevait plusieurs grains de beauté sur son cou et je me demandai pourquoi elle ne les faisait pas enlever également, jusqu'à ce que je comprenne, à la façon dont elle les montrait, qu'elle devait s'imaginer que cela la rendait intéressante. Quant à son visage, c'était pour moi un mystère non élucidé ; un rendez-vous à l'aveugle. *Blind date*, aurait dit Sandie.

Aucun son ne vint du grand lit lorsque Sandie quitta la pièce, mais, plusieurs minutes plus tard, un murmure entre les draps se fit entendre :

– On dirait que c'est une jeune fille correcte. Ne refuse pas son invitation.

V

L'aumônier de la clinique fut l'une des rares visites que nous reçûmes en février. Le prêtre émacié ne put réprimer un mouvement de surprise assez violent quand il vit Eligia ; les patients gravement atteints lui faisaient peur. C'était un homme aux traits réguliers, classiques, et à la peau vigoureuse et tannée, avec un réseau ordonné de rides profondes qui partaient presque toutes de l'angle extérieur de l'œil et s'étendaient en éventail. Sa barbe épaisse et inégalement répartie poussait dans toutes les directions : quasiment blanche sur les tempes, grise sur le menton, et noire vers les moustaches. Sa chevelure, encore sombre, se déployait librement. L'homme affichait ses origines modestes. Chaque trait de son corps disait qu'il avait passé de nombreuses années à travailler au grand air, par tous les temps ; une étrange présence dans la clinique des jeunes filles friquées à gros nez. Il demanda à Eligia si elle voulait se confesser, et je les laissai seuls avant d'entendre la réponse.

Lorsque le prêtre quitta la chambre, il semblait plus troublé encore. Le plus souvent, il gardait les yeux écarquillés de stupéfaction, mais il lui arrivait de les refermer avec force et tout son corps se concentrait dans cette action, tandis que la mâchoire piquetée de poils s'enfonçait dans sa poitrine. Les sillons de ses rides dessinaient alors comme des éventails sur les tempes. Il avait pris cette expression une ou deux fois pendant que j'étais avec lui et Eligia dans la chambre. En sortant, après un instant d'hésitation, il répéta cette mimique. Il m'adressa un regard stupéfait, et me dit qu'il espérait nous voir à la chapelle dès qu'Eligia serait debout, mais que je pouvais m'y rendre sans attendre ce délai.

Enfant, j'étais passé par toutes les étapes habituelles du catéchisme, communion en costume bleu foncé – le premier pantalon – avec brassard blanc à la manche, messes le dimanche et petite fiancée pour bavarder à la sortie. Ensuite, comme il était de rigueur en ces années-là, je cessai de suivre ces préceptes, mais sans jamais aller jusqu'à me moquer des symboles. Je disais à mes compagnons d'études que c'était une sottise que de ne pas profiter de tout cet art sacré financé par l'Église ou, lorsque j'étais ivre, qu'être catholique était la seule manière que je connaissais de jouir de mes péchés ; mais, dans les moments de grande angoisse ou d'inquiétude, j'entrais dans une église et je priais.

J'avais remarqué chez Eligia un vague respect dépourvu de conviction envers la religion, mêlé à une certaine lassitude qui pouvait provenir de son père athée ou du fait d'avoir entamé ses démarches de divorce sept mois après le mariage et que, lorsque Aron l'avait agressée, vingt-huit ans plus tard, il l'avait convoquée justement au prétexte de mettre un point final à cette séparation qui s'achevait toujours en réconciliation, à ce divorce infini et passionné. Avec les pièces de leurs dossiers judiciaires, on pouvait écrire un traité de l'amour en négatif, non par ce que les documents disaient – tous deux avaient usé d'un ton général de prudence dans l'exposé des causes –, mais plutôt par ce que l'on pouvait déduire de ce que les écrits ne disaient pas. La pile de documents, qui commençaient par un « jugement de divorce entamé... », renvoyait pour finir à cette zone silencieuse et inexplicable où se trouvaient en gestation aussi bien les réconciliations des plaideurs que les prémices du prochain divorce.

Aron, quant à lui, se considérait comme un rival de Dieu, de n'importe quel dieu. Il l'apostrophait fréquemment dans d'assez longues tirades. Pas question de « maudit Dieu ! » ou d'imprécations de deux ou trois mots : il lui faisait des discours d'égal à égal et lui écrivait de longues missives – à Lui ou au Pape –, qu'il incluait par la suite dans ses romans pornographiques moralisateurs. Il avait un talent particulier pour finir toujours en marge de la société, non pas à la façon de la plupart des écrivains plus ou moins maudits qui, derrière leurs invectives, frappent à la porte du pouvoir et de la gloire avec une respectueuse ténacité, mais bien avec un sens absolu de la marge, comme si cela avait été son élément naturel ou comme s'il s'en sentait le Créateur. Dans sa correspondance avec Dieu, il se montrait plus accusateur que colérique. Il lui supposait une bonté indiscutable et l'obligation de la mettre en œuvre sur Terre, spécialement parmi les déshérités. Ainsi Aron jouait-il, sans s'en rendre compte, un rôle qu'il n'aurait jamais explicitement accepté : celui du rapporteur. Il signalait à son correspondant la méchanceté de l'univers d'un ton qui cachait, sous l'outrance, le « regardez, Mademoiselle, ce que Machin fabrique » des premiers de la classe. Et comme Dieu ne semblait pas lui prêter plus d'attention qu'au reste de l'humanité, Aron se sentit profondément déçu. Une des raisons de son suicide fut, sans doute, d'essayer d'humilier Dieu en lui démontrant à quel point il avait échoué avec Aron Gageac.

Le soir, j'allais au bar, où tôt ou tard apparaissait Dina, qui me traitait d'une manière différente, sur un ton fraternel empreint de bonne humeur. L'éventualité qu'on l'appelle d'une voiture pesait toujours sur nos discussions. Parfois, ses absences étaient si brèves qu'à son retour nous reprenions la conversation au point où nous l'avions laissée. Nous parlions le plus souvent des nouveautés dans les magasins, ou alors nous nous amusions à nous moquer de sa clientèle ou des habitués du bar. Mais ces sujets s'épuisèrent rapidement et nous préférâmes rester ensemble sans parler. Nous avions inventé un silence accueillant, dans lequel chacun se concentrait sur ses problèmes, mais à côté de l'autre, lui-même si amicalement disposé à les comprendre qu'il n'était pas nécessaire de parler. Après la fermeture du bar, à minuit, je restais avec elle et, à l'occasion, je l'accompagnais avec un client qui nous connaissait. Mais si ça ne plaisait pas au client, je me retrouvais seul, sur le Corso di Porta Vigentina, à boire à la flasque, dans l'hiver encore rigoureux.

Une fois, Dina fit son entrée dans le bar avec un vieillard maigre et pâle, aux chairs tombantes, et dont le double menton tremblotait, peut-être à cause d'un début de Parkinson, ou parce qu'il était ému. Il m'invita à l'accompagner, avec Dina, chez lui.

– Ne vous méprenez pas. Il s'agit de quelque chose de sérieux, d'artistique.

Dina l'entraîna dans un coin et ils parlèrent à voix basse. Elle lui montra sa main aux cinq doigts bien écartés, et elle fit la même chose quelques instants plus tard, mais avec quatre doigts tendus. Le vieillard acquiesça, résigné. Ensuite, Dina me demanda d'accepter l'invitation et de les accompagner.

Notre ami vivait dans un deux-pièces sombre et misérable. On bavarda seulement quelques minutes, comme s'il s'agissait d'une réunion familiale pas très intime. Après l'un des silences, le vieux jeta un regard plein d'espoir vers Dina et demanda: «On commence ?» Elle acquiesca d'un air plein de sérieuse autorité.

L'hôte décrépit se retira dans la pièce voisine et revint habillé d'un tutu. Les jambes étaient gainées dans des collants alors qu'un justaucorps moulait le torse et les bras; aussi, seul son visage blême demeurait découvert. Il était très maigre, mais avec un imposant double menton tout tremblotant. Il alla se cacher dans l'endroit le plus sombre du petit salon, éclairé par une ampoule nue qui pendait du plafond, tout près de l'entrée. Le vieux appuya son front contre le mur.

– Allez, s'exclama Dina, fais-nous voir comme tu es fort.

Dos tourné, il fit non de la tête, sans un mot. Dina insista à plusieurs reprises et lui assura qu'elle tenait beaucoup à profiter de son art. Elle lui parlait raisonnablement, trouvant ses arguments avec aisance, car il était évident qu'elle s'était déjà montrée persuasive avec lui au cours d'autres soirées, mais le vieillard – du moins son dos – s'entêtait dans le refus. Finalement, Dina argumenta : «Pense un peu à ce monsieur qui est venu tout exprès d'Amérique du Sud pour t'admirer, tu ne peux pas lui faire ça.» Le vieillard se retourna timidement et murmura : «Seulement pour monsieur le critique qui a fait un si long voyage.»

Dans la pièce, il n'y avait aucun moyen d'écouter de la musique, mais cela n'arrêta pas le pauvre vieux, qui fit quelques pas de prima ballerina vers la lumière zénithale, crue, et dit «Première position», avec les pieds sur une seule ligne et les coudes légèrement tournés vers l'extérieur. Il se lança dans une démonstration élémentaire de ballet, et chaque pas nouveau était annoncé d'une voix cassée mais enthousiaste. Ensuite venait l'illustration. Il exécutait ses pas maladroitement, comme s'il n'avait suivi que quelques cours étant enfant et que, par la suite, il avait voué sa vie à des tâches n'ayant rien à voir avec son corps. Il répétait plusieurs fois la position et saluait d'une révérence que j'applaudissais avec un enthousiasme sarcastique. En prenant une position croisée, il heurta en levant sa jambe un vase qui tomba et se brisa. C'était le seul ornement de la pièce dépouillée et dépourvue de tableaux, même si l'on pouvait voir des clous et des traces de poussière qui trahissaient le fantôme d'images depuis longtemps évaporées de ces murs gris. Il alla s'asseoir d'un air affligé sur un canapé deux places.

– J'ai eu une journée horrible. D'abord, cette petite caisse qui ne ferme plus. Ensuite, ce client tyrannique qui m'a déstabilisé. Et, voilà ! mon art en pâtit, je perds en précision.

Dina s'assit à genoux sur le sofa, très près du petit vieux, dont le dos s'était voûté.

– Mais pas du tout, tu as été vraiment formidable. Une très belle représentation.

– Tu crois ?

– J'en suis sûre. N'est-ce pas, Mario, qu'il a été parfait, tout pareil aux filles du ballet de San Remo ?

Elle fit signe de la tête afin que je me joigne à eux.

– Ah, oui ; très bien, ajoutai-je en m'avançant, encore que la cinquième position ait manqué un peu d'assurance.

– La cinquième a manqué d'assurance ? Tu le penses aussi Dina ? demanda-t-il, de nouveau inquiet. Tu crois que j'ai baissé au point de devoir m'en tenir à la compagnie de présentation du Festival ?

– Mais non, ce sont des plaisanteries ! Tu as toujours été parfait. De toute façon, qu'est-ce qu'il a de mal, ce Festival ? Tout le monde va y assister.

Elle caressa le vieux d'une manière étrange, lui frottant le ventre de sa main en un mouvement circulaire et mécanique.

– Mario, fais voir au monsieur que toi aussi tu l'aimes.

Dina posa ma main sur le ventre du vieillard pour que je continue les caresses qu'elle avait entamées, cependant qu'elle, de son côté, lui tirait méthodiquement et doucement le nez, d'un mouvement répétitif, sans aucune variation, absurde.

J'interprétai cela moins comme un rite entre eux que comme un jeu, et tentai de rivaliser avec Dina en inventant d'autres caresses idiotes ; seulement les miennes prirent aussitôt un caractère moqueur et agressif qu'elles n'avaient pas chez Dina. Elle passa plusieurs minutes à tapoter le sommet de son crâne ; de temps à autre, elle cessait et le regardait avec curiosité, ses yeux tout près de ceux du petit vieux, qui murmurait : « Continue, s'il te plaît. »

Moi, j'inventai, entre autres merveilles de tendresse, des pincements aux mollets, à travers les collants, et je lui disais :

– C'est très important, cela fait beaucoup de bien aux muscles, et donne de l'assurance pour la cinquième position.

– Oui, c'est très important pour ma cinquième.

Ce qui avait débuté comme un jeu prit chez moi un tour de plus en plus violent. Je savais que le vieillard ne pouvait ni faire d'esclandre ni émettre de protestation aussi longtemps qu'il serait en tutu. Je concentrai mes caresses sur son double menton. Je l'étirai, le secouai, le massai, le pinçai pour le déformer. Ce jeu empêchait toute expression chez le vieux ; en effet, s'il tentait un sourire, j'étirais ses lèvres jusqu'à faire de sa figure une caricature. C'était la même chose lorsqu'il faisait mine de protester. La pression de mes mains dérangeait ses traits à tel point que le reflet de n'importe quel sentiment était devenu impossible. J'essayai d'anticiper les réactions de ma victime et de les ridiculiser sur son propre visage avant même leur apparition. Plus il était difficile au vieillard de réagir, plus grande était l'énergie de mes mains à modeler des grimaces avec ces chairs flaccides.

Au lieu de mes caresses cruelles, Dina dispensait des câlins et des baisers, toujours à la frontière entre parodie et tendresse. Malgré l'absence d'accord préalable, nos terrains d'action ne se superposaient jamais, de sorte que, si je tirais une oreille et soufflais dedans avec force pour finir sur un imprévisible hurlement, Dina lui caressait d'un seul doigt l'épaule opposée et pratiquait de petits massages sur sa peau flasque et pendante.

Un mois après avoir quitté la clinique, Sandie revint avec un paquet de bonbons pour Eligia. Elle m'invita à dîner chez elle. On avait ôté son bandage et le gonflement autour de ses yeux se résorbait. L'œdème atténué donnait une note sensuelle, douloureuse et charnelle, touche qu'elle perdrait pour toujours d'ici peu, puisqu'il était peu probable que son futur époux la batte ; peut-être un accident de voiture, un pare-brise résistant, et Sandie redeviendrait sexy comme lorsqu'elle nous rendit visite cette deuxième fois.

– Allons, Mario, cela te fera du bien de sortir, m'encouragea Eligia.

J'acceptai sans trop réfléchir. Il restait dix jours avant l'invitation, et moi je ne mesurais pas le temps selon les mesures astronomiques normales, mais selon les services que je rendais à Eligia : heure du déjeuner, de la toilette, de la lecture.

Le temps convenu passa. Sandie appela afin de me rappeler la soirée. Un taxi me conduisit jusqu'au seuil d'un luxueux édifice, dans un quartier nord de la ville, sur l'élégant Corso Magenta.

Le salon de l'appartement où Sandie vivait avec son père était agrémenté de grandes dalles et de colonnes de marbre blanc, de tapis noirs, de rideaux de satin pourpre, et de mobilier copiant le style Empire.

Sandie s'allongea dans une chaise longue aux aigles dorés qui paraissaient trompeter ; sur la partie supérieure, un traversin, tapissé de noir, comme l'ensemble du meuble, offrait son appui. Sandie conservait un air légèrement ensauvagé, à cause de l'œdème, déjà presque imperceptible. Elle avait calculé avec précision la date du dîner pour que son visage soit suffisamment dégonflé, bien que quelques vagues ombres vertes et violacées subsistent sur les paupières et au coin des cernes.

– Comment tu me trouves ?

– Très belle.

– Ma non troppo. Il manque encore les massages pour activer les muscles, et la nuit je dois mettre deux mois de plus les masques correcteurs, mais ce qui a le moins progressé, c'est mon adaptation intérieure. Mon *therapist* dit que c'est un travail seulement comparable avec l'accouchement. Je dois refléter, dans mon nouveau visage, l'essence de ma personnalité cachée durant toute ma vie antérieure. Je vais avoir besoin de l'aide de tous les astres et de la prudence de tous les psychanalystes.

Elle leva un bras dans l'attitude d'une odalisque et le posa près de sa tête. Son père entra. Après les amabilités d'usage, nous passâmes à la salle à manger, meublée tout à fait différemment. Le goût luxueux et faux du salon cédait au mobilier Renaissance, avec une table de chêne soutenue par de massives chimères. Il n'y avait pas de tapis et les murs étaient ornés de natures mortes, également dans le style Renaissance, représentant des victuailles ou des pièces de gibier prêtes à être cuisinées. Il me sembla qu'une sensibilité plus solide et sensée que celle du salon avait laissé son empreinte sur la salle à manger.

Sur le mur, face à ma place à table, était accrochée une image du XVIe siècle que je n'aurais jamais eu l'audace de concevoir. Sur le cadre, une plaque métallique indiquait : *Le Jurisconsulte*. Sous une capote au col fourré, on voyait le détail d'un gilet richement décoré de fleurs brodées, sur lequel retombait une épaisse chaîne d'or, signe que le personnage représenté jouissait des faveurs de l'empereur, mais de cette chaîne pendait un médaillon sans inscription ni figures. Sous le gilet, là où aurait dû se trouver le corps du personnage vêtu d'une chemise, s'empilaient, à la place, trois épais volumes que, même fermés, l'on devinait soporifiques et arides. La fraise était en feuilles de papier couvertes d'écriture, et une espèce de bonnet noir coiffait son crâne.

Tous ces éléments, représentés avec un grand réalisme, encadraient le visage le plus étrange qu'il m'ait été donné de voir, composé de poulets déplumés et arrangés de telle façon qu'une aile constituait l'arc des sourcils, un autre poulet, entier, l'énorme nez, et une cuisse avec la patte, la joue. Un poisson replié sur lui-même servait de bouche au portrait, alors que sa queue simulait une barbe.

Le poulet du nez, déplumé comme ses congénères, tournait la tête de telle manière que son œil était également celui du jurisconsulte. C'est lorsque je prêtai attention à ce détail que je reçus le coup : le poulet était déplumé et vivant. Son regard possédait une qualité que je n'avais jamais observée : à un moment, on percevait un air de victime effrayée ; mais si le spectateur prenait de la distance, l'œil se teintait d'un éclat différent, qui révélait l'esprit sinistre du stratège. Jamais, malgré mon intérêt soutenu pour l'art, je n'avais vu une « anamorphose psychique » si marquée, de façon que le même point de vue et les mêmes coups de pinceau représentent, à la fois, l'innocence la plus dépouillée et le calcul froid et impitoyable. Le spectateur n'avait pas besoin de changer de poste d'observation pour percevoir la différence ; l'effort devait être intérieur. Celui qui scrutait ce tableau devait se contraindre intérieurement à un changement d'humeur, d'attention, s'il voulait voir les deux aspects du même œil peint. Je fus surpris que ce visage imaginé quatre siècles plus tôt conserve le pouvoir de révéler deux états d'esprit si diamétralement opposés et superposés. Je reconnus dans le deuxième regard du portrait – froid et impitoyable – une matière si attentive au mal qu'elle en avait perdu la conscience d'elle-même et exhalait justement cette qualité maligne de ne pouvoir être reconnue. Cette qualité, je l'avais jusqu'alors attribuée aux roches, cette perversité bien au-delà des possibilités humaines, instrument de la transraison, et je la trouvais soudainement incarnée depuis des temps reculés, comme si les roches constituaient, sous la chair sans plumes, une occulte et abominable référence au désert.

– Je vois que mon Arcimboldo vous plaît. Mon marchand dit qu'il vaut une fortune de nos jours. Vous saviez que c'était un peintre d'ici, de Milan ? On peut voir au Duomo des vitraux qu'il a dessinés. Je fais asseoir mes visiteurs justement où vous vous trouvez, parce que chacun apprécie différemment ce tableau. Moi, ça m'amuse de voir les réactions de ceux qui regardent ce portrait. Il y en a qui me demandent à changer de place… Vous me dites que vous discernez deux états d'esprit dans le même point de l'œil, mais n'apparaissant jamais au même moment… ; que vous avez l'impression qu'on vous a forcé à avaler une contradiction que vous ne voulez pas porter, et que ça n'a en rien stimulé votre appétit. Curieux. J'y vois clairement un manque de volonté. Pensez donc, d'où est-ce qu'elle vient, la fascination de ce portrait, si ce n'est du contraste si évident entre les vêtements et les livres du juriste, qui symbolisent l'ordre social, et le chaos de ce visage ? Ce contraste rend évident, pour moi, ce qui est absent dans le tableau. Vous savez ce qui manque à cette chair de

poulet déplumé en contact avec des chairs d'autres races, comme celle du poisson ? La Volonté ! Volonté d'agir, de dominer, de se rassembler… Mais est-ce que vous saviez que Arcimboldo connaissait les carnets et les écrits de Leonardo ? Vous savez quelle chose a fait Arcimboldo du savoir de Leonardo ? Il s'est assis dessus ! Eh bien, c'est aussi comme ça qu'on est, moi et mes amis ! Que l'on ne vienne pas nous parler d'idéalisme florentin. Nous sommes des hommes d'action, de travail, même dans l'art. Vous, qui faites preuve de tant de sensibilité, vous avez beaucoup à apprendre de cette ville. Ce n'est pas moi, modeste commerçant, qui pourrais vous aider, mais un de ces jours je vous présenterai mon ami marchand, celui qui m'a expliqué la signification de cette peinture et sa valeur. J'ai hérité le tableau et ces meubles de la salle à manger de la mamma de Sandie, mais la mia défunte épouse avait la tête remplie de préjugés traditionalistes. Ne me dites pas que cet Arcimboldo ne voyait pas les choses avec une audace dégénérée. Je le hais tellement qu'il me fascine. Aucune perspective, pas d'espace rationnel, ni de mouvement localisé ! Selon mon marchand, Arcimboldo a découvert que la juxtaposition, l'absence de perspective et d'échelle mettent la chair à nu bien plus que toutes les réflexions, aussi rationnelles soient-elles. Avec la perspective, il n'y a que copie de la nature ; seule l'absence de perspective permet le mélange des chairs, l'expression de l'irrationalité de chaque être, qui se transforme alors, par absence de normes, en chair à saucisse ou en chair à canon. Pour manger et pour faire la guerre, il faut mettre de *côté la raison. Arcimboldo a fait de l'*Encyclopédie *un labyrinthe ; de Linné une recette ; de l'anatomie un plat, et cela avant même que l'*Encyclopédie, *Linné ou l'anatomie n'existent. En quatre coups de pinceau ! C'est pour cette raison que notre artiste milanais n'a pas choisi n'importe quel sujet. Il a choisi comme élément central des matières organiques, comestibles. Il est encore plus connu pour ses visages composés de fruits juteux et de beaux légumes.*

– Oui, oui… J'en ai vu quelques-uns à Vienne et dans mon pays.

– Dans votre pays, il ne peut pas y avoir des Arcimboldi à fruits. Vous n'avez pas assez de culture, là-bas, au Sud ; en plus ils coûtent une fortune depuis toute cette histoire du surréalisme. Et encore moins il peut avoir à vous ces Arcimboldi que mon marchand *appelle « charnels », faits de porcelets, de pièces de gibier, de poissons et de poulets. Je me demande s'il montait de vrais modèles avant de peindre. Vous imaginez, les serviteurs qui attendent que le maître termine son ouvrage avant de se taper un gueuleton avec le modèle… Un visage en poulets rôtis sur un corps de livres. Anthropologie gastronomique ! Savoir intestinal ! Une tête en denrées consommables par la bouche et un corps qui se consomme avec les yeux. Peut-on imaginer plus sensuel que le visage comme désir de l'estomac ? Pour comble, l'estomac de l'autre : le visage comestible ! Le visage, la pensée et l'action réunis dans une même action… C'est cela Milan, le lieu où le pouvoir est toujours authentique. C'est ici qu'ont été fondés les* fascios, *qui étaient la force et la volonté du*

mouvement des escadres. Ensuite ils sont partis à Rome… et Rome, on le sait… Milan ne veut pas être Rome. Là bas, au Sud, ç'a toujours été le règne de la bureaucratie et de la chaleur. Antilavorativa ! Les dossiers à la place du travail. Non, Milan ne veut pas être Rome. Elle n'a pas besoin de ces vagues de tourisme estival. Milan est toujours elle-même, la seule ville italienne à rester italienne toute l'année. Milan aurait pu aussi être Venise, vous le saviez ? Je me souviens encore des navigli, le réseau des canaux avec un port tout entier à Porta Ticinese. Je me rappelle très bien des vieux navigli, des ponts et des escaliers de pierre qui descendaient jusqu'au bord de l'eau. Il n'y avait pas autant de dorures ni de boursouflures qu'à Venise, mais, si nous l'avions voulu, il aurait suffi d'un peu de « rénovation urbanistique » et c'était une seconde Venise ! Ou au moins une nouvelle Bruges. Mais non. Ici, nous avons décidé de couvrir les canaux, d'enterrer Venise… Oui, c'est la vérité, nous n'avons pas besoin de ces touristes irrespectueux. Nous, les Milanais, le miracle économique, nous le faisons de nos propres mains. D'ailleurs, les miracles, on n'en a rien à faire, ce dont nous avons besoin, c'est d'ordre et d'esprit de combat ! De quelqu'un qui mette de l'ordre ! Milan est combattante. Vous croyez peut-être qu'avant, avec le fascisme, c'était une autre ville ? Vous ne croyez pas ça, quand même ? Allez, dites à moi !

– Non, non ! Je pense comme vous !

– Moi, cette démocratie ne me dérange pas du tout, tant que les affaires tournent, mais je dois reconnaître que le Mussolini des premiers temps était

un homme, un vrai ! Faut voir comment il a liquidé la grève générale mitonnée par Turati en 31. Il s'est trompé ensuite, pour la politique extérieure. Mais son programme intérieur : la loi, l'ordre et les trains à l'heure ! Faire arriver les trains à l'heure en Italie, c'est une véritable révolution, autre chose que la Révolution française ou industrielle ! Milan avait le fascisme du travail, de l'ordre… L'alternative, c'était ces partisans communistes ; tout juste bons à terroriser les femmes et à racketter les patrons. Je me souviens qu'en décembre 44 les partisans ont fait exploser une bombe dans un cinéma.

– Quelle horreur ! Je me considère comme un ennemi personnel de la violence, savez-vous ?

– Mais Mussolini est venu et il s'est promené dans tout Milan, debout dans une décapotable. Tout le monde l'applaudissait dans les rues. La paix, c'était lui ! Il a été au Théâtre lyrique, et il a prononcé une de ses harangues contre les communistes. Une verve !… Pauvre homme, au fond, il s'est sacrifié pour nous. Lorsque les nazis l'ont sorti du Campo Imperatore, il ne voulait plus entendre parler de politique, mais Hitler l'a obligé à prendre la tête de cette République sociale à Salò, qui ne signifiait rien du tout. « Sinon – avait-il dit au Duce – nous traiterons l'Italie comme la Pologne. » Mussolini comprenait vraiment l'Italie. Voyez donc ses lois de résidence : chacun chez soi, dans son village, dans sa région ! Ce n'est pas juste ? Allez, à moi dites-le !

– Certainement, cela me paraît très juste. On n'est jamais mieux que devant son feu.

– Maintenant, à la place, on nous envoie ici tous ces Méridionaux. La guerre d'Abyssinie, il l'a faite pour avoir un endroit où envoyer nos émigrants sans les perdre, comme tous ces braves gens qui sont partis en Amérique du Sud et qui ont été perdus pour toujours. Quelle situation absurde ! Des Italiens de pure souche travaillant dans une semi-colonie britannique… Dans mes livres de classe, au début des années 1930, on voyait déjà des images de ces plaines de chez vous, parcourues par des trains anglais : une semi-colonie, et nos gens là-bas, contractant allez savoir quels vices, quelles mollesses, dans ce pays de cocagne infini… Des lois raciales ? Ici ? Bon… On en a promulgué quelques-unes pour faire plaisir à Hitler, mais lorsque les ministres lui posaient des questions à ce propos, le Duce répondait « Ignorez-les ! »… Une fois seulement au cours de ces années de guerre, j'ai croisé pendant un voyage d'affaires en Dalmatie un groupe de civils escortés par des officiers. J'ai demandé aux militaires ce que ces gens avaient fait, et ils m'ont répondu : « Des juifs, on les porte vers le nord. » Une seule fois, durant toutes ces années, et encore, même pas en Italie. En plus, ces civils qu'ils emmenaient au nord étaient tous très bien habillés et chacun transportait sa belle valise ; ne croyez pas ce que l'on voit dans les films de nos jours… Vous me direz : et les Gitans ? Mais quelle chose croyez-vous ? Ici, on n'est pas à Séville… C'est pas vrai non plus qu'il y ait eu tant de pénuries que ça pendant la guerre. Quelques petits trucs sans plus. Mais on pouvait aller au Firenze, *via Manzoni, ou au* Biffi in Galleria, *et s'en-*

voyer un bon risotto et du vin à volonté, pour une lire seulement ; et par-dessus le marché, on vous offrait la mandarine. Et quel risotto ! Pas question de sauces, du genre que mangent les Français sans qu'on sache ce qu'on est en train de nous faire avaler. Ici, nous aimons que tout soit clair : un peu de goût du jus de cuisson, plus de la tomate, du parmesan, de la mozzarella et de l'origan, tout bien séparé et répandu directement sur le riz. Chaque ingrédient bien visible, bien distinct, pas comme aujourd'hui avec ces plats prétentieux à base de restes qui vous coûtent la peau des fesses. Je me rappelle qu'au pire moment de la guerre, on marchait sur les morceaux de verre de la coupole de la Galleria, et même alors il y avait encore de tout… Dans quel état était la ville alors ! Le Corso, en ruines. La Rinascente, éventrée ! Qui peut savoir combien de ventes ont été perdues !… Et après le travail – me susurra-t-il, profitant que Sandie s'était levée pour servir le dessert –, au bordel ! Se passer les envies ! Ici, à Milan, tous les bordels à cinq ou dix lires, il n'y en avait pas un seul à deux lires. Tout bien contrôlé, toutes les putes avaient leur livret blanc. Une fois par mois, révision. Les malades à l'hôpital ! Pas comme de nos jours, où elles se baladent dans les rues mélangées aux honnêtes gens. Et, à cette époque-là, si on allait au bordel, c'était pour des raisons de bonne éducation, pour ne pas avoir à monter des jeunes filles de bonne famille – il me regarda dans les yeux – vous me comprenez, pas vrai ? Rien à voir avec aujourd'hui, avec les bordels interdits, les jeunes ne font plus la différence entre une honnête femme et une putain. Bien sûr, aujourd'hui encore, si l'on a de bonnes adresses…

Sandie revint avec un tiramisu. Elle ne fit pas semblant de l'avoir fait elle-même. Les qualités du dessert étaient l'inverse des siennes : l'équilibre de sa construction, de ses goûts, de ses couches, et les saveurs de vanille parvenaient à table au juste seuil d'ivresse ; good timing *de la cuisinière. Son père se retira peu de temps après le dessert. Avant de sortir de la salle à manger, il me glissa dans la poche sa carte avec l'adresse d'un bordel et me fit un geste d'avertissement en posant son index sur la paupière inférieure. Il se pencha vers moi et me murmura à l'oreille : « Si vous n'avez pas d'argent, c'est sans importance. Dites que vous venez de la part du commandeur Mellein ; vous leur montrez cette carte, qu'ils mettent ça sur mon compte. »*

Lorsque nous fûmes seuls, Sandie m'invita dans son cabinet de travail. Pour la troisième fois, le décor changea radicalement, comme si j'étais passé par trois maisons au cours de la même soirée. Le canapé et les meubles avaient des accoudoirs de bois clair incurvés et des pieds fins se terminant par des tubulures en bronze. Les sièges étaient recouverts de matière plastique, d'un vert artificiel à fines rayures blanches.

– Ton père a été très actif pendant le fascisme ?

– Plus ou moins. Tu aurais collaboré, toi aussi. C'était la patrie contre les étrangers. *Your life or mine.*

– Mais Mussolini était un violent, un irrationnel.

– Pourquoi t'intéresser à Mussolini ? Moi, je n'étais pas encore née. Pendant la guerre, tout le monde se fait du mal. Tu es idiot ?

– Je m'intéresse aux gens qui font du mal, parce que je les déteste. C'est naturel.

– Alors tu es dans de beaux draps, car tu détestes tout le monde. Mussolini ne te fait pas de mal maintenant… En plus, tous ces discours sur ce tableau. Maman possédait deux ou trois œuvres authentiques, mais le reste, c'est papa qui l'a ajouté après sa mort. Ils sont presque tous faux. Il s'est bien foutu de toi !

Elle alluma une cigarette et envoya l'allumette dans un cendrier qui était également une radio à piles.

– Tu t'occupes de trop de choses à la fois. Tu dois te concentrer, faire de ton cerveau un réflecteur spirituel. Alors tu canalises toutes tes forces dans la même direction cosmique et tu entres en action harmonique… Attends une minute et tu vas voir ce que je me suis acheté aujourd'hui !

Elle jeta en l'air ses chaussures et s'en alla pieds nus dans sa chambre, posant ses pieds sur une natte en raphia. Elle revint chaussée d'une paire de pantoufles ornées de peluche rose qui couvrait les empeignes et d'une lumière rouge sur l'avant de chaque sandale, précisément au-dessus des ouvertures où pointaient les ongles des orteils, vernis en fuschia.

– C'est pour éviter de trébucher quand je me lève la nuit. Regarde un peu !

Et elle éteignit la lumière de la pièce. Les rugosités de la natte devinrent le centre du monde. Il ne demeura de Sandie qu'une ombre qui alla jusqu'au tourne-disque pour mettre Rita Pavone, puis s'installa commodément sur le canapé. Je m'assis en face d'elle, à deux pas. Lorsqu'elle posa ses pieds sur le canapé, les savates éclairèrent le genou de mon pantalon.

– Tu vois, la politique, c'est le monde extérieur, là où les hommes sont à l'aise. Si tu veux devenir démocrate-chrétien ou socialiste, ça va pour moi, pourvu que tu ne sois pas communiste. Ça, jamais ! Communiste, non… À moi, tu me laisses la fonction féminine, qui est le monde intérieur, l'esprit, là où je me sens le plus à l'aise. On ne connaîtra jamais totalement le féminin. On ne peut qu'en avoir l'intuition, nous les femmes, dans nos rêves, rêves qu'on est les seules à comprendre, lorsqu'on en parle avec nos thérapeutes.

Elle fit pivoter légèrement son pied et la lueur rouge glissa sur mon pantalon jusqu'à l'entrejambe.

– Tu as besoin de calme, d'équilibre. J'ai vu dans un magazine un exercice pour les couples qui met en harmonie les deux partenaires avec le cosmos.

Elle s'assit sur la natte et ses chaussons pointèrent vers la fausse cheminée blanche et un vase sur une étagère, avec une plante qui consistait seulement en quelques feuilles lancéolées, ressemblant plus à des sabres tordus qu'à des végétaux.

– Viens, assieds-toi contre moi, dos à dos, tu dois comprendre que tu es le principe extérieur et moi, le féminin intérieur. Tu dois penser que tous les deux nous sommes un, et parce que nous sommes un, nous n''essayons ni n'avons besoin de nous comprendre.

– D'accord... mais pas avec Rita Pavone.

Elle changea pour une musique écoeurante, et nous nous assîmes par terre, dos à dos.

– En plus, pourquoi se faire tant de soucis pour ce que mon père a pu dire? Fais comme moi. Je dis «oui» et je fais ce que je veux. Il est gentil, tu sais; il suffit de lui passer quelques fanfaronnades et il te donne ce que tu veux. Il n'est pas du tout idiot; un vrai requin pour le business. Arrête avec Mussolini et avec papa! Tu as un problème d'Œdipe ou quoi? Tu le sais quelle chose c'est l'Œdipe? C'est de haïr le géniteur du même sexe. *Tutta Tua* l'explique très bien: l'enfant s'intéresse d'abord au père, il veut le remplacer en tout, même dans le lit, car le père est son idéal. Tu me suis? – elle toucha mon épaule pour que je me retourne face à elle.

– Je sais ce qu'est l'Œdipe, mais non, je ne crois pas avoir d'Œdipe, dans mon cas...

– Mais tout le monde en a...

Sa tête avança dangereusement vers moi.

– Pas moi... En plus, Sandie, tu es une fille bien et je ne peux pas trahir ton père sous son propre toit... Je te respecte et tu me plais, je te marierais volontiers, mais je ne sais pas ce qui va advenir de moi, ni si je serai capable de t'offrir le niveau de vie que tu mérites, t'acheter ces magnifiques savates et ces cendriers qui font radio. Ma famille va se retrouver ruinée après le traitement d'Eligia, et moi je ne suis pas un requin pour le fric.

Je la quittai et ne la revis plus jamais.

VI

Vers la fin du mois de mars 1966, les médecins considérèrent que la greffe avait réussi et Eligia fut débarrassée des appareils orthopédiques et du grand plâtre qui maintenait son bras près de son menton. Les opérations auxquelles on la soumit prirent, dès lors, une nuance positive, puisqu'il s'agissait de répartir d'une façon fonctionnelle la matière récupérée.

Comme elle allait mieux, nous lui fîmes faire ses premiers pas après de longs mois d'immobilisation, de brèves promenades dans les couloirs, sous le regard étonné des gros-nez qui, toujours sous le coup du bistouri, déambulaient nerveusement dans l'attente de la prochaine fournée d'opérations. Lorsque la démarche d'Eligia gagna en assurance, je décidai de rendre une visite dont nous étions, depuis longtemps, redevables. Un dimanche, de très bonne heure, nous nous rendîmes à la chapelle de la clinique, moderne, aux vitraux joyeux et aux autels clairs et stylisés. Nous prîmes place dans un recoin caché où l'officiant ne pouvait pas nous voir. Il y avait peu de fidèles; uniquement des infirmières et des aides-soignantes, toutes méridionales. Le même prêtre qui nous avait rendu visite dans la chambre officia avec une foi intense. Ensuite, il jeta un regard stupéfait sur les jeunes femmes autour de lui et fit son sermon.

– Profitons de l'absence des patients à cette messe matinale pour parler de sujets qui vous intéressent tout particulièrement, vous, les femmes jeunes, seules, loin de leur foyer, dans une ville pleine de tentations. Je vais vous parler des tentations de la chair. Vous êtes des créatures en danger, abandonnées à vos propres forces. C'est précisément le sens premier du mot « chair » : celui d'une créature abandonnée de Dieu. Ceci est déjà très clair chez saint Jean : « C'est l'esprit qui vivifie. La chair ne sert de rien. »

Deux femmes de chambres chuchotèrent devant nous.

– Où est-ce que tu es allée hier soir, petite coquine ?

– Au ciné, voir un film avec Paul Newman.

– Lequel ?

– Pas de lauriers pour les tueurs. *Il joue l'écrivain alcoolique.*

– C'était comment ?

– On veut le tuer, parce que, sans le faire exprès, il s'est mis en travers du chemin des méchants. Il dénonce un complot des services secrets, mais personne ne le croit ; ne pas le croire, lui ! Avec cette petite bouche qui mord et embrasse en même temps. Après on le balance dans l'eau, juste quand il y a un un transatlantique qui passe. On lui balance dessus un transatlantique ! J'ai pas trop bien suivi parce que j'étais accompagnée… Il a toujours l'air d'un type qui sait pas ce qu'il va faire la seconde d'après… Ce nez de boxeur et ces yeux d'enfant

perdu. Hmmm! Come mi piace, ce Paul Newman! J'aurais pas l'Œdipe avec lui?... Mais non! Qu'est-ce que je vais avoir l'Œdipe, moi!

– ... Mais, sous ce premier stade, cette idée de «matière vivante délaissée de la main de Dieu», il y a, niente di meno, un état pis encore. Nous ne trouvons plus l'abandon, mais ce qui a été possédé par le désir du plaisir immédiat: ce n'est plus alors un élément indifférent à l'esprit, mais un élément opposé à lui, instrument du diable. C'est pourquoi saint Paul parle du besoin de soumettre et de châtier la chair: «Je m'impose une discipline sur moi-même et domine mon corps» ...

– Je ne saisis pas cette partie du sermon, dis-je à Eligia, de quel plaisir immédiat parle-t-il?

– Il parle bien, en versets spontanés. On voit qu'il connaît ses humanités à fond.

– Et tu y es allée avec Esteban? demanda la même aide-soignante à sa collègue.

– Oui, mais lui c'est pas Paul Newman.

– Il t'a tripotée?

– Un petit peu.

– Fais pas ton intéressante...raconte-moi tutto!

– ... Nous ne devons pas exercer une discipline qui tente d'annihiler, de nier, mais plutôt viser à reconquérir et à transfigurer la chair pour la porter vers un stade spirituel positif...

– ... et alors il m'a fait cadeau d'un transistor si petit qu'on peut le mettre n'importe où, dans le sac à main, dans le soutien-gorge, je peux écouter de la musique pendant que je travaille...

– Mais, tu fais quelle taille de soutien-gorge ?

– … Transfigurée, la chair est prédisposée à la joie de Dieu. C'est…

La voix du prêtre s'éleva et hésita, suspendue, en un silence indécis, ensuite elle retrouva son ton naturel, comme se repentant du chemin qu'elle avait été sur le point de prendre…

– … Elle devient ainsi un instrument de bonne volonté, instrument pour faire le bien d'autrui, ce qui est particulièrement important pour vous, qui avez choisi une profession humanitaire. Ce n'est plus la chair contre l'esprit, mais la chair qui tend la main pour aider son prochain et, à travers la personne dans le besoin, aider son propre esprit…

– Mais c'est exactement ce que je pense ! murmurai-je pour moi-même.

– … Pensez à votre expérience personnelle, pensez à ces heures perdues devant la télévision ou au cinéma, durant lesquelles votre chair ne « sert de rien », comme le dit saint Jean, et ceci même dans le cas où vous regardez un programme sain; altrimenti, si vous vous entêtez à regarder un mauvais programme, votre chair devient mauvaise et acquiert « un désir de jouissance », comme dit saint Paul, c'est ce qui advient quand vous regardez une de ces émissions du démon ou des communistes. Soulevez l'espace d'un instant le coin de cet écran de perdition ! Observez che cosa ai de l'autre côté. Comme un linceul, l'écran cache derrière lui votre propre cadavre et votre lit mortuaire. Vous y êtes vous-mêmes enterrées après une vie d'oisiveté, mal employée devant ces

images trompeuses et tentatrices : voyez votre cadavre qui se décompose derrière l'écran, comme vous savez que cela arrive aux corps drapés que vous sortez tous les jours des chambres en direction des tombeaux, chair dès lors indifférente à Dieu, jusqu'au jour où le Jugement dernier la restituera. C'est seulement si vous profitez de l'occasion que vous offre Dieu durant votre vie que vous vous réconcilierez, et que vous réconcilierez votre chair avec l'esprit. Car le saint a dit : « Nous nous réjouirons en Dieu pour notre Seigneur Jésus Christ, grâce auquel nous avons obtenu la réconciliation. »

– Je ne me souviens plus de la taille de mon soutien-gorge... parce que je l'ai laissé chez Esteban. Mais il est plus petit que celui de cette Sommer, je peux te dire. Qu'est-ce qu'il a pu lui trouver, Newman, à cette Allemande ?

– ... Ainsi, ce n'est que par la discipline et la piété que vous parviendrez à dominer la chair, et une fois celle-ci dominée, vous dominerez mieux la peur de la mort, vous serez maîtresses de vos os poussiéreux. Vous jouerez un bon tour à la mort qui vous effraye tant lorsqu'elle emporte un patient. Je vais vous révéler un secret : tous ces artistes, dont vous voyez les œuvres dans les églises, qui représentent une mort terrible, à l'aspect épouvantable, qui fait danser les humains – du Pape au paysan –, ne sont pas de vrais chrétiens...

– Des violents, des irrationalistes, susurrai-je à l'oreille d'Eligia, qui ne s'intéressait pas le moins du monde à l'art.

– … Pour le vrai chrétien, pour celui qui a dominé sa chair, la mort n'est plus qu'un rhume passager, un enfant sans défense qui veut effrayer les adultes. Les élus ne mourront pas, ils se sont libérés de la peur et savent que seule la mort est mortelle. Nous devrions donc avoir pitié d'elle, des putréfactions de la chair, de ses ossements trompeurs et provisoires !

– Siente, je pensais à autre chose… Si la chef me demande de quoi a parlé le curé aujourd'hui, je lui dis quoi ?

– Qu'on doit faire tout notre possible pour nettoyer une chambre où quelqu'un vient de mourir. Allons-y, on va être en retard ! Ce type, il n'en finit jamais.

En l'espace de quelques minutes, presque tous les fidèles quittèrent la petite chapelle aseptisée, pour commencer leur garde du matin. Le sermon s'était trop prolongé et la chapelle se vida sous le regard étonné du prêtre, qui réfléchit en se concentrant, avec sa façon typique de fermer les yeux, de serrer les mâchoires contre la poitrine et de déployer le réseau de rides de ses tempes. Ensuite il rouvrit ses yeux, lança un regard circulaire et lent sur la chapelle vide et dit à voix basse, mais avec détermination : « Qu'ils me sanctionnent encore une fois, maintenant ! » Et il continua son prêche d'une voix enflammée :

– Car nous n'avons pas été faits selon le modèle de la mort, mais selon celui de l'amour, le modèle de la chair amoureuse que le Fils a assumé en s'incarnant par amour infini. Quelle merveille ! Enfin quelqu'un qui, au lieu d'exercer tout son pouvoir,

s'impose délibérément des limites. Une kénose, un appauvrissement volontaire du Christ, qui renonça à comprendre le mal et voulut seulement en souffrir ; de même que, dans l'Ancien Testament, Yahvé se contracte et rapetisse volontairement afin de laisser de la place à l'homme et à sa liberté…

– On voit bien qu'il sait aussi le grec, comme je l'envie ! m'exclamai-je.

– … Ceci est le modèle : nous devons aimer autant que nous avons été aimés. À l'origine, c'est-à-dire dans Son amour, « autant » signifie « infini ». Se maintenir à ce niveau dépend de nous. Comment ? nous demandons-nous, vous et moi. La réponse est déjà dans l'Ancien Testament : si quelqu'un aime sans limite une personne qui ne le mérite pas, tôt ou tard, la grandeur de cet amour rendra celle-ci digne de cet amour. « Amour », ce mot si présent dans les chansonnettes qui occupent vos oreilles, est le mot, et ni « argent », ni « guerre », ni « destruction », comme le croient les maîtres du monde…

– La violence, quelle horreur ! dit Eligia avec un ton de conviction étouffé.

– … Telle est l'interprétation de l'amour, selon le prophète : « Car je suis Dieu, et non pas un homme / au milieu de toi je suis un saint / et je ne viendrai pas dans ma fureur »… Au cours de ce concile au Vatican, nous assistons à de nombreux changements, mais ces mots ne changeront pas, c'est le plus humble des hommes qui vous l'assure.

Il répéta son mouvement de concentration ; ensuite il regarda le vide d'un air égaré.

– Nous arriverons à les comprendre réellement, par le bon chemin… ou par le mauvais… Il hésita, à peine une seconde cette fois-ci, et continua joyeusement. Dans ces mots nous nous retrouverons tous, tôt ou tard, et si alors il n'y a plus de mots, nous nous retrouverons dans le corps crucifié qui se dénuda afin que nous puissions tous nous réconcilier dans sa caresse…

Vers la fin de ce printemps-là, le professeur Calcaterra palpait avec beaucoup de précaution le visage d'Eligia, particulièrement sa joue droite caverneuse. Je crus percevoir une hésitation déçue dans les mouvements de ses doigts, alors qu'Eligia lui demandait quand ces fosses seraient recouvertes. Le professeur répondait évasivement.

– Quelques cicatrices hypertrophiques… On verra.

Notre médecin avait différentes manières d'observer les blessures : il les grattait, appliquait une loupe sur les endroits les plus congestionnés, mais finissait toujours par faire confiance au toucher. Un jour, il s'ouvrit à nous : on aurait besoin d'un second lambeau, ce qui avait été gagné était insuffisant. Eligia ne souffla mot. J'essayai de lui donner du courage, je lui assurai que plus de « matériel » était justement ce qu'il nous fallait pour un travail parfait, je lui expliquai qu'elle n'avait pas traversé toutes les épreuves antérieures pour à présent se dérober, ou perdre courage, arrivée à ce point. En réalité, à aucun moment Eligia n'avait donné l'impression de se dérober ou de perdre courage, et pas davantage en ce jour printanier. Simplement, elle n'avait rien dit.

Cette nuit-là, je bus beaucoup. Dina me demanda de l'accompagner chez des clients auxquels elle avait fixé rendez-vous par téléphone, de gentils garçons qu'elle connaissait bien.

– Alors, pourquoi tu veux que je t'accompagne ?

– Tu es mon ami, et je vois que tu vas mal. Je ne veux pas te laisser seul.

– Qui est-ce qui t'a raconté que je vais mal ? Arrête avec tes diagnostics idiots.

– Allez ! Ils ont un bar avec plein de sortes de whiskys.

Nous marchâmes dans un quartier aux constructions en pierres polies, piquetées ou feuilletées. Il n'y avait pas de ces surfaces luisantes et claires, si abondantes à Rome. Dina extirpa de son sac un porte-clés portant des initiales dorées qui n'étaient pas les siennes. Nous entrâmes dans un grand vestibule sombre. Dans le couloir, où deux autos pouvaient se croiser, on percevait une vague lueur. Nous marchions en silence, dans l'obscurité. Lorsque nous arrivâmes à l'extrémité du couloir, Dina prit à gauche et appuya sur l'interrupteur. La lumière ténue se transforma en un flot de clarté qui illumina une immense fenêtre. De l'autre côté, au lieu de la cour grise que mes yeux attendaient, s'épanouissait un jardin soigné, à la fraîcheur inespérée. Rien à l'extérieur ou dans le couloir n'annonçait ce coin plein de vie.

Toute l'architecture qui encadrait ce petit patio se dressa, d'aspect menaçant et oppressant, mais les bruyères, genévriers et myrtilles, entre lesquels pointaient des rhododendrons pourpres et, au centre, un petit frêne ornemental, bien que peu fournis, étaient plantés, impeccables, devant mes yeux. Ils demeuraient dans une sorte de latence, dans l'expectative, réservant leur exubérance et leurs débordements pour les premiers jours de l'été. Cette flore urbaine, si civilisée et prudente, vivait en collectivité, avec des orientations et des formes qui se complétaient d'une espèce à l'autre. Les genévriers austères harcelaient les romantiques myrtilles et leur montraient la voie de la liberté ; les rhododendrons assiégeaient de leur couleur éclatante la cime sphérique et encore dépourvue de fleurs du frêne d'ornement. Cette savante complémentarité créait, par des relations de couleurs et de formes, un espace harmonieux, qui paraissait beaucoup plus vaste que celui qu'un géomètre aurait appelé «réel» ou «perspectif». L'espace du jardinet était le résutat d'une collaboration où chaque plante interrogeait sa voisine et consultait l'ensemble avant de construire sa propre plénitude. Je restai hypnotisé, tâchant de me souvenir de ce que j'avais mal fait.

L'appartement s'avéra être une garçonnière de nouveaux riches de l'industrie, avec du violet, du rose, du fuchsia, du saumon, le tout très éclatant. C'étaient deux patrons, qui ne devaient pas avoir plus de quarante ans.

– T'as pas de cravate ? me demanda le plus jeune, peu de temps après que Dina nous eut présentés (à eux :

« un cousin qui a bu un coup de trop » ; «de bons clients, des amis de confiance», à moi).

– T'en veux une ? Choisis-en une, il y en a plein dans l'armoire. Après, va acheter quelque chose à bouffer.

Il me parla avec amabilité et me tendit un billet immense, presque un drap de lit.

– Au croisement de via Spartaco, il y a un restaurant pas mal. Je veux un plat de viande, côtelette farcie ou un truc du genre.

– C'est très loin ?

– Comment, t'as pas de macchina ? Prends les clés de la mienne. J'en ai deux… Qu'est-ce que t'attends ?

– Je ne sais pas conduire.

– Pff! me lança mon nouvel et magnanime ami, pendant que Dina éclatait de rire et que l'autre homme semblait irrité. Prends un taxi, et il m'allongea un autre billet, mais du moins celui-ci était-il d'un format plus discret.

J'étais sur le point de partir lorsque Dina me confia en souriant : «Excuse-les, c'est le miracle économique qui les rend comme ça.» Quand je revins, il n'y avait plus personne dans le salon, et on entendait des grincements dans la chambre. Ils n'étaient pas si bien achalandés que ça. Des bouteilles italiennes et françaises, mais rien d'écossais. Je bus quelques verres, jusqu'à ce que Dina sorte de la chambre et s'enferme dans la salle de bain. Le plus jeune des deux me demanda de quoi manger. Je lui montrai un paquet dans la cuisine.

– Fous tout ça au four, et prends-en aussi. T'as une sale tête.

Nous prîmes place tous les quatre autour de la table, dans la cuisine. La nourriture était assassine : une milanaise de côtelettes désossées, avec une farce de mie de pain, du jambon et un fromage qui dégoulinait sur les côtés, formant un nappage pâteux qui s'étalait jusqu'aux pommes cuites de la garniture. La viande avait presque sombré au milieu de toutes ces farces et fritures et, lorsqu'on enfonçait le couteau, au lieu de vrai sang, tout simplement, suppurait du fromage fondu. On avait l'impression de manger du martien, pas du bœuf. Je pensai avec nostalgie aux steaks de mon pays.

– Tu t'ennuies ? me demanda Dina, en entrant dans la cuisine.

– Non, mais il n'y a pas de whisky écossais, comme tu me l'avais promis.

– Oh, quel menteur ! Tu m'avais juré qu'il y aurait tout ce qu'il faut pour mon cousin, fit Dina en s'adressant au plus jeune.

– On a dû le boire, j'en sais rien, moi.

– Maintenant, il te reste plus qu'à y aller, avec ta deuxième fameuse macchina, et à nous acheter une bouteille de whisky écossais.

Le jeune hésita un moment ; puis il se leva à contrecœur. Son compagnon le saisit par le bras.

– Qu'est-ce que tu fais ? Tu es fou. Tu as oublié que c'est une pute ?

– Qu'est-ce que tu crois... que je vais faire ce qu'elle dit ? répondit le jeune avec un rire forcé. Pff ! Pas de whisky pour ce fils à papa. Et il jeta sur elle un regard moqueur et provocant.

– Si c'est comme ça, on s'en va !

– Mais vas-y, tire-toi avec cette chiffe molle, lui répondit le plus âgé, d'un ton dégoûté.

Dina se dirigea vers la chambre et s'habilla avec lenteur, comme pour leur laisser le temps de réfléchir. Dans la cuisine, le plus âgé ne bougeait pas ; le plus jeune eut un air contrarié et murmura : « Mais... elle est bella. » Moi, j'essayais d'écluser au maximum une bouteille de vin déjà entamée.

– Ouah, doucement ! cria le plus jeune. Pense aux autres.

Dina revint vêtue et annonça :

– Bon, je m'en vais, payez-moi.

– Mon cul, on va te payer, dit le plus âgé. Le contrat c'était toute la nuit.

– Siente, moi j'ai fait ce que j'avais à faire. Je veux mon argent. Voilà ce qui arrive quand je fais confiance à de « vieux clients ».

L'homme se leva et ouvrit la porte d'entrée.

– Fuori ! Casse-toi !...

Dina regarda fixement le plus jeune, pendant que le plus âgé répétait :

– Alors quoi, tu es sourde ? Fuori ! Fous le camp !

– Je partirai pas tant que vous m'aurez pas payée.

Sans trop de violence, le plus jeune la saisit par les cheveux. Son corps se tordit sensuellement ; elle donna quelques coups les mains ouvertes et lui griffa le visage, tandis qu'elle haletait entre deux sanglots. Elle termina dans le vestibule. Je me dirigeai vers elle; j'entendis la porte claquer dès que j'eus franchi le seuil.

– Ils t'ont fait mal?

– Non, répondit-elle.

Une fois arrivés en bas, nous pénétrâmes dans le jardin. Dina alluma la lumière du vestibule afin de trouver l'entrée ; une minute après elle s'éteignit, alors que nous étions déjà dans la verdure.

– Au plus petit, je lui ai fait une marque sur la figure… ils m'auront pas baisée pour rien.

Elle sortit de son sac une statuette en porcelaine, qui représentait une baigneuse des années 1920, debout, avec une grande serviette bleu ciel et un maillot de bain à jupette, une véritable horreur.

– Tu aimes?

– Non.

– Combien ça pourrait valoir?

– Rien.

– Tu es antiquaire, ou quoi?

– Pas besoin d'être antiquaire pour voir que ça ne vaut rien.

– On m'en donnera bien quelque chose…

– Rien… Pour les affaires, toi… un désastre!

La statuette se balança dans les mains de Dina. Elle la déposa dans une fontaine en forme de conque qui dépassait du mur du fond. Un filet d'eau sortait en bouillonnant d'un masque de lion et cogna la porcelaine. Avec le volume supplémentaire de la statuette à demi immergée, un peu d'eau de la conque se déversa dans un petit bassin au sol ; il y eut un bruit sourd et des reflets dans la pénombre. Puis, peu à peu, le dégouttement devint régulier et finit par ressembler au tic-tac d'une montre. Dina mouilla ses mains et les passa d'abord sur mon front, et ensuite glissa ses doigts dans mes cheveux. L'humidité me fit l'effet d'une transfusion. Je sentis que le choc de cette eau timide et efficace apaisait le tourbillon de mon sang.

– Bon, annonça Dina, moi j'y vais, ciao. Tiens le coup, tu es fort.

– Où tu vas ?

– Io retorno avec ces deux-là. J'ai besoin de l'argent et, même si tu le crois pas, ils ont besoin de moi.

– Ciao.

Les rencontres avec Dina me procuraient ma ration d'événements imprévisibles, qui compensait la vie planifiée de la clinique ; j'utilisais Dina pour attirer à moi des aventures qui me soulageaient des incertitudes liées au traitement d'Eligia. Je me surprenais souvent moi-même à observer attentivement la couleur d'un greffon, et c'était avec plus d'attention encore que je tentais de me remémorer la couleur qu'il avait eue le jour précédent, cherchant à déduire d'une différence de nuance la bonne ou mauvaise marche du processus. Ceci dit, il est très difficile de se souvenir d'une nuance ; les couleurs exigent la présence, la comparaison immédiate. L'examen permanent de cette peau m'emplissait de trouble : à certains moments, je croyais l'évolution favorable et, à d'autres, la nécrose me semblait inévitable. Je serais devenu fou si Eligia n'avait eu le don de générer une vie forte et muette, quelles que fussent les circonstances où elle se trouvait ; ses greffes prenaient partout où on les avait appliquées. Je restais cependant méfiant, et regardais avec appréhension les sécrétions naturelles des plaies aux extrémités du nouveau lambeau, comme si chacune recelait l'imminente menace d'une infection. Cette matière qui transitait du bras au visage portait en elle également tous mes espoirs.

Quand venait l'heure de l'alimenter (je n'appelle pas cela déjeuner ou dîner car il ne s'agissait pas de plats habituels, mais d'une généreuse portion d'un liquide épais à la couleur indéfinissable), la situation prenait une tournure infantile qui me paraissait ridicule. Pour protéger les greffons, je la couvrais de plusieurs bavoirs. Eligia ne pouvait mâcher car sa mandibule était très peu mobile, et les médecins lui avaient déconseillé de le faire afin de ne pas mettre en danger les lambeaux, de sorte qu'elle se limitait à aspirer le liquide chaud et jaunâtre. Ma tâche consistait à lui approcher la petite soupière, à la maintenir près de sa bouche en m'assurant qu'aucun grumeau n'obture le tube : une mission simple, mais qui demandait une certaine attention, car il fallait soutenir le bol à cinq centimètres de son visage et du deuxième plâtre qui l'immobilisait, comme le précédent, mais du côté opposé.

Toutes ces attentions répugnantes, je les compensais la nuit, par la possibilité d'échouer n'importe où. Il me semblait, en ce temps-là, que l'unique et pauvre écho à mon dévouement dans la clinique était les éloges que me faisaient les infirmières et les aides-soignantes, éloges qu'elles prononçaient avec plus de sournoiserie, à cause des lires qu'elles y perdaient, que de sincérité pour les vertus d'abnégation dont j'aurais pu faire preuve : «Qu'il est bravo, toujours aux côtés de madame.» Il faut dire aussi que, dès qu'elle le pouvait, Eligia entrelaçait ses doigts aux miens lorsque ma main passait près de la sienne.

Les changements brusques et inespérés d'espace pendant la nuit étaient devenus les seuls marqueurs temporels signalant le passage du temps dans cette ville embuée. Les nuits où je ne trouvais pas Dina passaient sans laisser de traces dans ma mémoire ; je retournais à la chambre et me sondais attentivement pour m'assurer de n'avoir rien perçu ressemblant à un soupir amoureux, et j'étais fier de ne trouver que du vide, et pas de sentiments.

Je vivais dans deux sphères – celle qui gravitait autour d'Eligia et celle qui gravitait autour de Dina – très proches dans l'espace et le temps, mais isolées l'une de l'autre. La sphère nocturne était – selon ce que je croyais alors – séparée de tout projet en rapport avec ma vie. Je savais que la sphère des blessures d'Eligia me liait pour toujours. En ce qui concernait Dina, en revanche, j'avais tout construit de manière à pouvoir les faire disparaître, elle et ce qui l'entourait, à n'importe quel moment.

VII

tras el invierno se acerca-
ba, mi vida en milán
era atrapada por la rutina. De noche, dormía sobre
la
cama sin cambiarme. En las primeras mañanas de mi est
en la clínica, la mucama me decía con tono dereproche
—Una otra vez ha dormido sin abrir el lecho.

Peu de jours avant les fêtes de la Ferragosto, alors qu'il n'y avait plus personne en ville, Dina entra dans le bar et me demanda si je voulais l'accompagner dans une boîte où l'on s'amusait beaucoup mais assez loin de là. C'était un client à elle, vêtu d'une chemise à rayures verticales bleu foncé et blanches, qui nous invitait, et semblait avoir un intérêt particulier à rameuter le plus de monde possible.

– Tu verras, ça te plaira, me dit l'homme.

– D'accord, mais n'oublie pas, dis-je en me tournant vers Dina, que je dois être de retour à la clinique avant qu'Eligia ne se réveille, pour lui donner son petit-déjeuner.

Lorsque nous arrivâmes au *San Silvestro* une grande affiche sur la façade proclamait: «NUIT SPÉCIALE TIFOSI DE MILAN... ET, COMME D'HABITUDE, GRANDE FÊTE DE NOUVEL AN!» Une robuste employée nous tendit des crécelles et des langues de belle-mère avant d'entrer. Elle paracheva son rituel initiatique en nous soufflant avec son propre instrument à vent au visage, actionnant ainsi un mécanisme de papier et de plumets qui, se dépliant, venait nous chatouiller le nez. Elle nous coiffa de petits chapeaux aux couleurs du Milan, blanc et bleu nuit, presque noir*.

L'endroit était assez rempli, si l'on tient compte du fait que la ville était déserte pour les vacances d'été. Le peu d'attrait touristique dont les agences gratifiaient Milan – deux heures en tout et pour tout consacrées au Duomo et à la

** Biza inverse, et transforme, tout au long de ce chapitre, les couleurs des deux mythiques clubs de foot milanais: les rossoneri (rouge et noir) de l'A. C. Milan deviennent ainsi dans le texte des biancazzurri (bleu et blanc), et les nerazzurri (bleu et noir) de l'Inter des rossoneri.*

Galleria – était une bénédiction, réservant les plus délicats secrets de la ville à quelques *happy few.* Au *San Silvestro*, autour de moi, je ne vis aucun étranger; un bon nombre d'Italiens étaient là à s'amuser. Presque tous s'étaient déjà arrangés avec des filles de la boîte. Hommes et femmes, tous, nous portions cette nuit-là de petits chapeaux pointus, bleu nuit et blanc; cornettes et hochets dépassaient de nos poches. On entendait des coups de sifflet et les crécelles complètement à contretemps du rythme des chansons que diffusaient les enceintes.

Dina s'accouda au bar, dans une de ses poses très caractéristique, les épaules près du visage. On nous servit un champagne acide et bon marché. L'homme à la chemise rayée salua tout le monde comme s'il avait été un vieil habitué du lieu. Ensuite, il se mit à susurrer des mots doux à l'oreille de Dina. Soudain, la musique cessa et une voix asexuée, mais pleine d'entrain, annonça dans les haut-parleurs: «Il est déjà onze heures. Dans une heure, nous fêterons le Nouvel An. Prépare-toi au maxi amusement. Bazarde tes problèmes par-dessus bord. Cette nuit, nous fêtons l'année qui va du 13 août 1965 au 13 août 1966. Adieu stupide année! Je vous salue, impôts; ciao politiciens et, surtout, ciao bobonnes!» Une exclamation générale d'euphorie accompagnée de coups de sifflet reçut ces derniers mots.

La voix continua à débiter ses mots de joie feinte, mais, après les premières phrases, un défaut de balance brouilla les sons graves, leur conférant une tonalité électronique et spectrale: «Le *San Silvestro* est l'unique endroit où tu es à l'abri de tous les maux, y compris des tifosi de l'Inter. Ici, cette nuit, tout est Milan, tout est blanc et bleu, rien de rouge et noir. Des belles femmes et du plaisir assuré. *Champagne* pour tous – la voix essaya de prononcer le mot à la française. Que celui qui pense à demain se dise que demain sera le premier jour de sa nouvelle vie. Mieux encore, si tu veux, reviens demain avec nous pour fêter le Nouvel An, la nouvelle année du 14 août au 14 août. Fermeture le quinze, par respect pour Santa Madonnina. Mais sauf fêtes religieuses, on célèbre toutes les nuits au *San Silvestro*. Toutes les nuits, c'est le Nouvel An ! »

Je dois avouer que les filles et les employés de la boîte étaient bien rodés. Ils avaient l'air de s'amuser vraiment… Et pourquoi en aurait-il été autrement ? C'était un bon travail tant que les clients étaient d'humeur idoine. La tâche devait se révéler un peu plus ardue les journées froides, de faible affluence, avec des clients engourdis par l'hiver ou par le manque de lires, des filles simulant l'allégresse dans le vide, et soufflant dans leurs pathétiques trompettes en tapant des pieds pour se réchauffer. Quoi qu'il en soit, en cette nuit d'été, l'euphorie se maintenait et allait crescendo à mesure que minuit approchait. Les serveurs riaient tout en remplissant les verres ; ils versaient seulement quelques gouttes de leur spumante acide. Ils prenaient par contre grand soin de faire sauter bruyamment le bouchon chaque fois qu'ils débouchaient une bouteille. Le barman annonçait à grands cris l'événement après avoir fait tinter une cloche accrochée au plafond. Lorsque le bouchon s'envolait, un chœur de hourras l'accompagnait puis les recherches commençaient dans la pénombre, parce que la maison offrait un verre à celui qui le trouvait, et que, en passant, les clients tâtonnaient à quatre pattes sous les tables, situation propice à la fauche. S'ils s'apercevaient ensuite que leur portefeuille avait disparu, toutes les filles et les serveurs cherchaient avec zèle en murmurant : « Ce petit mec aux cheveux courts qui est sorti tout pressé ça fait un moment, il avait une de ces têtes de voleur, je te raconte même pas. »

Après m'avoir demandé d'où je venais, et alors qu'il me servait, le barman éclata de rire :

« Sud-américain ! Comme Sivori ! Le meilleur joueur de football du monde ! Mais comment c'est possible ? Là-bas, vous avez de très bons joueurs et de très mauvaises équipes… L'Independiente, non seulement il perd contre le Milan, mais même contre l'Inter… »

Je ne voulus pas être rabat-joie. J'avais envie d'absorber tout ce que les circonstances m'offraient. Je ne voulais pas de problèmes. Ce que Dina pourrait proposer était peu de choses comparé à cette débauche de femmes, de champagne et de nuits du Nouvel An. Les demoiselles m'invitaient à les accompagner dans n'importe quel recoin sombre pour quelques lires. Elles venaient de tous les coins d'Italie et il y avait aussi des étrangères des cinq continents, Océanie incluse. Je n'avais jamais sauté une Africaine, ni une Orientale. En payant, je pourrais dire – sans mentir et pour le restant de mes jours – que j'avais connu des femmes de toutes les latitudes.

La ville de Milan offrait une réelle abondance, hypnotisée par la mécanique de la profusion qui, au *San Silvestro*, plastronnait à portée de main : un chapeau de cotillon, une petite trompette de clown, une femme aux traits insolites, peu importe. Cette reddition aux verroteries du présent exigeait, bien sûr, l'abandon de toute idée d'organisation : cette exigence était aussi la récompense.

La musique s'arrêta subitement et le maître des cérémonies imposa le silence au public. Les lumières s'éteignirent et quelques mains féminines se glissèrent dans des poches masculines, la même voix androgyne vociféra alors dans les enceintes, qui ne fonctionnaient qu'à moitié : « Silence ! Plus que quarante secondes avant la fin de l'année. Trente, vingt-neuf, vingt-huit... Adieu année dégueulasse ! Emporte avec toi tes malheurs. Vingt, dix-neuf, dix-huit. Une année bien meilleure vient à nous. Tu vas voir, année merdique, ce que c'est qu'une vraie année ! Des affaires en or, une santé de fer, des femmes bien en chair ! Cinq... quatre... trois... deux... un... Et vive, vive le Nouvel An ! »

Toutes les lumières se mirent à clignoter et une pluie de confettis s'abattit sur nous. Les entraîneuses soufflèrent dans leurs petites trompettes et, au milieu de panaches de fumée artificielle, je vis Dina, dans son ensemble d'été couleur claire, qui, à l'autre extrémité du comptoir, regardait avec ennui le plafond.

Environ deux heures plus tard, un groupe d'hommes fit son entrée au *San Silvestro*, parmi lesquels se détachait un type corpulent, le crâne rasé et une grosse tête d'où jaillissaient, avec la même facilité, des éclats de rire et des gouttes de sueur. Ils avaient déjà bu avant de venir dans notre boîte. Le grand type s'installa sur une banquette proche de la mienne. Il demanda du vermouth à deux heures du matin. On le lui refusa, jusqu'à ce qu'il annonce qu'il le paierait au prix du champagne. Alors, par miracle, le vermouth arriva. L'homme était boute-en-train et euphorique. Deux femmes prirent place à ses côtés, et, pendant qu'il continuait à siroter ses vermouths, elles buvaient le champagne de la maison.

La plus jeune et jolie des prostituées du *San Silvestro* le fixa attentivement à plusieurs reprises, bien qu'elle fût loin et en compagnie d'un monsieur aux cheveux blancs, en cravate, l'air très riche et très saoul, mais le grand type ne se rendit pas compte des regards dont il était l'objet. Une demi-heure plus tard, la femme se rendit aux toilettes. Elle dut emprunter un chemin qui passait à proximité du client aux vermouths.

Comme il l'avait fait avec toutes les femmes qui s'étaient mises à portée de voix, l'homme à grosse tête lança, à la belle comme aux autres, une grossièreté. Tout en le regardant, la femme s'immobilisa à quelques pas. L'homme aux vermouths fut pris de court. Il jeta avec crainte un coup d'œil vers le canapé où était assis le notable, qui, là-bas, loin, profitant de la pause, avait entamé la conversation avec la putain du canapé voisin. La belle demanda à l'homme à la grosse tête :

– Tu le sais qui je suis ?

L'homme hésita.

– Non.

– Tu en es vraiment sûr, que tu sais pas qui je suis ?...

À ce moment-là, le nabab réagit, il se leva et marcha en direction de l'homme à la grosse tête. Lorsqu'il arriva sur la piste d'un pas chancelant, deux chaussures grises, étroites et très fuselées, étincelèrent. Prévoyant du grabuge, tous les clients de la boîte, repérables à leur chapeau de cotillon, le suivirent. De leur côté, les hommes arrivés avec le type à la grosse tête se regroupèrent près de ce dernier, au cri de « À nous ! Ceux de l'ancienne Ambrosiana, la garde du viale Goethe. » Je m'aperçus alors qu'ils portaient tous des vêtements ou des accessoires qui combinaient le rouge et le noir. Les deux groupes se firent face avec animosité, chacun à une extrémité de la piste de danse. Biancazzurri contre rossoneri. Le magnat désigna la belle et lui cria :

– Viens ici !

– Je peux pas. Je dois parler avec ce type, et elle pointa la grande gueule suante et apeurée.

Le ponte commença à traverser la piste, mais – soit parce que ses chaussures étaient neuves, soit que la piste était cirée, ou encore qu'il était complètement bourré – alors qu'il avait parcouru la moitié de la distance, il s'écroula et resta affalé. Ses amis biancazzurri ne bougèrent pas, mais, à cet instant, des rangs immobiles du groupe, se détacha un homme mince en veste, avec une cravate très semblable à celles de quelques-uns des tifosi rossoneri. Il tenta de relever le personnage, tout en lui murmurant respectueusement à l'oreille :

– Mais pourquoi, commandeur ?

Il essaya de le remettre debout à trois reprises, mais, chaque fois, l'auguste millionnaire retombait par terre. La bande des rossoneri, devant tant d'impuissance, s'approcha du commandeur avec curiosité. L'homme mince qui le secourait pâlit en voyant ce qui arrivait sur lui. Il secoua le commandeur par le col et lui cria :

– Espèce d'abruti ! Dans quel merdier tu nous as foutus, gros soulard. Je te laisse là.

Les rossoneri, emportés par leur élan, enjambèrent et vinrent encercler l'homme mince, mais, contrairement à ce que nous attendions tous, ils ne lui firent aucun mal.

La belle ne broncha même pas lorsqu'elle vit le richard par terre, mais les amis de ce dernier, beaucoup plus nombreux que les rossoneri, réagirent. Les deux groupes brisèrent des bouteilles et les brandirent contre leurs adversaires avec férocité. Par intervalles, les uns avançaient et les autres reculaient sur la piste, jusqu'à ce que, pour des raisons inexplicables, la situation s'inverse, et la faction qui dans un premier temps avait avancé se mettait alors à reculer. Finalement, un rossonero cria : « Ils sont plus nombreux ! », cette présomption fut suffisante pour que tout le groupe prenne la fuite en poussant des exclamations du genre «On se retrouvera au *San Siro*!»

Les clients aux petits chapeaux bleu nuit et blanc ne se rendirent pas compte de leur triomphe car les serveurs, afin de pacifier les esprits sans courir eux-mêmes aucun risque, répandirent tant de confettis et de fumée colorée qu'il était difficile d'apercevoir sa propre main. Ce fut seulement quand la brume bleutée se fut dissipée qu'ils comprirent qu'ils avaient triomphé. Quelques hourras de victoire éclataient déjà lorsque quelqu'un cria: «Ceux de l'Inter reviennent avec du renfort!», et le groupe, qui une seconde auparavant fêtait sa victoire, disparut comme par magie.

L'endroit était désormais presque désert, lorsque quelques vieux clients qui n'en avaient rien à faire du football firent leur apparition. Ils demandèrent avec étonnement pourquoi il y avait si peu de monde. Un serveur eut un geste pompeux et s'exclama: «Il y a eu une de ces batailles ici, je ne le vous raconte même pas...!» C'est ainsi que cette nuit du 13 août 1966 entra dans l'histoire et la légende.

Cependant l'unique effet immédiat de ce commentaire qui, évidemment, irait en s'amplifiant jusqu'au mythe, fut de susciter l'inquiétude chez les nouveaux arrivants. Il suffit que ceux-ci aperçussent trois rossoneri s'approcher, ivres et égarés – ils cherchaient seulement à téléphoner –, pour qu'ils s'enfuient à toutes jambes, comme un troupeau paniqué. L'homme au veston, qui avait à la fois secouru le commandeur biancazurro et pris la tête de l'offensive des rossoneri, se proposa de guider les nouveaux venus en se donnant des airs de connaisseur de la nuit et de personne qui s'en sort toujours.

Il ne resta plus désormais dans la boîte que les serveurs, Dina, son ami, moi, l'homme à la grosse tête et la belle.

– … et tu sais toujours pas qui je suis ?

– Non… Non, je sais pas…

– Je suis ta fille.

– Ana ?… Depuis toutes ces années… Ana, bien sûr !

– Oui, depuis toutes ces années.

– Tu sais pas ce que j'ai pensé à toi, et combien j'ai voulu te revoir.

– Non, je sais pas.

Il y eut un instant de tension entre eux deux, mais soudain elle s'adoucit et lui donna un baiser sur la joue. Le grand type explosa de joie. Il enlaça la jeune femme puis, après avoir parlé à voix basse avec elle quelques minutes, se mit à pousser des hurlements d'exultation.

– C'est formidable ! Il faut fêter ça… vermouth pour tout le monde ! C'est moi qui régale !

Il n'y avait presque personne dans la boîte ; les trois bouteilles qu'il avait fait déboucher se retrouvèrent à portée de ma main. Je me mis à boire encore et encore et, à chaque verre que je vidais, l'homme à la grosse tête me regardait plus méchamment. Finalement, il éclata :

– J'ai invité tutti, et toi tu veux tout boire tout seul ?

– C'est pas un endroit pour radins ici.

L'homme à la sueur grasse hésita, regarda sa fille et me saisit par le col de mon manteau noir, me secouant comme une clochette. Je cherchai le couteau dans ma poche, l'agrippai, mais ma main se figea. Plus l'homme à la grosse tête m'abreuvait d'injures, plus ma main dans la poche devenait lourde et rigide. Je me disais en moi-même : « Il suffit de la sortir et la situation se retournera. » Mais je ne bougeai pas mon bras.

Peu avant le lever du jour, Dina et son ami me firent monter dans leur voiture. Je m'allongeai sur le siège arrière et Milan se transforma en caroussel. Je leur demandai de s'arrêter. Je fis deux pas et m'assis sur le trottoir.

– T'as pas l'air en forme ! Essaye de vomir, me dit l'homme.

– Je vais pas me laisser faire par ce champagne bon marché et ce vermouth, alors que j'ai digéré toutes ces liqueurs de merde ; c'est pas juste.

J'avais envie de me coucher, mais je n'avais pas envie de vomir. À l'époque, je n'avais jamais envie de vomir.

– Pourquoi tu te saoules, si tu tiens pas le coup ? Écoute, moi je vais à l'hôtel avec Dina. On peut pas t'emmener. Tu te débrouilleras bien. Dina me dit que tu as l'habitude.

Ils s'en allèrent. Je traversai la rue jusqu'à un mur où m'adosser.

Il faisait à peine jour lorsque je rouvris les yeux. Dina était en train de me secouer l'épaule. Elle riait, accroupie à mes côtés. Ensuite, elle perdit peu à peu l'équilibre à force de rire et se retrouva par terre, les jambes écartées. Derrière elle, sur le trottoir, deux femmes, l'une âgée vêtue de noir, l'autre un rosaire à la main, nous observaient en silence.

– Allez. Fais un effort, qu'on se barre d'ici, m'exhorta Dina.

Lorsque je m'assis, elle plaça mon bras sur son épaule et me remit debout. Elle n'arrêtait pas de rire. Handicapée par ses éclats de rire et le poids de mon corps qui reposait sur elle, elle avait du mal à héler un taxi. De toute manière, ceux qui passaient ne s'arrêtaient pas.

– Maintenant, appuie-toi ici et tiens-toi tranquille, bien sage, et elle désigna un rebord sur l'un des murs.

Lorsque je m'y appuyai, je sentis que les briques contre mon dos étaient tièdes, elles conservaient une température bien plus agréable que celle du trottoir. Je pris appui sur le mur en m'aidant de mes mains pour éviter de m'écrouler vers l'est ou vers l'ouest. Cela sembla amuser énormément Dina. Elle se mit à rire avec tant de sincérité, si contagieusement, que je fus pris moi aussi de fou rire. Je cédai ainsi au vomissement, moi qui étais si fier que ces choses humides ne m'arrivent jamais.

Je riais et dégueulais par alternance régulière : une crise de rire, puis trois ou quatre torrents qui jaillissaient de ma bouche neptunienne. Je remarquai que les spasmes correspondaient très exactement aux éclats de rire : s'il y en avait eu cinq, les spasmes étaient aussi au nombre de cinq, tout cela sans aucun effet de ma volonté.

Le vomi était complètement liquide et translucide, le vermouth et le champagne intacts. Dina essaya d'éponger la cataracte qui sortait de ma bouche avec un foulard en gaze verte. Ensuite, elle tourna les talons et s'en alla. Je tentai de la suivre. Je m'endormis en riant.

Quand j'ouvris les yeux de nouveau, Dina était revenue à mes côtés. Derrière elle, un taxi, la portière arrière ouverte. La bonne humeur m'avait quitté et j'étais envahi par une lourde somnolence. J'entendis le chauffeur.

– Ce petit ange… tu me l'avais caché. Tu m'avais rien dit.

Il sortit du véhicule et me redressa sans effort. Ensuite, il me souleva à bout de bras et m'installa sur le siège avant.

– Tu es vraiment dans un état dégueulasse, dit-il à mon intention, puis, se tournant vers Dina qui s'était affalée à l'arrière : cette fois, tu me remercieras.

La voiture démarra et prit une de ces directions déconcertantes qu'à mon étonnement la ville recelait toujours. De temps à autre, le chauffeur sortait une plaisanterie sur mon état qui, invariablement, se terminait par une remarque sur son extrême bonté, aussitôt suivie d'un sourire qu'il adressait, en tournant la tête, à Dina. Le taxi avait raison : il avait agi en brave type. Il me regarda.

– À l'heure qu'il est, tu serais au commissariat. Tu as quelqu'un qui réponde de toi ?

– Il est étranger, lâcha à contrecœur Dina de l'arrière.

– Et toi ? Tu as quelqu'un qui s'occupe de toi ?

– J'ai ma tante.

– Ah!... Elle en a de la chance, ta tante, une jolie nièce comme toi.

Le taxi roulait lentement. Dans un demi-sommeil, je vis qu'il ne circulait pas sur la chaussée, mais sur de la terre, sur l'un de ces espaces laissés vides entre les barres d'immeubles qui se construisaient à un rythme fébrile. Le conducteur arrêta la voiture et s'installa sur le siège arrière. Je descendis moi aussi avec difficulté pour aller uriner. Je m'appuyai contre la voiture et regardai autour de moi, vers les bâtiments. Depuis les balcons et les fenêtres, quelques rares personnes nous observaient dans le silence du matin. Quelqu'un cria quelque chose, joyeusement, au loin. Je tentai de reboutonner mon pantalon, mais je n'y parvins pas. Je m'allongeai de tout mon long sur la banquette avant. La voiture se balançait lentement, comme un berceau, alors qu'à l'arrière quelqu'un gémissait. Je ne pus distinguer si c'était une voix d'homme ou de femme. Ensuite, je sentis le conducteur me remettre d'aplomb d'une seule main:

– Reste assis, hein, va pas tomber, me dit-il, tout en palpant sans retenue de l'autre main ma poitrine, jusqu'à ce qu'il trouve ce qu'il cherchait.

Il extirpa mon portefeuille, prit l'argent qui s'y trouvait, puis le remit dans la poche intérieure de mon manteau. Il m'avait volé les deux mille lires que je réservais pour l'unique putain du *San Silvestro* native de Polynésie. Je me demandai quand se représenterait la possibilité de faire l'amour avec une Océanienne.

– Je comprends pas comment tu crèves pas de chaud avec ce manteau, furent les derniers mots que m'adressa le chauffeur de taxi.

Il donna l'argent à Dina, qui, toujours allongée, ne sut pas d'où sortaient les billets. Lorsque nous arrivâmes à la clinique, il nous fit descendre.

– Maintenant débrouillez-vous. Moi, j'ai déjà fait ma bonne action. Je vous fais même pas payer le trajet.

– Oui… c'est sûr, répondit Dina.

Elle plaça mon bras sur ses épaules pour que je ne tombe pas.

– Qu'est-ce que je vais faire de toi ? Tu es un vrai boulet.

– Laisse-moi. Je vais aller à la chambre.

Dina me lâcha, je fis deux pas et tombai à quatre pattes. Elle me releva.

– Il y a quelqu'un de garde ?

– Ici, il y a toujours quelqu'un de garde. Mais à cette heure-ci, ce quelqu'un s'enferme dans les toilettes et roupille tout ce qu'il peut.

– Tu as une tête à faire peur ! Je pensais pas te balancer. Je voulais juste savoir si le chemin de ta chambre était dégagé. Quel numéro ?

– Le 407.

Nous attendîmes un moment que l'entrée soit libre, et nous entrâmes sans que personne nous arrête. Nous partageâmes l'ascenseur avec une employée de l'administration. Dans le couloir de l'étage, nous nous retrouvâmes nez à nez avec l'aide-soignante du matin.

– Monsieur Mario, qu'est-ce qu'il vous est arrivé... un accident ?

– Non, je n'ai rien. Comment va madame ?

– Votre mère se repose. Vous n'êtes pas blessé ?

– Votre mère !...

Dina sursauta et ajouta avec indignation :

– Pourquoi vous mettez pas ce petit garçon au lit ?

– Parce que c'est pas mon travail, répliqua l'aide-soignante, dont j'avais décliné les propositions de recruter des infirmières supplémentaires. Et vous, pourquoi vous essayez pas de le mettre au lit ? On voit bien que vous savez y faire. Et d'ailleurs, pourquoi vous lui boutonnez pas la braguette ?

Accroché à l'épaule de Dina, j'ouvris son sac à main et pris deux billets de mille lires bien en vue, et qui à mon avis sentaient le chauffeur de taxi. Je les tendis à la femme de chambre et lui fis signe de l'index sur ma bouche. Elle me remercia. Dina me réinstalla contre elle et nous avançâmes jusqu'à la chambre, au rythme très incertain de mes pas. Je faisais intérieurement mes adieux à ma bien-aimée de Polynésie. Ce fut seulement devant la porte qu'il me revint que ma chambre était aussi celle d'Eligia.

– Chut, fis-je à Dina d'un air réprobateur, fais moins de bruit, ne parle pas. Une fois dedans, je me débrouille tout seul.

J'ouvris la porte maladroitement. Une voix lucide demanda aussitôt :

– Mario ?

– Tout va bien. Je suis avec quelqu'un.

Je fis deux pas dans le vestibule en biais, d'où il était impossible d'apercevoir le lit. Avant d'atteindre la pièce principale, je m'écroulai sur le mur et glissai lentement jusqu'au sol. Eligia demanda ce qu'il m'arrivait, d'un ton plus soucieux, cette fois ; Dina me remit debout.

– Avec votre permission. Excusez-moi, madame, je ne voulais pas vous ennuyer. Votre fils va bien. Il a seulement besoin de dormir un peu, dit-elle en balbutiant pendant que nous avancions dans le petit vestibule.

Lorsque nous arrivâmes à la chambre elle-même, Dina resta silencieuse. Je fis les présentations.

– Eligia, voici Dina, elle m'a beaucoup aidé, mais je ne lui ai rien demandé. J'arrive juste à temps pour ton petit-déjeuner.

– Je l'ai déjà pris, il y a une heure… Merci, Dina.

Nous nous trouvions à deux pas du canapé. Dina restait raide, regardant Eligia. Je m'aperçus que les muscles de Dina qui me soutenaient m'avaient oublié. Je me dégageai de son bras et me jetai dans mon petit lit. Lorsque je regardai de nouveau Dina, elle était encore comme pétrifiée, fixant Eligia.

– Pourquoi tu ne t'en vas pas ! lui criai-je.

Elle partit sans dire au revoir ; ce fut une fuite dénuée de grossièreté. Je dormis jusqu'à ce que l'aide-soignante à qui j'avais donné les deux mille lires apporte le déjeuner. Elle fit son entrée le plus bruyamment possible et en criant « Voilà la soupe », selon son habitude, pour s'épargner le travail d'aller réveiller les patients.

Je crus pouvoir tenir sur mes jambes tout seul.

– Vous êtes déjà debout, monsieur Mario ? dit la femme avec ironie.

Elle savait qu'Eligia devait avoir vu Dina, puisque elle-même avait refusé de m'accompagner jusqu'à la chambre. Elle avait apporté une soupe épaisse, bouillante. Avant de repartir, elle montra du doigt ma tête :

– Ça vous va très bien. Moi aussi, je suis pour le Milan et je hais l'Inter.

J'ôtai le chapeau bleu nuit et blanc. Comme tous les jours – quatre fois par jour – je posai une bavette de bébé sur la partie des greffons située sous la soupière, à vingt centimètres du visage d'Eligia, c'était la longueur maximale du tube par lequel elle aspirait le liquide. Je protégeai la précieuse chair gagnée grâce aux efforts du deuxième greffon, qui lui avait valu cinquante autres jours de plâtre, entre mai et juillet.

Eligia me regardait fixement. Quand j'eus terminé de l'alimenter, je retournai me coucher. Je m'installai de manière à avoir l'air de faire la sieste, si quelqu'un venait à entrer. Mon unique souci était de dissimuler le *hangover*.

Lorsque je m'éveillai de nouveau, c'était presque l'heure du souper des patients. Je me sentais mal : ma bouche était pâteuse, même si je remarquai que mes jambes avaient gagné un peu en fermeté. Les yeux d'Eligia me suivaient partout où j'allais. Avant le repas, je fis sa toilette, je m'appliquai à la tâche. Je lui proposai de lui couper les ongles.

– Non, pas aujourd'hui… s'il te plaît, fais quelque chose pour ton haleine.

Je me brossai les dents. À mon retour, elle me dit :

– Te souviens-tu des bonnes notes que tu avais à l'école ?

– Eh bien, je vois que l'heure de la nostalgie professorale a sonné, lui répondis-je en tentant de prendre un ton amusé.

Peu de temps après, on apporta la soupe fumante et une gélatine. Je plaçai la serviette comme je le faisais tous les jours – quatre fois par jour. Je pris fermement le bol dans mes mains. Il était très chaud, si bien que je soufflai pour refroidir le contenu. Je préparai une serviette afin d'éponger le liquide qui coulerait de la bouche d'Eligia. Routine.

– Voyons, une gorgée pour Piaget, qui, tout près d'ici à Genève, se promène à bicyclette, et à qui tu vas rendre visite dans peu de temps… Une autre pour Herder… Une autre pour Saussure… Une autre pour Dewey.

Je ris avec une bonne humeur forcée. Eligia ne pouvait pas voir le bol près de sa bouche. Un grumeau obtura le tube. Je tentai de le déboucher en le secouant d'une main. Ce fut alors que la main qui tenait le bol se mit à trembler. Je voulus la contrôler, mais les tremblements s'amplifièrent à cause du poids même du bol. Le flux de soupe reprit :

– Cette gorgée pour le professeur Calcaterra, qui a été admis à l'Académie et dont la photographie est reproduite dans les journaux les plus importants…

La main qui avait débouché le tube revint au bol. Juste à ce moment-là, j'eus une convulsion et le liquide se renversa presque entièrement sur les bavettes et la serviette qui protégeaient Eligia, imbibant sa peau. Eligia lança un cri incontrôlable puis, avec des gémissements decrescendo, me dit d'appeler l'infirmière. J'appuyai sur le bouton. Tandis que j'attendais, je soulevai l'une des extrémités de la serviette imbibée et fumante. Ce faisant, j'avais aussi soulevé, adhérant au bord inférieur de la serviette, un morceau de greffon, découvrant alors une couche de chair et de sang. L'infirmière arriva tout de suite.

– Un accident! criai-je hors de moi. La soupe s'est renversée.

– Monsieur Mario... Juste maintenant, avec les greffons et le nouveau lambeau!

Elle agit avec une célérité professionnelle. Elle abaissa grâce au mécanisme les roulettes du lit d'Eligia et transporta celle-ci à fond de train dans la salle de soins. Tout cela ne dura que quelques secondes. Je sanglotai, la petite soupière d'étain encore en main. Quelques minutes après, sans cesser de sangloter, je dis d'une voix haute et claire: «Je ne voulais pas que les choses tournent ainsi, Eligia. Je voulais vraiment t'aider, m'appliquer. Je te le jure. Cela ne peut pas continuer comme ça. Si nous nous en sortons, je vais changer. Je te le jure.» Je m'assis sur mon petit lit.

Après un temps impossible à mesurer, l'infirmière fut de retour.

– Tout est rentré dans l'ordre, elle me fixa dans les

yeux d'un air inquisiteur. Mais que vous arrive-t-il? Ce n'est pas si grave que ça, vous savez. Allons, ne faiblissez pas maintenant que votre mère a besoin de vous plus que jamais. Un accident arrive à tout le monde; surtout après tant de mois. Tout le monde admire la façon dont vous vous occupez d'elle! Bien sûr, vous devriez de temps à autre avoir recours à une infirmière et prendre un peu de repos. C'est trop pour une seule personne. Je suis sûre d'en trouver une qui vous fasse un prix sur le long terme, si vous l'employez plus d'une semaine... Maintenant, allez auprès de votre mère dans la salle de soins et apportez-lui de quoi se couvrir légèrement. Si elle commence à éternuer, on est dans de beaux draps. Allez, elle demande après vous. Allez l'embrasser.

Lorsque je pénétrai dans la salle, je découvris dans le vestibule équipé de lavabos la tête d'Eligia, posée sur une table métallique. Elle était chauve, décharnée comme je ne l'avais jamais vue, les orbites vides et les os à divers degrés d'une impudique évidence. Un compas était planté dans sa joue et, sur la table dont l'éclat métallique et sombre contrastait fortement avec la couleur uniforme, opaque et céruléenne de la tête, reposait un goniomètre.

Un des assistants du professeur venu de la salle principale fit irruption dans le vestibule, il me regarda, regarda la tête, et s'empressa de la ranger dans un placard.

– Vous savez, ces modèles nous sont très utiles. Ils permettent de planifier scientifiquement les opérations des patients compliqués.

Eligia était entourée de médecins. On lui avait enlevé le greffon arrosé de soupe. La partie dépourvue de peau était recouverte d'une gaze cicatrisante, et les médecins avaient pris leurs dispositions pour pratiquer une nouvelle greffe le lendemain matin. Après plus de vingt opérations depuis le début du traitement, il fallait rajouter celle-ci, inutile.

– Ne vous faites aucun souci, madame, ce sera l'affaire de quelques minutes, dit le médecin de garde.

– Comment ça va, Mario ?

– Bien. Je t'ai apporté un peignoir. Je t'attends ici ou dans la chambre ?

– Retourne à la chambre. Ici, on prend bien soin de moi. Essaie de te reposer.

Je fis les cent pas dans la chambre dépouillée, vide, sans lit, une heure durant. Depuis le commencement de son traitement en Italie, je n'attendais jamais Eligia dans la chambre après une intervention, mais dans la petite salle proche de celle des opérations. Cette fois-ci, dans la chambre vide, sans le grand lit, je marchais sans but, confus. Mes pieds s'étaient habitués à compter les pas par rapport à la présence du grand lit articulé, et ils s'étonnaient à présent de traverser des espaces qu'ils n'avaient pas foulés jusqu'alors. Je plaçai ma tête à l'endroit exact où celle d'Eligia avait reposé durant tant de mois. Depuis ce point de vue, les perspectives qu'offrait la chambre étaient très différentes de celles auxquelles j'étais habitué. La fenêtre et la reproduction de Cézanne étaient les éléments les plus visibles ; en revanche, on ne voyait pas l'embrasure par laquelle Sandie, le chapelain et Dina étaient entrés, et encore moins mon convertible adossé au mur.

J'essayai d'imaginer ce qui était en train de se passer dans la salle de soins. Je passai en revue toutes les possibilités, des plus noires aux plus légères. Je répétai sans m'en rendre compte mais sans trêve : «Mon Dieu, qu'ai-je fait !»

Lorsque le lit fut remis à sa place habituelle, tout parut à nouveau dans l'ordre.

– Ce n'était rien Mario, c'est fini. Demain, on me remettra le greffon. Il n'allait pas très bien et n'était pas assez grand. J'ai de la peau sur la cuisse plus qu'il en faut.

Peu de temps après, Eligia s'endormit ; la nuit commençait à peine. Une infirmière passa comme un murmure pour lui prendre le pouls et la température. Eligia ne se réveilla pas.

– Tout va bien. Allez prendre un peu l'air frais. Pour cette fois, nous nous en chargerons gratuitement. Allez vous distraire un peu. Tout cela est arrivé parce que vous restez enfermé ici tout le temps.

Je n'allai pas au bar du coin. Je marchai presque cinq cents mètres jusqu'à ce que je finisse par atteindre un secteur que ne fréquentait pas le personnel de la clinique et où j'étais un inconnu. Alors je trouvai un bar caché et je pus boire une demi-douzaine de cognacs sans que personne me voie.

VIIII

Ein Zeichen
kämmt es zusammen
zur Antwort auf eine grubelnde Felskunst
Paul Celan

Un signe
le rassemble d'un coup de peigne
en faisant réponse à un art de roc qui rumine une pensée
Paul Celan

À ?, le ? septembre 1966

Des tas d'imbéciles me regardent avec envie parce que je voyage seul. Ils croient que tout est facile, qu'être jeune et voyager seul est la plus grande liberté qui se puisse rêver.

Quand on la vit, la situation prend un aspect tout différent. Le voyageur solitaire est un danger. On le regarde de travers dans les hauts lieux touristiques. D'une certaine façon, cependant, on se débrouille lorsque l'on a affaire à lui : la manucure de l'hôtel fait une petite heure supplémentaire, ou alors il y a une de ces putains, – quel hasard ! – assise toute seule dans le cabaret où se termine, en nocturne, le voyage organisé. Mais dans les endroits non touristiques, le solitaire se transforme en une menace insolite ; le Hun détaché de la horde, plus vulnérable que menaçant. C'est moi qui le dis, maintenant ; vous aurez beau faire le brave garçon et acquiescer à tout, tous vous tendent des pièges : putains, restaurants et taximètres.

Voyager de cette manière devient une sorte d'expérience au carré si on la compare à celle d'aller seul au cinéma ou au théâtre. Je le sais. J'ai horreur de ces idiots qui ne peuvent pas dépasser le coin de la rue sans que leur entrejambe complémentaire les suive à deux pas. Personne ne pourra me convaincre qu'ils croient à l'art. Les acteurs, le texte, le metteur en scène, le message, la petite conversation au bar après la représentation, tout cela est super, mais sans l'entrejambe complémentaire qui transpire – et parfois, qui saigne – à portée de main, ils ne vont même pas jusqu'au coin de la rue. Pour les voyages, c'est pareil : la pinacothèque, le château, tout cela est bien joli, mais, sans conjoint à leur côté, ils ne sortent pas de chez eux.

Qu'est-ce que je fous ici ? Qu'est-ce que je vais expliquer aux habitants de ces villages ? Qu'est-ce que je peux leur expliquer ? Qu'après le succès de la deuxième greffe, Eligia, le visage désormais pourvu largement de substance, est à Genève, ébahie par Piaget ? Que l'argent que j'avais pour voyager durant plus d'un mois, je l'ai dépensé en trois jours, en whisky et en pute polynésienne ? Que je n'ai nulle part où aller parce que nous avons quitté notre chambre de la clinique et n'avons réservé de nouveau que pour fin septembre ? Que l'unique billet que j'ai en poche c'est le *circolare*, le billet de seconde classe qui permet de prendre n'importe quel train jusqu'à la fin du mois ? Que, depuis plus de vingt nuits, je dors dans les compartiments des trains de deuxième catégorie et que je ne bois que ce qu'il y a de moins cher ? Que – car l'Italie est longue et étroite – je dois passer un jour au sud et un autre au nord, pour pouvoir dormir six ou sept heures ? Que, lorsque je me réveille, je descends au premier village venu (et les tortillards s'arrêtent à tous les patelins) pour me débarbouiller, je m'envoie quelques grappas et je déambule dans des hameaux dont j'ignore jusqu'au nom ? Qu'inévitablement je tombe toujours, mais alors toujours, sur des merveilles répandues à la volée ne figurant pas dans les manuels d'art, des prodiges qui apparaissent devant moi au coin d'une rue, comme dans d'autres villes vous trouveriez des kiosques à journaux ou des feux tricolores ? Qu'elles se présentent naturellement, et sans fard, sans que l'on puisse prévoir, avant de tourner à l'angle d'une rue, s'il va s'agir de Risorgimento, de néo-classique, de baroque, de Renaissance, de gothique, de roman, de classique, ou d'étrusque ? Que pourrais-je dire à ces tarés qui voient leurs merveilles sans se rendre compte que ce sont des merveilles ?

Et que pourrais-je leur dire sur eux-mêmes ? Qu'au cours des conversations dans les compartiments j'ai appris à substituer le nom de mon arrière-grand-père italien à celui de mon père ? Qu'ils demandent aussitôt : «Presotto, Mario, c'est d'ici, c'est d'ici ?» Ce à quoi je réponds : «C'est d'ici», et qu'alors tout le monde cherche à savoir si je connais tel cousin ou tel autre ? Qu'à l'heure du déjeuner, les très longs panini et les bouteilles de rouge font leur apparition, et qu'alors je suis récompensé de mon origine ? Qu'inévitablement, ça ne rate jamais, une main me tend un bon demi-mètre de panino et une bouteille de rouge à boire au goulot ? Que, grâce à cette main infaillible, je suis encore debout ?

Il y a déjà plus d'une demi-heure que je marche dans ces rues de je ne sais où. En face d'une minuscule placette – moins grande qu'un jardin de Milan – une église énorme. Je suis fatigué et j'entre. Je m'assois sur l'un des bancs. J'ai descendu beaucoup de grappa ce matin ; des ouvriers qui attendaient le début de leur journée de travail m'avaient généreusement invité : «Regarde-moi ce "pays", comment il se chauffe ! Et avec ça, c'est encore l'été !»

Sur le banc de l'église, je me penche en avant jusqu'à ce que ma tête arrive sous mes genoux. Je pose mes mains sur la nuque et exerce une pression, tout en relevant la tête, pour faire revenir le sang au cerveau. Un curé s'approche de moi.

– Tu ne peux pas rester ici, ce banc du chœur est réservé aux acolytes, pour la prochaine messe.

– Très bien, mon père.

– Tu n'aurais pas dans l'idée de demander l'aumône à l'intérieur ? Tu peux le faire uniquement à l'entrée, mais tu es trop jeune pour ça et tu n'as pas encore le regard d'un perdant. C'est vraiment la seule chose convaincante, plus que les vêtements usés ou la pâleur du visage. Si tu veux manger, viens avec moi à la sacristie.

– Non, non, ce n'est pas nécessaire. Je vais rester tranquille sur ce banc quelques minutes, puis j'irai prendre un peu l'air dehors.

– Va, oui, cela te fera du bien.

Je me repose; la solitude me pèse. Dix minutes s'écoulent. Un couple de touristes, des petits vieux, habillés avec soin, dans des tons foncés, s'approche de moi. Ils ne portent ni sandales-chaussettes, ni chemises hawaïennes. L'homme me tend un dollar que je fourre dans mon manteau.

– Excusez-moi, vous parlez anglais ? me demande-t-il.

– Très peu.

– Pouvez-vous me traduire cette beautépleine stèle ?

– Je peux essayer... voyons voir... Évêque Alessandro, on ne voit pas bien... Là... une date... 6 septembre 1266... Bonne époque pour mourir, spécialement pour les évêques et les négociants, qui pouvaient se payer un tel tombeau.

– Il est très beau.

– Oui. L'époque était aux tombeaux simples.

Comme je ressens le besoin de parler, je me laisse aller :

– Un gisant aussi naturel que possible, un mort idéalisé, car ce n'est pas celui qui vécut mais celui qui va ressusciter, parfait dans un monde parfait. Regardez le piédestal avec ses saints en bas-relief : un vieux conservateur que cet Alessandro; sans quoi il aurait préféré de petits angelots inspirés des temps anciens, quelque chose de très sélect et d'avant-garde en ce temps-là. Comme vous pouvez le voir, il n'y a rien de ténébreux dans ce tombeau. Au XIIIe, les tombeaux étaient le plus souvent pareils à des secondes mères, des lieux qui enveloppaient le corps, afin qu'il puisse renaître comme neuf et exempt de péchés. Une symétrie parfaite avec la naissance. Ce n'est qu'ensuite, avec la Contre-Réforme, qu'apparurent des tombeaux du style «abîme», pleins d'obscures concavités, de squelettes et de têtes de morts. Mais, vous savez, c'est curieux, plus ils s'efforçaient de paraître lugubres, ces tombeaux du XVIIe, plus ils voulaient inspirer la frayeur... plus luxueux ils étaient; plus de marbres, plus d'onyx ostentatoires, plus de *putti*.

– Cela que vous dites est très, très intéressant! Comment connaissez-vous autour de ces sujets? et il me regarde avec attention.

– Eh bien... Ça vient d'un voyage précédent. Je me souviens que mes parents avaient un très bon guide touristique. Il doit encore être quelquepart, avec les notes qu'ils prenaient.

– Vous n'êtes pas italien ?

– Non. Je suis sud-américain. Je m'appelle Mario. Et vous ?

– Je suis australien. Je m'appelle Charles, et ma femme, Sarah. Est-il ici un cimetière dans ce village ?

– Je suppose. Pourquoi cette question ? Mais peutêtre vous pensez comme moi : si tu veux connaître une ville italienne : le Duomo, la place et le bordel; mais si tu veux connaître un village... le cimetière, le marché et la putain.

– Nous pourrions faire la visite. Vous ne nous accompagneriez pas ?

– À la putain ou au cimetière ?

– Non... non... À mon âge ! Au cimetière bien sûr... En plus, je voyage avec ma femme.

Sarah rit tout en observant le tombeau d'Alessandro. Les petits vieux suintent la dignité et l'honnêteté.

– Je suppose que nous pourrions.

– Vous avez parlé italien avec le curé, il y a quelques moments ?

– Eux parlent l'italien en Sudamérique ? demande la dame, prenant la parole pour la première fois.

– Non, mais ma mother's famille est italienne.

– Oh, oui ! Des immigrants. Nous aussi avons beaucoup d'Italiens immigrants là-bas...Vous n'êtes pas marié, pas de fiancée ?

– Non.

– Pourquoi ?

– Je n'ai pas eu de bons modèles.

Pendant que Sarah raconte des merveilles au sujet de l'hôtel où ils sont descendus, son mari prend quelques photos de la tombe de l'évêque Alessandro. Je suis content de trouver enfin un touriste qui s'intéresse réellement à ce qu'il voit.

– Avant d'aller au cimetière, nous pouvons prendre une vue de ce tombeau sur là, dit le vieux en montrant avec son appareil-photo un tombeau, deux chapelles plus loin.

– Bien sûr.

Nous sommes dans une église étrange, écho désordonné des temples des grandes villes. On voit quelques structures romanes et, sur les arcs latéraux, de petits fragments d'une fresque médiévale, mis au jour et restaurés, incompréhensibles et insignifiants : un bras, un visage, une scène tronquée, disséminés sur une surface claire et nette. Les colonnes séparant les trois nefs sont d'une richesse ostentatoire, elles ne semblent pas être à la même échelle, et sont disproportionnées par rapport aux autres éléments architectoniques. Elles paraissent moins soutenir que remplir l'espace qui les entoure, en projetant la luminosité verdâtre et striée de leurs marbres. Fruit du saccage d'un temple païen aujourd'hui disparu, venant ainsi se venger dans cette église, en détonnant, de toute la force de ses colonnes. Adossés aux anciennes murailles, on peut voir des tombeaux médiévaux, Renaissance, néoclassiques et – bien plus stridents – baroques et fin de siècle, ces derniers avec saules et anges de marbre blanc qui pleurent en laissant tomber leur très longue chevelure sur les piédestaux. Mais, de nouveau, le sépulcre vers lequel nous nous dirigeons est un élément étranger à tout le reste. C'est une niche de granit gris clair, avec un grand portail qui s'ouvre sur une béance préméditée de vide noir par laquelle pourrait passer une voiture tout entière. Sur le côté, la statue d'un moine encapuchonné, visage dans l'ombre, montrant du doigt l'abîme imminent, sur le point de nous avaler, tous, à tout moment. L'effet est théâtral et sème des doutes sérieux quant aux joies de la résurrection de la chair.

Pendant que l'Australien prend des clichés sous différents angles, je me recule de quelques pas pour avoir, sous l'intrados de l'arc donnant accès à la chapelle voisine, une vue d'ensemble de l'église. Maintenant que j'ai bien observé, je prends conscience du pastiche bricolé par les siècles ; ce bazar n'est pas destiné aux guides touristiques. Je m'appuie contre une grille décorée de feuilles et de fleurs en fer forgé. Je jette encore une fois un coup d'œil à la perspective de la grande nef et appuie ma tête sur la grille. Je fixe mon regard sur le faux abîme du tombeau au moine.

D'un coup, tout se détraque. Ce bric-à-brac d'anges baroques, d'arcs romans, de capucins romantiques et de colonnes romaines fait grincer chaque élément sur sa base, les désaccorde et les transforme en une totalité hétérogène. C'est ainsi que Dieu doit travailler avec l'hétérogène, le fortuit. Je repense aux lieux de culte aseptisés qui tentent de définir Dieu par l'absence, comme la chapelle de la clinique et les églises « gothicisées » par des restaurateurs modernes, au point que tout en elles est du même style, comme si elles avaient été construites au même instant, par un seul artiste. La version villageoise italienne m'est plus utile : l'avancée de Dieu par excès de temps et de création, par une série de hasards, par dissonances, par contradictions. Dieu ne peut être quelque chose d'aussi délicat que le vide, ni d'aussi simple que l'incomparable. Tous les matériaux lui servent, même les devoirs mal faits et les filles aux gros pifs.

– C'est magnifique. Nous n'avons pas tant d'art là-bas, commente le petit vieux. Qui est enterré dans cette tombe avec le moine ?

– Un chanteur d'opéra célèbre du siècle passé. Il est né dans ce village.

Le cimetière, à un kilomètre du village, me déçoit, avec des tombes qui remontent à peine à la fin du XIXe. Mon compagnon, en revanche, ne semble pas dépité. Il photographie plusieurs monuments ornés de statues d'atelier et me demande de lui traduire quelques inscriptions. Je me débrouille mieux avec l'italien qu'avec le latin des tombeaux de l'église. Les textes tentent d'exprimer une émotion refrénée mais puissante, et se terminent généralement par des points de suspension et des points d'exclamation. Sur les stèles les plus récentes, je découvre l'influence de chanteurs à la mode ; sur les plus anciennes, celle de l'opéra : « Mère : Tu es partie avec ton sourire angélique et tes enfants tu as jeté dans la désolation. » Ou : « Marcelito : Deux jours avant ce jour plein de joie pour toi et de désespoir pour nous, tu as quitté les bras de ta maman que tu chérissais tant pour te blottir dans ceux de la Vierge Marie qui t'aime beaucoup. Mais nous devons te dire que ton rire et tes douces caresses nous manquent, et que nous te pardonnons toutes tes bêtises, même la plus grosse d'entre elles, d'avoir brûlé la meilleure pondeuse. Notre seule consolation est de te savoir dans le giron de la Très Sainte Vierge, et d'être sûrs que l'heure des retrouvailles sonnera. » La tombe en question est à l'abandon depuis plus de cinquante ans. Sur toutes les plaques s'enchevêtrent – sous la kitscherie –

d'authentiques mots d'amours, d'enfants envers leurs parents, de parents envers leurs enfants, d'hommes envers des femmes, de femmes envers des hommes, et tout ce genre de sentiments.

Mon petit vieux australien commence à disposer de moi avec trop d'autorité. À la première occasion, je m'esquive en direction des tombes les plus humbles. Les textes ici sont plus directs, plus brefs, plus clairs et ne craignent pas l'exagération: «Nous ne t'oublierons jamais, promis!» «Quelle peine tu nous as faite, cara !»

Après m'avoir demandé de lui traduire quelques autres stèles, et avoir pris notes et photos, le petit vieux s'aperçoit qu'il manque quelque chose.

– Il n'y a pas de tombes des anciens temps. Si l'église est vieille, pourquoi le cimetière n'est pas aussi vieux?

Je parle à la fleuriste devant l'entrée: l'ancien cimetière a été détruit car il occupait trop d'espace. Maintenant, à la place, il y a un champ où l'on cultive des fèves à longues cosses, célèbres parmi les gourmets de la région.

– Imaginez-vous, ajoute la fleuriste, qu'on vient même de Bologne pour acheter ces fèves. Il y a des femmes qui disent qu'elles ont des vertus miraculeuses, curatives; moi, je peux vous assurer qu'elles sont délicieuses. Si vous en voulez, je peux vous en vendre quelques kilos.

– Merci, mais je suis en voyage, comment voulez-vous que je les cuisine ?

– Prenez-en comme amulettes pour l'amour, parce

que, vous savez, ça marche aussi pour l'amour. Un jeune homme comme vous, et en voyage..., ça doit pas toujours être facile. Ici il y a que des honnêtes femmes... à moins que quelqu'un vous donne la bonne adresse. Et elle me fixe sans dire un mot de plus.

– Non, n'insistez pas. Comment voulez-vous que je mange des fèves en plein mois de septembre? Il ne fait pas encore suffisamment froid.

– Ah...! Mais nos cannellini sont aussi connus comme amulettes de voyage. Au Moyen Âge, les pèlerins s'en servaient déjà pour arriver sains et saufs à Rome. Il faut en mettre trois cent soixante-cinq dans un sachet avec un brin de romarin. Si vous voulez arriver à destination, c'est garanti.

– Mais moi, je ne vais pas à Rome. Et puis je les digère mal.

– Les cannellini de chez nous sont justement renommés pour leur légèreté. Nos fèves ont des propriétés curatives pour l'estomac, le rhume, l'anémie, la constipation, la calvitie, et plein d'autres choses. Qu'est-ce que vous avez? Vous mangez pas de fèves là-bas ?

– Minute! Nous avons un ragoût à la mode de mon pays, aux haricots porotos à vous rendre jaloux... Un bon paquet de viande dorée dans l'huile où l'on a fait revenir de l'ail, des poivrons morrones, un peu de chorizo et des pommes de terre. Ma famille avait une cuisinière dans la sierra qui faisait un de ces ragoûts à tomber par terre. Le secret, d'après elle, était, d'abord, de parvenir à ce que les haricots et les pommes de terre soient au même point de cuisson ; ensuite, et c'est l'essentiel, éviter la tomate, un truc d'Italiens, qui plus est rempli d'acide oxalique, qui est toxique.

– C'est votre cuisinière qui savait tout ça ?

– Non. C'est un docteur qui me l'a dit.

– D'éviter les pommes d'or ?

– C'est cela même.

– Vous êtes vraiment des sauvages. Si vous m'achetez des fèves, je vous donne une recette pour les préparer à la sauce tomate. Vous apprendrez à vous civiliser un peu comme ça.

– Je vous ferai remarquer que les tomates sont originaires d'Amérique.

– Gare aux bobards que vous débitez, l'Américain ! Me faites pas rigoler ! Les pommes d'or… d'Amérique… Amérique du Sud… Plus loin que l'Afrique encore…

– Bon, laissons les tomates où vous voulez… Mais dites-moi, où sont passés les tombeaux anciens ?

– Fuori, les commerçants, les antiquaires ont tout embarqué.

– Et les corps ?

– À l'ossuaire. Elle m'indique une construction conique en béton. Ils prennent pas beaucoup de place ; ce climat pourrit, il conserve pas. Si vous saviez, et le sourire de la fleuriste se transforme en une expression de douleur exagérée, comme j'ai mal aux os certains jours, avec l'arthrite… c'est terrible !

La femme me raconte quelques-unes des rumeurs qu'elle a entendues tout au long des années passées à rester assise à la porte du cimetière. Ensuite, j'ajoute quelques détails de mon cru, pendant que je transmets les informations au couple australien.

– Les ossements sont mis de côté pour construire une chapelle, leur dis-je sans vergogne.

– Comment cela se fait-il ?

– Ici, en Italie, lorsqu'un cimetière devient trop grand, il fait une concurrence déloyale à l'agriculture. L'Italie, ce n'est pas l'Australie. Alors, on le démonte et on réutilise les meilleures pièces. Ça a toujours été comme ça : les sarcophages étrusques ont été réoccupés par des locataires romains, les stèles gothiques effacées et réutilisées, les tombeaux vidés de leurs occupants : de fervents catholiques attendant la résurrection veillés par des dieux païens. C'est une sorte d'œcuménisme : la tolérance via l'économie funéraire. On s'entrepoignardait à propos du sexe des anges, mais, s'il fallait payer l'enterrement, on oubliait les différences. On découvre parfois des cadavres d'époques très différentes dans le même tombeau. Mais une bien meilleure solution consiste à ériger des chapelles avec les ossements. Si vous allez à Rome, vous devriez visiter la chapelle des Capucins, via Veneto, entièrement en ossements humains. Des lampes en os sacro-iliaques : la lumière sacrée venant de ce qui fut un sexe (une idée magnifique, pensai-je, comme de regarder les étoiles à travers un beau cul). Les anges des autels sont les squelettes des jeunes princes Barberini morts de la peste. Comme on dit à Rome : *quod non fecit barbari, fecit Barberini* ; « Ce que les barbares n'ont pas fait, les Barberini l'ont fait. »

– Vous n'êtes pas en train de vous moquer de nous ? Et Sarah, incrédule, me perce de son doute.

– Non. Allez voir par vous-mêmes. Il y en a une autre à Milan, mais très haute et moins stable ; on a été obligé d'y mettre un grillage en fil de fer pour retenir les murs de fémurs et de crânes et éviter que tout s'écroule... S'il n'y avait pas ces chapelles, presque toute l'Europe serait un cimetière. Vous avez ici plus de morts que de mètres carrés... Prenez par exemple les archéologues : ils amènent avec eux, pour leurs travaux d'extérieur, de petits appareils-photo. Ils cherchent les tombes anciennes avec des sonars. Lorsqu'ils en ont repéré une, à plusieurs mètres sous les oliveraies ou les blés, ils percent un minuscule orifice et y introduisent l'appareil de prise de vues. S'ils trouvent des objets de valeur, ils ouvrent ; sinon, ok, ils laissent les paysans labourer ! Il n'est pas bon que les cimetières s'étendent aux dépens des semailles. Laissez-les semer des fèves... comme ici.

– Cette affaire de démonter les cimetières me semble être un péché et un manque de respect, commente le petit vieux, préoccupé, tout en prenant cliché sur cliché. Comment savez-vous tant de choses sur les tombes ?

– C'est de famille. Mon père en a fait construire une dans son *rancho*, une gigantesque, de deux cents pieds de hauteur, et une catacombe de marbre noir au-dessous pour enterrer sa première épouse, d'à peine vingt-trois ans, avec tous ses bijoux. Il lisait Poe.

Les Australiens se regardent.

– Une tombe de deux cents pieds de hauteur !

s'exclame Charles. Vous plaisantez. Vous vous payez la tête de nous depuis le début. Quelle imagination!

Mais le vieil homme n'est pas fâché; en fait, ça a plutôt l'air de le réjouir.

– Bon, d'accord... c'était une blague, une grosse, mais à présent je vais vous dire la vérité: dans mon pays, il y a des sauvages qui non seulement réduisent les têtes, mais aussi le corps de leurs ennemis, pour en faire des poupées d'un demi-pied de haut. Leurs femmes les considèrent comme les plus précieuses des parures; elles ne les échangeraient pas contre le plus beau diamant du monde. Personne ne sait quelle susbstance ils utilisent pour la réduction.

– Oui, j'ai entendu parler à ce sujet. Cela semble à moi très intéressant, commenta Charles, mais cela ne paraît pas être une très bonne idée. Pourquoi ces sauvages n'enterrent pas leurs malheureux ennemis dans des tombes?

Lorsque le vieil homme s'aperçoit que je voyage sans plan de voyage contraignant, il m'invite à faire un bout de chemin dans sa voiture, luxueux véhicule nord-américain, trois fois plus long que les petites Fiat qui pullulent autour de nous. C'est une décapotable à deux portes, avec ses quatre phares à l'avant séparés par une barre verticale au milieu du radiateur. Lorsque je monte, tout cet énorme berceau métallique se balance bien plus mollement que les taxis de Milan. Je m'assois sur le siège arrière.

– Ma Firebird vous plaît ? demande Charles

– Je suppose qu'elle arrive plus à l'heure que les trains d'ici.

– C'est une grande voiture. Pour des vrais hommes. C'est ce que J'aime le plus au monde… après ma Sarah, bien sûr.

Je ne parviens pas à accorder le goût de Charles pour l'art avec celui des voitures de sport prisées des jeunes générations

– Oui, une voiture pour hommes, mais pas pour des Irlandais. À l'origine, elle s'appelait la *Banshee*. Pontiac avait déjà distribué les feuillets publicitaires et commençait à prendre commande des premiers modèles, lorsque quelqu'un de l'entreprise, une maudite grosse tête, a fait remarquer qu'un *banshee* était un être surnaturel du folklore irlandais, une femme qui chante avec affliction et annonce une mort dans la famille. Bien sûr, on a changé son nom pour *Firebird*. Mais, curieusement, beaucoup de clients qui avaient déjà payé à l'avance se sont rétractés lorsqu'ils ont appris le changement de nom ; des Irlandais offensés, Je suppose. Bien sûr, aux États-Unis, on a parlé d'anti-irlandaise discrimination. Je suis d'une polonaise famille, et il y a rien qui pouvait moins m'intéresser que toutes ces fantaisies. Ce qui me plaît dans cette voiture, ce sont ses caractéristiques techniques : de bien meilleures performances que la Camaro ou la Mustang. Vous voulez prendre le volant ?

– Je ne sais pas conduire.

– Comment cela est-il toujours possible ! s'écrie Sarah, aussi consternée que si je venais de lui apprendre que j'étais lépreux. Il faudra faire quelque chose à ce sujet.

Nous faisons halte à deux reprises pour visiter des églises abandonnées visibles depuis la route secondaire que nous empruntons. Ce sont des démarches embarrassantes, mais cela semble amuser mes compagnons de route : il faut demander quel voisin garde la clef de l'édifice, aller le chercher, le persuader de nous ouvrir moyennant un pourboire.

Pendant que je déambule dans les édifices vides et sombres, le couple passe en revue chaque pierre et fait appel à moi de temps en temps pour que je lui traduise quelques inscriptions. Ils sont très impressionnés lorsque je fais semblant de traduire du latin, encouragé par les racines des mots, la brièveté des épitaphes, autant que par le sens évident des stèles, l'impossibilité de me faire corriger par les défunts, enfin et surtout par ma propre fantaisie.

Mes compagnons regardent mon manteau, puis mes yeux.

– Comment vous savez toutes ces choses, Mario ?

Je hausse les épaules et joue le modeste.

Nous quittons la deuxième des églises vides ; le soleil se couche déjà.

– Il est tard, dit Sarah. Pourquoi ne pas avoir le dîner avec nous, nous vous conduirons ensuite à la gare, pour que vous puissiez prendre le train et revenir à votre hôtel ?

– Je n'ai pas d'hôtel.

Mes amis échangent des regards complices.

– Bon. Puisque nous avons écarté de votre trajet, vous pouvez rester dans notre place cette nuit. Je paie pour vous ; soyez mon hôte.

J'accepte dans la perspective d'une bonne douche. Nous arrivons dans un hôtel cinq étoiles, bâti en partie sur quelques vieux pans de murs d'une ancienne abbaye, ce qui l'autorise à porter le nom d'Auberge de la Vieille Abbaye. Les employés dissimulent leur surprise à grand-peine lorsqu'ils me voient, mais se soumettent respectueusement aux ordres du vieil homme. Le groom porte mon petit sac du bout des doigts jusqu'à ma chambre. Quand je veux lui donner les quelques lires qu'il me reste, il me sourit et répète en me clignant de l'oeil « Ça fait rien, ça fait rien. » Je me retrouve dans une chambre avec un lit infini, qui invite à dormir en travers. Je prends une douche d'une demi-heure, et l'eau emporte des parcelles de terre de tous les patelins d'Italie. Je remets mon unique pantalon, et je jette le même pardessus sur mes épaules, mais j'ai changé de chemise. De ma fenêtre, on voit un vieux village de pierre, sur le sommet de la colline faisant face à celle de l'hôtel, à la limite d'une petite plaine. De ce hameau perché sur la colline d'en face se détachent les clochers d'églises, que, sans l'ombre d'un doute, mes amis ont déjà visitées. Au loin, un train traverse la plaine et se dirige vers des bâtiments en béton, au pied de la colline du village, le quartier « moderne » du bourg.

Éparses dans la plaine, quelques rangées de cyprès et de peupliers se dressent, traits verticaux qui marquent des angles droits sur le sol. Je repense à ma plaine natale sans arbres, sans collines ni hôtels, étendue dénuée de toute référence, terre qui flotte devant les yeux et vainc tous les peintres qui l'affrontent. Je viens d'une contrée insaisissable, faite d'une matière qui se change en rêves et en doutes à peine lui a-t-on tourné le dos ; un lieu aérien, où les catégories n'ont pas de sens.

Mes nouveaux amis m'attendent au bar, ponctuels.

Nous prenons deux ou trois whiskys et passons à la salle à manger. Les serveurs traitent les vieux très respectueusement, et usent avec moi d'une certaine désinvolture. Il est essentiel pour eux de bien marquer qu'ils s'y entendent en différences sociales. Ils me témoignent un peu plus de considération à partir du moment où je demande une bouteille de barolo, cher et délectable. Sarah doute de l'opportunité de commander un hamburger ; le vieux sonde le maître d'hôtel :

– Je suppose qu'en été vous n'aurez aucun plat avec des fèves.

– Mais certainement, signore. Nous avons le carpaccio aux fèves.

Son anglais est le même que celui des acteurs d'Hollywood lorsqu'ils jouent le rôle d'un Italien qui parle anglais, et les mots italiens qu'il entrelarde ici et là, eux aussi font penser aux acteurs d'Hollywood qui jouent un Italien parlant anglais.

– C'est quoi, ce carpaccio ?

– Nous coupons la viande en tranches très fines, comme du papier à cigarettes, et nous la servons crue, garnie des bien cuites fèves. Les secrets sont – il s'adresse à Sarah – un brin de romarin finement haché, l'olive huile qui doit être extra-vierge, et les cannellini fèves, qui, bien sûr, sont de Molcone, un hameau tout près d'ici. Ils disent qu'elles portent chance aux entreprises commerciales. Il faut faire un bon repas avec ces fameux cannellini et puis, après avoir pété trois fois, l'affaire ne peut pas aller mal, ni les associés se disputer entre eux.

– Bon, portez-moi le carpaccio.

– Je recommande à vous de l'accompagner avec un bon clairet de Fiesole, signore.

– Non, je vais avoir le même rouge lombard que Mario a déjà commandé.

Je pose la question au maître d'hôtel.

– Dites-moi, dans le carpaccio, il y a de la tomate ?

– Non, sans tomate. *Capuchina* laitue, comme base, et quelques onion's rondelles crues, brièvement blanchies.

– Je vais en avoir un pour moi aussi.

Lorsque le carpaccio arrive, Sarah s'ébahit de la finesse des lamelles de viande crue, mais elle n'y goûte pas.

– Comment parvenez-vous à ce résultat ? demande-t-elle au maître d'hôtel.

– Rien que pour vous, signora, le secret consiste à mettre la viande dix minutes au congélateur avant de la découper en tranches.

La cuisine est de première, simple, savoureuse, des plats qui soutiennent fermement tout le vin qu'on verse dessus et dans lesquels on découvre des saveurs fraîches comme les brises qui entrent par les fenêtres, amenant un peu d'automne. Charles mange cérémonieusement : il embroche la lamelle de viande crue, presque translucide, puis pique deux ou trois fèves. Quand les deux mets sont à sa disposition sur la fourchette, il ferme les yeux, enfourne la bouchée et mâche avec lenteur.

– Hmm ! Cela a bon goût.

– L'Europe entière s'est nourrie de ces fèves, lui fais-je remarquer.

Durant le repas, par moments, j'éprouve des remords à m'occuper plus du vin que de mes très aimables amphitryons. Je commande une autre bouteille. À mesure que les plats se succèdent, ils me traitent de plus en plus affectueusement. Ils me parlent du voyage qu'ils ont entrepris en Italie, sans itinéraire fixé d'avance, libres et – ils ne me le confient pas – avec de l'argent en abondance. Je tente d'évaluer combien d'autres bouteilles ils sont disposés à payer. De leurs questions, je déduis qu'ils surévaluent mes connaissances. Ils ont le même genre de foi qu'Eligia, qui croit que tout ce que l'on sait exige beaucoup de volonté et une école appropriée. Nous parlons de mon pays, et je m'aperçois à quel point les informations que je leur fournis sont viciées. Je mens parce que cela me rend plus sûr de moi, que l'étrangeté de ce qui m'entoure me le permet ; je mens avec un plaisir pur et vain.

Ils essayent de me faire parler de moi, mais je tiens bon. Je ne parle ni de moi, ni de mon pays, cela peut s'avérer dangereux ; je préfère mentir. Je me défends en les interrogeant.

– J'ai seulement quelques frères là-bas, rien d'autre – le vieil homme paraît honteux. Nous avons perdu notre fils, le seul unique. La faute à ces maudites Firebird. Il a dû y avoir un problème avec les freins, même si les types de la compagnie d'assurance n'ont pas voulu le reconnaître. Mon Andrew était le meilleur volant de tout Canberra et beaucoup de kilomètres à la ronde. Il était un vrai homme. On aurait dû avoir plus d'enfants... Ma jeunesse a été très dure, et je me suis marié tard. J'aurais aimé être un médecin, mais on a travaillé beaucoup, vous savez, Mario... Puis ce terrible accident... Non ; vous ne pouvez pas savoir ce que perdre un fils signifie, ce que le déposer là-dessous signifie. C'est moi, de mes propres mains, qui ai assuré la totalité du service. Des années que je ne creusais plus directement moi-même dans le sol, mais j'ai dû le faire. Je pensais que je le devais à notre Andrew.

– Vous êtes croque-mort !

– Je l'ai été toute ma vie. Maintenant Je possède une entreprise. Ça marche assez bien, et avec ce voyage j'essaie d'élargir nos modèles et de personnaliser nos services. Les habitudes sont en train de changer là-bas. Les gens demandent de plus en plus de symboles pour leurs tombeaux. Moins ils comprennent la mort, plus ils ont besoin de symboles.

– Moi, je ne comprends pas la mort. Moi, j'ai besoin de ces symboles, vous savez ? Vous, vous comprenez la mort ?

Il garde pour lui sa réponse.

– Nous pourrions employer un jeune homme comme vous là-bas. Ma Sarah ne veut plus travailler, plus après ce qui est arrivé à Andrew. Elle lui a fait la toilette et après elle l'a habillé. Ensuite, elle n'a plus voulu revenir au bureau. J'ai des employés, mais personne avec de la classe, personne qui puisse se tenir debout au milieu du hall d'exposition, recevoir un parent effondré et lui parler avec intelligence de nos différents modèles de tombes, et citer en latin les papes et les rois qui les ont choisis. Vous avez ce qu'il faut avoir pour ce travail. Regardez-vous, vous êtes déjà habillé en noir. Bien sûr, tu ne devras pas creuser ni rien de ce genre. Maintenant nous avons des employés et des pelles mécaniques. Mais je ne peux pas nier que c'est un travail difficile, celui de «porteur vers en bas» – il fait une pause sur cette expression et y réfléchit. L'expression elle-même, Mario, ne laisse pas beaucoup de doutes: «porteur vers en bas» est une expression qui prête davantage foi à l'enfer qu'au ciel.

– On croit que l'on est finalement indifférente, que l'on est une professionnelle, commente Sarah, et un être cher meurt soudain et tout le professionnalisme ne sert à rien. Le Seigneur seul peut nous aider.

– Peut-être que ma Sarah a raison, ajoute le vieillard. Je ne m'y connais pas beaucoup en religions. Appartenir à une religion déterminée, ce ne serait pas bon pour moi, ça réduirait ma clientèle. Je suis dans cette affaire parce que, lorsque j'ai dû gagner ma vie, et c'est arrivé à peine je n'ai plus été un enfant, «porteur vers en bas» a été le seul et le meilleur travail que j'aie pu trouver. Ce que je sais à coup sûr, c'est que c'est vers en bas que je les emmène, et que c'est en bas que je les laisse.

À partir de ce moment, les rôles s'inversent, et c'est moi qui me charge du poids de la conversation, inventant toujours plus d'histoires sur l'Italie ou sur mon pays, alors que mes amis deviennent de plus en plus silencieux. C'est lui qui commande les deux dernières bouteilles. Les serveurs débarrassent les bouteilles vides, en me regardant d'un air complice. Nous nous levons tard de table. Le vieux me dit au revoir avec un: «Nous nous verrons demain. Ne néglige pas notre proposition. C'est une bonne proposition.»

Je n'ai pas besoin d'allumer la lumière dans ma chambre; à travers la fenêtre ouverte, la petite plaine déverse une clarté nocturne et égale. L'une des portes de l'armoire vide est restée entrebâillée, dévoilant dans son intérieur une obscurité nasillarde. À la différence de la tombe du chanteur d'opéra, celle-ci paraît sur le point de me rendre quelque chose, un retour que je n'aurais pas sollicité.

Je me lève et sors marcher. Dans le hall de l'hôtel, je rencontre l'un des serveurs ; il fourre quelques billets dans ma poche. Je l'entends bafouiller une phrase qui s'achève par «... commission pour les bouteilles. Par Bacchus, quelle descente!» Je prends la direction de la bourgade.

En chemin, je dévale le versant inculte de la colline. Là, sur le bord du sentier, je retrouve les plantes que j'ai vues dans le jardin à Milan, mais elles sont à présent éloignées les unes des autres, comme si cette retenue dont elles faisaient preuve au cours du printemps passé, cette sorte de regard qu'elles se lançaient avant d'exister, s'étaient transformées à la fin de l'été en une liberté un peu sauvage et anarchique. Aux relations qui se nouaient entre les plantes du jardin succède, sur le coteau et dans la petite plaine, dans le vieil hameau de pierre niché sur la colline proche, une totalité supérieure, qui ne dépend pas de chacun des éléments, ni des liens qu'ils pourraient établir entre eux.

Je regarde l'obscurité et la trouve belle. Les ombres unissent tout, ce tout ce qu'elles multiplient par des ombres engendrées par elles-mêmes, mêlées à quelques étincelles arrachées à la clarté apaisée du ciel, que les pénombres accueillent comme un remède précieux, pour constituer, dans la nuit, un sens collectif de la forme.

Je me souviens de la promenade en Firebird pendant la journée. Trop de vitesse, trop d'impressions ; je n'ai rien pu conserver de ce vertige. Tandis que je marche, bruyères et genévriers se balancent avec indifférence. Je suis resté enfermé tant de mois ! La clinique ici, l'appartement d'Aron, la clinique là-bas. Ces journées de vagabondage se sont limitées aux compartiments de trains et aux petits villages. Ce sont les premiers pas que je fais depuis trois ans hors de l'architecture. Il n'est plus question d'arcs et de colonnes. Le regard qu'avait, si tenacement, construit en moi Bormann, le professeur des Beaux-Arts, et que j'avais assimilé trop orgueilleusement, s'enfonce à présent dans des espaces insaisissables. Mais voici la leçon de la nuit, qui simplifie tout, qui me renvoie à l'élémentaire, à ce qui unifie, sautant de l'individu, du détail, de l'exemplaire, à la composition.

Les ombres les plus claires cernent les rares arbres du sentier. Un souffle suffit à les faire frissonner. Il ne s'agit pas d'un endroit sauvage. Au pied de la colline, on aperçoit la partie moderne du village et, dans mon dos, les lumières de l'hôtel s'éloignent à chacun de mes pas. Ce n'est pas un paysage qui exclut l'humain, mais qui assurément le soumet avec une sorte de grâce.

Je me souviens de l'indifférence des murs qui encadrent le jardin de Milan. Le petit carré de verdure prisonnier invitait à rester là, mais la disposition désordonnée des surfaces planes et les perspectives des collines invitent à aller vers des directions multiples. J'imagine, par exemple, le retour dans mon pays, où une belle femme m'aime mais ne m'attend pas ; mon foyer, là-bas, c'était l'appartement brûlant d'Aron. Je saisis aussitôt que cela ne vaut pas la peine de convaincre Eligia d'un départ soudain en échange de si peu. Il est certain qu'elle aussi pense souvent au retour, et avec de bien meilleures raisons que moi. Genève serait une autre possibilité, mais ce serait une intrusion dans la liberté d'Eligia, dans son droit à s'ennuyer avec Piaget, une demande d'aide que je ne lancerai pas. L'idée d'aller à Milan me traverse même la tête, un petit hôtel pas cher et à crédit, puisque je n'ai plus de chambre à la clinique... chercher Dina pour lui demander de m'aider. Mais demander de l'aide à Dina me semble absurde. J'examine toutes les possibilités et c'est alors que je comprends : je ne suis pas en mesure de jouir de cette liberté que m'offre la colline.

La chaleur du vin et la brise fraîche provoquent en moi une sensation stimulante, mais ce qui s'éveille c'est la crainte ne plus vouloir être un homme solitaire, comme je l'ai été tout au long de cette errance et durant tant de mois à la clinique. Je regrette de m'être épanché à ce point avec les vieux. Je presse le pas ; mon rythme n'est plus celui du vagabond, mais celui du fugitif. Sans m'en apercevoir, je me retrouve soudain devant la gare.

– Quand passe le prochain train ?

– Pour où ?

– Pour n'importe où.

C'est un train bondé d'étudiants. Les compartiments et les couloirs sont noirs de voyageurs ; certains passagers sont couchés ou assis à même le sol du wagon. Dans l'abandon du sommeil, ils se livrent avec confiance à leur compagnon ou à leur compagne. Je m'assois dans un coin. J'ai laissé mon sac à l'hôtel. Je ne pourrai pas changer de vêtements durant les dix prochains jours. Deux de mes voisins se réinstallent en grommelant. Nous arrivons dans une gare, je me mets debout pour descendre et acheter un peu d'alcool, mais je n'ai pas le temps de faire un pas que le couloir se remplit d'autres étudiants qui montent en silence et prennent place là où ils peuvent. Sans piper mot, les nouveaux arrivants reprennent leur somme, entamé sûrement sur le quai. Il me paraît injuste de les réveiller. On doit être lundi :

nous roulons probablement vers une ville universitaire. Quelqu'un brise le silence calme d'une exclamation: «Mais quand est-ce qu'on arrive à Bologne? On devrait déjà y être.» Une autre voix, moins tendue, lui répond: «Dans ce pays il y a encore des gens qui ne savent pas se contenter du pire. Vous avez des trains, et en plus vous voulez qu'ils soient à l'heure!»

Je suis profondément indigné par la proposition de mes amis australiens. On ne se balade pas comme ça par là en proposant à des inconnus de prendre la tête d'une affaire. Et puis, je ne peux pas accepter ce travail, je ne connais même pas un minimum de latin. Ce serait une arnaque. À y repenser, il me semble même exhumer chez lui un ton doux et paternel, et chez elle quelque accent maternel. Le malaise grandit en moi. Je vais traîner ici et là quelques jours de plus, puis je retournerai à Milan. J'aimerais bien bavarder avec ces étudiants, mes compagnons de voyage, leur raconter ce que j'ai vu pendant que je dévalais la colline, mais nous ne sommes pas à une époque où on peut parler de la Nature: je serais seulement ridicule.

Après vingt minutes de cahotement, une voix de soprano, jeune, inattendue dans l'obscurité, demande à sa voisine:

– Tu as lu le rapport du Parti?

– Oui.

– Qu'est-ce qu'ils disent cette fois?

– Que la classe ouvrière est plus paupérisée que jamais. L'exploitation n'est plus tolérable: les ouvriers mettent des bérets parce qu'ils ont même pas de quoi s'acheter des casquettes.

– Moi, je porte le béret parce que les Cubains en portent.

– Ils disent que la consommation de protéines dans la classe ouvrière est inférieure à celle de tout le siècle passé. Et qu'à cause du ramollissement capitaliste les membres du parti préféreront bientôt regarder la télé chez eux plutôt que de participer aux réunions.

– Tu sais que chez moi on a acheté une télévision. Et chez toi ?

– On l'a depuis trois ans. Maintenant papa en est à la Fiat 600. Même lui, il peut pas y croire. Mon grand-père dit que nous sommes tous des traîtres à la cause. Tu as vu la retransmission de San Remo ? Moi, le Celentano de maintenant me plaît bien. Il a arrêté de faire le clown… Dis-moi, tu es sûre que c'est le rapide de minuit quarante-cinq pour Bologne ?

– Non, pas du tout, intervient une voix masculine jeune, celui-là passe à trois heures à Rimini. Celui-ci, c'est le local de 4 h 25.

– Mais non, assure une quatrième voix, impossible à définir dans l'obscurité, celui-ci c'est un spécial Padoue, il est pas dans les horaires. Il s'arrête pas à Bologne.

– Quelqu'un sait à quelle heure on arrive ?

IX

... I feel thee ere I see thy face;
Look up, and let me see our doom in it

Je te sens ici, je vois ton visage;
Lève les yeux et laisse-moi lire en eux notre sort funeste
John Keats (Hyperion, I, 96-97)

Je rejoignis Milan deux jours après la date convenue; Eligia s'était déjà réinstallée dans la chambre. Le repos lui avait permis de récupérer, elle avait bon moral et une forte envie de reprendre le traitement. La «matière» apportée par les lambeaux avait fait disparaître les crevasses les plus profondes et, dans ses chairs gagnées, elle pouvait projeter bien des possibles. Les médecins ne se firent pas prier et, à la première intervention qui suivit, il y avait du nouveau quand elle sortit de la salle d'opération: on lui avait refait les paupières. Le résultat me parut plutôt acceptable, même si les yeux ne se fermaient pas complètement, mais cela suffisait pour que, la nuit, la chambre paraisse plus calme, simplement parce que les globes oculaires à nu étaient à présent recouverts.

Avec la substance revint le visage, ou pour le moins une ébauche générale. La femme de chambre à l'haleine assaisonnée me dit avec une moue de dédain dans le sourire:

– Vous vouliez des *biom-bos*? Eh bien, les voilà vos *biombos*.

Et elle me montra les paupières toutes neuves d'Eligia.

Je ne voyais pas Dina lors de mes incursions quotidiennes au bar. Je demandai de ses nouvelles, mais le serveur ne sut m'en donner.

– Celle-là, elle a disparu il y a deux mois. On dit qu'elle fait la Madame, maintenant.

Dix jours après la réimplantation des paupières, la vision d'Eligia commença de se troubler et son œil droit à larmoyer. À leur retour de la salle de soins, les médecins pratiquèrent un examen soigneux. Ils semblaient mal à l'aise. Le professeur Calcaterra s'adressa à moi avec une certaine solennité :

– Dans un instant, le docteur adjoint principal Risso, qui s'est occupé des paupières de madame, va vous expliquer.

L'attitude du professeur Calcaterra envers le docteur Risso était glaciale. L'adjoint me prit à part dans un coin et me parla d'une voix basse, que ses collègues ne pouvaient entendre.

– Monsieur Mario, il y a un petit inconvénient. Par un manque d'attention, qui n'est imputable qu'à moi seul, la peau du bras employée pour reconstruire la paupière droite a été appliquée incorrectement.

– Cela ne me semble pas aller si mal.

– On a utilisé la peau du bras, et l'épiderme est resté à l'intérieur, au contact de l'œil.

– C'est mauvais ?

– Non, cela n'aurait rien de mauvais, si nous n'avions observé quelques follicules actifs. Le duvet est maintenant en train de pousser du côté interne de la paupière et, évidemment, cause une irritation du globe oculaire. Cela gêne affreusement votre mère.

– Vous voulez donc refaire toute la paupière encore une fois ?

– Nous en avons discuté avec votre mère et nous sommes tombés d'accord pour laisser les choses en l'état pour le moment. Plus tard nous verrons. On pourrait avoir recours à l'électricité, mais le traitement est très long. Cela pourrait se faire une fois de retour dans votre pays. Si l'épilation électrique s'avérait ne pas produire le résultat escompté, alors bien sûr il faudrait refaire la paupière, mais pour l'instant la seule chose à faire est de retourner la paupière à la main, tous les dix ou quinze jours, et d'enlever le duvet qui commence à pousser à l'aide d'une pince à épiler.

Quand le professeur Calcaterra vit ma mine consternée, il s'approcha de moi et me conduisit jusqu'au lit.

– Regardez. Son index pointa avec la franchise habituelle vers les cicatrices. Plus de chéloïdes. Fin du chaos. Il ne reste plus que quelques traces normales et certains inconvénients, comme vous l'a expliqué mon assistant, mais ce sont les cicatrices de l'ordre et de la raison. L'attaque du chaos a été conjurée par ces cicatrices, frontière entre la haine passée et les temps futurs qui seront bâtis sur la foi et devront prendre appui sur ces marques… Je vais vous avouer un secret : j'ai vu tant de grandes cicatrices… Arrivé à ce point de ma vie, je crois que le corps n'est créateur que lorsqu'il surpasse les plans de la forme humaine, quand il se dépasse, en dépassant la Nature – il jeta un regard en coin vers Eligia, dont le visage farci de science exprimait de l'incompréhension. Ne vous laissez pas abuser par les préjugés, ajouta-t-il, s'adressant à elle. «Irrégularité» est un mot envieux, que les impuissants jettent à la Création depuis leurs tristes régularités.

Tout le long de notre séjour à Milan et même après notre retour, ma vie et ma consommation d'alcool tournèrent autour de la paupière d'Eligia. Chaque fois que la date de l'épilation approchait, je buvais le strict nécessaire pour ne pas trembler. Comme elle avait une certaine expérience dans la détection des relents d'alcool, après trente ans de mariage avec Aron, je prenais de telles précautions que cela finissait par s'apparenter à une cure de désintoxication. Lorsqu'arrivait le moment crucial, je lui demandais si elle ne préférait pas avoir recours à une infirmière pour manier la pince à épiler, mais elle voulait toujours que ce soit moi qui le fasse. Je n'ai jamais réussi à savoir jusqu'où elle était consciente de la situation. Des années plus tard, je me demandais encore si elle souhaitait que je l'épile afin d'exercer un contrôle sur mes cuites, au risque de perdre un œil, mais le doute me fut utile, et ces épilations me sauvèrent probablement la vie.

À la troisième ou quatrième séance, j'acquis une certaine pratique. Il fallait prendre appui du poignet sur un coussinet et utiliser une loupe. Dans l'image grossie de son œil, on pouvait nettement observer les veines, le palpitant revers de la peau, le globe oculaire tremblotant. Je travaillais très soigneusement, risquant parfois de la pincer légèrement, mais je voulais m'assurer qu'au cours des dix jours suivants elle ne ressentirait aucune gêne, cette certitude me permettant de boire pendant cinq jours au moins.

Notre deuxième automne à Milan se passa entre épilations et lectures. Eligia était plus attentive désormais, j'eus moins de chapitres à répéter. Elle était aussi plus active, ce qui nous permettait de commenter ce que nous lisions.

Les références à la chair venant du monde extérieur n'avaient plus une résonance aussi sarcastique : les publicités pour des produits de beauté, par exemple, avaient perdu leur énorme charge ironique, et elle m'envoya même acheter un fond de teint grâce auquel elle tentait de dissimuler les écarts de couleur entre la peau d'origine et les greffes.

En novembre, Eligia me demanda de lui rendre un des rares services qui n'avaient pas trait à son traitement médical.

– Mario… Serais-tu assez gentil pour aller faire un saut aux bureaux de l'Université ? Ce n'est pas très loin d'ici. Il se peut qu'ils aient encore dans leurs archives une conférence que j'ai faite en 46. J'étais si jeune, et Aron si élégant ! Il s'était fait confectionner, en prévision de l'hiver en Europe, un pardessus doublé en loutre et au col de fourrure lui aussi. Lorsque nous avons fait notre entrée dans la salle de conférence, j'ai entendu un homme demander si c'était l'ambassadeur russe... Toi et ton manteau noir! C'était en automne 46, j'en suis presque certaine, avant que nous nous installions en Suisse. Tu t'en souviens? Tu étais si petit. Tu avais peur des décombres, tu croyais que les momies égyptiennes que nous avions vues au musée s'y cachaient. Qui a bien pu te mettre ces idées dans la tête?... Milan était encore si défigurée par les bombes! Aujourd'hui, elle est méconnaissable. On m'avait raconté alors qu'ils avaient commencé à reconstruire avant même la fin de la guerre. On pouvait bien la bombarder de nouveau, ils la reconstruisaient quand même. Quel travail ont fait ces gens! Si tu pouvais au moins t'en souvenir! La Place San Fedele, le quartier de San Babila, celui du Palazzo Reale. On contemplait les façades si bien bâties, et derrière tout n'était que décombres et ruines sur le point de s'écrouler. Ce qui m'impressionnait le plus, c'était de voir briller les étoiles à travers les fenêtres, là où autrefois se trouvait l'intérieur des édifices... Je me rappelle une cariatide: la tête et le buste ne formaient qu'un seul bloc blanc gisant parmi les déblais que les ouvriers avaient amassés derrière la façade. Peut-être une des fameuses cariatides de la salle du Palazzo Reale. De quelle sottises se souvient-on! Elle ressemblait à une Athéna, à cause des armes qu'elle portait, mais elle n'avait pas de casque...

Je demandai aux médecins où se trouvaient les bureaux de l'Université. «Ah! La Ca' Grande», s'exclama l'un des assistants du professeur, et il m'indiqua le chemin pour m'y rendre à pied.

La façade du bâtiment montrait trop de motifs ornementaux : au-dessus des fenêtres géminées se détachaient des médaillons d'où émergeaient des bustes de prophètes et de savants en terre cuite. Les personnages étaient saisis dans une position inconfortable, certains les bras tendus vers l'extérieur, gesticulant et lançant des imprécations. Ils me faisaient penser à des créatures qui auraient creusé un trou dans le mur, et sur le point de s'évader de ce bâtiment carcéral. Je craignis que les briques ne réussissent bientôt à mettre bas, et me demandai ce que feraient ces effigies de savants et de prophètes une fois en liberté.

Aux archives, on ne tarda pas à trouver la conférence d'Eligia : « Entre 46 et aujourd'hui, il n'y a pas de problèmes ; les problèmes concernent l'année 45 et les années antérieures. Des bombes sont tombées sur le bâtiment, mais les archives ont été mieux protégées que certains humains. Pensez : mille ans d'histoire ! »

La conférence avait pour sujet « Les écoles-foyers dans les pays de grande étendue ». Je mis deux heures à la recopier, deux heures de statistiques anciennes et ennuyeuses. Lorsque je pris congé, l'employé me suggéra de visiter le bâtiment. « Je vous conseille la Quadreria. »

Je pus voir la collection d'art. Dans un passé lointain, le rectorat avait été le principal hôpital de la cité. On conservait les images des bienfaiteurs qui avaient soutenu la

Ca' Grande par leurs dons. Il y avait là des œuvres excellentes, beaucoup de portraits. Alors que j'étais sur le départ, un petit vieux en veste de gardien s'approcha de moi.

– Alors, ça vous a piaggo ? È bello, eh ? Tous ces grands messieurs, si bons, qui ont donné leur fortune pour les pauvres malades. Quel grand exemple ! Les portraits, c'est l'hôpital qui les commandait en remerciement pour les donations : un buste, pour un grand don ; portrait en pied, pour un don exceptionnel ; équestre, pour une fortune. Plus élevée la donation, plus grand et plus magnifique le portrait. Ce n'est que justice. Après, ils étaient exposés sous les portiques, toutes les années impaires, le 25 mars, pour l'Annonciation à la Vierge, qui nous sauve des sottises d'Ève. – il se rapprocha encore et, d'un air entendu, il continua à voix plus basse. – Tous les tableaux ne sont pas de très grande qualité. Les peintres attendaient une bonne gratification de la part des riches mécènes, surtout de ceux qui méritaient des portraits équestres. Mais si la gratification n'était pas à la hauteur des espérances de l'artiste – de sa petite taille, il me jeta un coup d'œil menaçant –, le tableau n'était pas parfait. C'étaient les chevaux qui souffraient le plus. Si le mécène protestait, l'artiste lui répondait que la générosité du cavalier envers l'hôpital était hors de doute, mais qu'on ne pouvait pas dire la même chose de celle de la monture – il fit un geste de la main, la paume à la hauteur de mon nombril. Mais dans l'ensemble, on peut considérer que les donateurs avaient de la chance. Le visage avec lequel nous allons passer à la postérité ne dépend pas toujours des gratifications que nous pouvons distribuer.

Dans la rue, une brume descendait : une luminosité grise qui s'empara des immeubles et des arbres des parcs, les pénétrant jusqu'à leur ôter toute consistance, voile enveloppant les lignes et les volumes, laissant seulement l'empreinte de ce que les choses avaient été. Sur le trajet du retour, je dus marcher le long d'une interminable grille, surmontée de pointes de lances dorées, qui protégeait les jardins d'un bâtiment public. De nouveau, le premier grand brouillard de la saison me surprenait dans la rue. Le gris qui très calmement dévorait le monde avait pris une nuance bleutée. C'était une vapeur translucide à peine teintée d'azur qui, alors qu'elle semblait à portée de main, se dissolvait, immobile, insaisissable. Je posai mon regard sur la ligne dorée des pointes de lances qui se perdait dans la perspective, et le temps et ma mémoire disparurent comme les formes. Il ne demeura que le doré, se dérobant, immobile, vers son point de fuite. Peu à peu, l'éclat des losanges dorés se mêla au brouillard environnant, et la relation entre dorure et transparence vacilla. Le brouillard couvrait la grille et, lorsque celle-ci disparaîtrait, tout ne serait plus, définitivement, que perte et confusion. Cependant, la couleur de l'or se renforça de l'intérieur et se réaffirma progressivement. Je vis le brouillard se dissiper et se nuancer d'une touche dorée. C'est ainsi que je renouai le fil de mes pensées, et avec lui, le souvenir de Dina me revint.

Le lendemain, je commençai à lire à Eligia son ancienne conférence. Au bout de dix minutes, j'observai qu'elle s'était assoupie. Je me tus, et quelques minutes plus tard elle s'éveilla.

– J'étais si jeune... C'est ma conférence... mais les écoles, c'est le Général et sa femme qui les ont fait construire. Quelle horreur ! La jeter au fleuve, comme un déchet.

Les médecins annoncèrent enfin la date à laquelle nous pourrions retourner dans notre pays, en mars 67. Je ne ressentis aucune joie particulière, par contre Eligia accueillit la nouvelle avec enthousiasme. Vingt mois étaient passés et elle débordait d'impatience de retrouver ses autres enfants.

Un mois avant d'entreprendre le voyage de retour, je passai au bar. Je n'avais annoncé mon départ à personne. Je sentis quelqu'un tirer doucement la manche de mon manteau. C'était Dina.

– Qu'est-ce que tu fais ici ?

– Je te cherchais.

– Où étais-tu passée tout ce temps ?

– Je t'ai manqué ? J'ai trouvé un travail chez un vétérinaire. Avant, je nettoyais et je balayais les poils, mais là je fais les coiffures des chiens. Avec une amie on va installer un salon dans notre quartier.

– Pour hommes ?

– Non, pour chiens. Et j'ai acheté une Fiat 600 à crédit.

Elle m'invita pour la première fois chez elle. L'attitude des voisins à son égard me fit penser qu'elle ne devait pas être là depuis longtemps.

À partir de ce jour-là, tous les après-midi, Dina passait me prendre au carrefour avec sa Fiat 600. Je ne fis aucun commentaire à propos de sa métamorphose. Elle se mettait en quatre pour que je me sente bien. Chaque fois, elle m'avait préparé une surprise agréable, une attention à laquelle elle avait consacré du temps.

Elle me présenta à sa tante, âgée de presque soixante-dix ans, qui habitait avec elle. La première chose qu'elle me lança, dès que Dina nous eut laissés seuls un instant, fut : «Qu'est-ce qui lui arrive, à elle? Elle est vraiment amoureuse de vous? C'est très important pour elle... et pour moi.» Mais Dina, de retour au salon, lui demanda de se taire, d'un ton faussement et joyeusement embarrassé.

Je pus passer pas mal de temps avec Dina, Eligia ayant désormais moins besoin de soins. Le soir, la tante se retirait dans sa chambre de bonne heure et nous nous embrassions et regardions la télévision dans la salle à manger. Les émissions de divertissement étaient presque aussi stupides que dans mon pays.

Dina avait l'intuition de ses insuffisances, mais elle se cramponnait à ce qu'elle pouvait donner intensément. Elle avait adopté une façon d'être où se lisait une attente confiante. Elle ne me suggérait pas de changer de chemise, ni de cesser de boire, elle ne m'offrait pas de cravates ou de manteau neuf; elle n'était pas complètement convertie aux rêves du miracle italien, et je l'en remerciai, mais lorsqu'elle détectait un bouton lâche, elle me retirait elle-même le pantalon ou la chemise et se penchait sur la table afin de le recoudre soigneusement. Je la laissais travailler sans rien lui demander. Je remarquais en elle une vulnérabilité, une tacite autorisation de se faire humilier, qui me fit craindre pour son avenir et pour ce que le miracle économique allait faire d'elle. Jamais l'idée de participer en quoi que ce soit à cet avenir ne m'effleura l'esprit.

Après la télévision et avant de partir, elle me préparait une tasse de *canarino* et m'accompagnait jusqu'au porche de l'immeuble. Là, elle se serrait contre moi et m'embrassait trop fort.

La veille de mon départ, le billet d'avion et la confirmation du vol en poche, je ne lui avais toujours pas avoué que j'étais sur le point de partir. Elle persévérait dans cette disponibilité affectueuse. Elle avait imprégné le modeste appartement d'un agréable parfum d'attente, comme si quelque chose de fertile allait bientôt se produire. Le mobilier était misérable jusqu'au pathétique, mais il y avait dans les coins des pots où des plantes poussaient vigoureusement.

Cette soirée-là, Dina m'avait réservé une autre surprise. Avant d'aller chez elle, nous fîmes halte dans une boucherie – local plaqué de marbre dont les vitrines exhibaient des pièces de viande entre des feuilles de laitue savamment disposées – et elle demanda le prix des steaks. Ils étaient à trois cents cinquante lires l'*etto*. Elle en demanda un de deux cents grammes et un autre de cinq cents.

– Je vais te préparer quelque chose à manger de bien sud-américain pour te revigorer.

– Une fois que Dina et moi fûmes arrivés dans son appartement, la tante s'occupa du repas. «Bien saignante», recommanda Dina en me regardant, comme si elle connaissait déjà tous mes goûts. Puis elle alla prendre une douche, et la vieille dame et moi prîmes place dans la cuisine.

– Voulez-vous un petit verre de vin?

Elle me servit sans attendre la réponse. La tante buvait une limonade. Nous demeurâmes silencieux quelques minutes. La viande commença à grésiller sur la plancha. La femme s'adonna avec lenteur à d'autres tâches dans la cuisine, qui sentait les épices.

– Vous aimez le steak comme ça, cru et sans assaisonnement? Moi ce que j'aime c'est le risotto. Le plus important des condiments pour le risotto, c'est le gersal; après, il y a les autres épices, mais si le gersal n'est pas bien fait, addio risotto! Ma sœur préparait de ses knishes, avec à peine un peu d'oignon; et elle faisait un falafel, avec des pois chiches bien écrasés et assaisonnés jusqu'à ce qu'on les confonde avec une viande blanche! Avant la guerre, on mangeait goûteux. Elles faisaient venir l'eau à la bouche, les histoires du passé: les épices avec lesquelles on avait combattu le froid de l'Europe orientale, les céréales que la terre nous avait promises, les recettes que nos grands-mères avaient employées toute leur vie…

Mais après, la guerre est venue... Quelle malédiction!... Tout est arrivé un jour qui ressemblait à un autre, en 43, avant les bombardements. J'avais Dina dans les bras, on retournait chez elle. Soudain, devant la porte où elle habitait avec ses frères, son père et sa mère, une auto s'est arrêtée et ces types en sont sortis. Alors j'ai baissé la tête, et je n'ai plus levé les yeux jusqu'à ce que je sois entrée chez moi, dans l'immeuble à côté, celui de ma sœur ; là, j'ai fermé les fenêtres. Par chance la mia Dinita était trop petite pour comprendre ce qui se passait!... Sa mère, ils l'ont emmenée au Nord parce qu'elle aidait les partisans. Du coup, je suis allée me réfugier avec Dina dans une ferme qui appartenait à des amis, dans le Val Padana. Ça n'a pas été facile de trouver un lieu sûr...Vous savez, en ces temps-là, on n'aimait pas trop nous fréquenter. Ces gens, de vieux amis, avaient acheté la propriété en 19, alors qu'on croyait tous que les bolcheviks étaient à nos portes... Mais, comme en 44 la situation empirait de jour en jour, les propriétaires de la ferme ont eu peur et nous ont demandé de partir. Moi, je ne savais même pas comment revenir ici, à Milan. Sur la route, par chance, un camion avec quatre Chemises noires nous a pris. Je me rappelle qu'avant de monter j'ai vu un écriteau sur la cabine qui disait «SOIT JE TE MONTE, SOIT TU DESCENDS...» Quand on est revenues à Milan, c'était encore pire: pauvre ville! C'est elle qui a souffert le plus longtemps: depuis le commencement de cette histoire noire, juste un peu après l'armistice en 18, jusqu'au dernier jour, quand ils l'ont pendu ici avec cette pauvre fille qui n'y comprenait rien du tout... À notre retour, il n'y avait plus aucune marchandise dans ces belles vitrines à Milan. Ceux du gouvernement disaient que c'était pour éviter les pillages durant les alertes aériennes, mais la vérité c'est que les commerçants n'avaient plus rien à y mettre. Il n'y avait rien non plus à se mettre sous la dent. Et Dina et moi, on ne savait pas où aller. Nous sommes passées chez ma sœur. Ça sentait encore le manger qu'elle préparait. Ma sœur, c'était la reine dans cet appartement. Vous auriez goûté ça, c'était du vrai manger, pas de la viande à la plancha ! Mais on a eu peur de rester là, ou dans l'immeuble d'à côté, où il y avait mon chez-moi. On s'est installées dans quelques pièces d'une bâtisse en ruine. Je gagnais quelques sous en faisant le ménage et la cuisine pour un groupe d'officiers allemands. Leur manger à eux, à la caserne, était écœurant ; c'étaient les hommes qui cuisinaient, et le résultat était immangeable – d'après ce qu'ils me racontaient eux-mêmes – toujours recuit, avec des saucisses au lieu de viande. L'huile de friture servait plusieurs fois, et les patates tombaient en petits morceaux à peine on les touchait avec la fourchette, alors que les fèves restaient dures pareilles que des os. C'est pour ça qu'ils préféraient m'envoyer acheter ce que je pouvais au marché noir, et c'est comme ça que je leur préparais des repas décents. En passant, je mangeais et je pouvais porter quelque chose à la petite, qui restait toute seule. Le soir, lorsque je me mettais en route vers l'appartement que les officiers utilisaient pour manger et pour d'autres choses, tout était obscur sur les rues. Vous imaginez, le retour, en hiver, avec Milan qui est déjà bien sombre, dans la nuit noire, plus toute cette brume, et par-dessus tout ça, le couvre-feu... Les rues, à part celles du centre, c'étaient des trous. Moi, j'en avais peur, ce n'était pas une bonne époque pour courir les rues. Et en plus, avant de pouvoir cuisiner, je devais faire le tour de la moitié de la ville pour réussir à trouver une pincée de sel. C'était un monopole de l'État et les salins étaient restés du côté des alliés. Au marché noir, le sel était presque aussi cher que les médicaments de contrebande qui arrivaient de Suisse. Pas de sel ! Moi qui adore le risotto avec du gersal. Il faut beaucoup de gros sel, on le met au fond d'une casserole en fer, et on ajoute du sésame. Il faut faire attention que le sésame soit bien grillé, bien mais pas trop, sinon il est amer... Ah, oui cher ami ! En ces temps-là, tout était imprégné d'une colère amère et froide, comme cette brume dans la rue.

– Je connais bien ces brouillards de Milan.

– Ce n'était pas une colère grandiose. Mon peuple connaît la colère grandiose, celle qui toujours nous fait comprendre qu'il y a une réconciliation possible. On peut aller de plus en plus haut dans la colère, et se diriger quand même vers la réconciliation. La colère atteint l'autre, le touche, elle nous unit et nous dépasse. Mais lorsqu'on essaie de séparer la colère de la réconciliation, alors la colère n'est plus que de la haine, pure, froide, isolée, sans grandeur. En ces temps-là, la colère était professionnelle, elle ne s'intéressait à rien. En réalité, personne ne savait où

toute cette fureur voulait en venir ; ce qui semble clair, c'est qu'ils voulaient nous montrer à nous tous, sans aucune honte, à quel point ils étaient puissants… Ces années-là, les règles étaient lointaines, elles n'avaient aucune explication, aucune importance. C'est à peine si on pouvait les appeler des lois ! J'avais connu des règlements et des châtiments sévères depuis mon enfance, mais ils avaient toujours été proches de nous. C'étaient des lois qui avaient une histoire, qui donnaient des conseils de vie. Tu pouvais parler avec ces lois parce qu'elles te répondaient ; et tu pouvais en parler, de ces lois, avec ceux de ton peuple. Je crois que la folie arrive quand tu t'aperçois que des règlements contre l'amour existent, contre la vie des gens, conçus non pour favoriser une bonne conduite, mais pour parvenir au froid total. Ils nous sont tombés dessus avec ces règlements de glace. J'ai tant souffert du froid durant ces hivers-là !…Vous vous êtes déjà servi un autre verre ?…

– Il est bon.

– Nos anciennes règles étaient sûrement des règles de feu, mais c'était le feu du foyer.

– On n'est jamais mieux que devant son feu.

La vieille femme retira la viande du gril ; elle était déjà trop cuite.

– C'est dans ces règles qu'Il habitait, Te parlait tout près, Te tutoyait sans te montrer Son visage. Il réservait Sa face. Pourquoi aurait-Il dû nous la montrer tous les jours, alors que nous-mêmes ne pouvons voir notre propre visage ? Le visage est fait pour recevoir les autres ; tout ce qui reçoit est dans le visage :

l'œil, l'oreille, la bouche, et même la joue qui reçoit les coups. Le visage est là pour que les hommes puissent se connaître à fond entre eux. C'est pour ça que le visage est sacré....

– Oui, le visage est sacré.

– ... parce qu'il est déjà l'Autre. Les gens doivent faire de leur visage le berceau de l'amour. Il n'y a pas de vrai visage sans volonté d'aimer ; si tu n'aimes pas, le visage de ton prochain se transforme en steak, en quelque chose qui fait peur... Tout le monde a oublié la peur. Avant, la peur changeait tous les visages. Aujourd'hui, je regarde autour de moi, et on dirait que j'ai été la seule à avoir peur. Quand on a peur, c'est notre nature qui change, c'est le goût du manger qui change, et c'est la peur même qui change... Du jour où ils ont emmené la mère de Dina, j'ai eu peur. Sortir dans la rue était un exploit. Je m'imaginais le parcours pas à pas, et les endroits où un type en uniforme ou un policier en civil pourraient m'arrêter. À partir de ce moment-là, je me suis sentie détachée de tout... Cela ne m'a servi à rien non plus de m'enfermer dans cette maison à moitié délabrée, j'avais l'impression que mon foyer ne m'appartenait même plus. J'écoutais le silence dans l'escalier, et moi-même je remplissais ce silence avec les grincements des marches et le bruit de mes pas. Il me semblait qu'une pression s'exerçait du dehors et que le verrou était toujours sur le point de sauter. C'était à en devenir folle, rester immobile tout le temps, à regarder la poignée de la porte. Je m'imaginais quelqu'un de l'autre côté, à l'affût, en silence... En plus, il y avait la

délation, vous savez ! Tout le monde avait le droit de condamner à mort une poignée d'autres. On trahissait ; l'œil qui un jour te souriait, le lendemain te dénonçait. Comment leur visage changeait, à ces salauds ! Il semblait impossible que ce soient les mêmes gens. Un homme, mais deux visages... Aujourd'hui, tout est différent. Avec la paix, les visages semblent être toujours pareils. Mais je sais qu'il suffit que quelqu'un dans la politique se mette à dire des sottises pour que ces visages redeviennent doubles. Qu'en pensez-vous ?

– Non ! Moi, je pense comme vous.

– Quel visage peut avoir celui qui est au-delà de la culpabilité, qui vit dans la bureaucratie du mal ? « On ne peut jamais prévoir quel sera le visage de Son messager », disait la grand-mère de notre docteur en théologie, mais je peux ajouter que nous savons au moins cela : le moment voulu, Il le montrera, Il ne le cachera pas sous des casques, des visières, des bérets, des lunettes noires. Les fascistes portaient tout ça, pour que l'on aperçoive uniquement leurs lèvres, leurs bouches indifférentes... Le visage se dévoile seulement par amour... Il fallait voir ces foyers vides après leur passage, et qu'ils avaient forcé les habitants à les suivre.

– Quelle horreur ! Je me considère comme un ennemi personnel de la violence, vous savez ?

– Il ne restait plus dans ces pièces un seul coin où se rencontrer, aucune mémoire de ce qui y avait été vécu. Aucune mère ne pouvait cuisiner à nouveau dans ces cuisines...

Dina interrompit le monologue de la vieille. Sans souffler mot, la tante s'en alla dans une autre pièce. Nous mangeâmes la viande sèche, tous les deux, en silence mais avec appétit, dans la salle à manger, sous le regard attentif de Paul Newman depuis son poster. Ensuite, je bus quelques whiskys. Je songeais que, n'eût été mon retour le jour suivant, cela aurait été une bonne occasion de modifier nos relations : quelques baisers, quelques paroles... et Dina oublierait à jamais l'apparition nocturne et évanescente qu'elle avait été pour moi, plus de vingt mois durant. Ce n'était pas une femme voluptueuse ; j'étais certain qu'il ne lui en coûterait guère de se transformer, par indolence et sympathie, en une compagne fidèle. Mais je devais m'avouer que ce qui la rendait la plus attirante à mes yeux était justement cette évanescence nocturne qui me libérait de tout engagement. Je considérais, en ce temps-là, que j'avais été tout à fait honnête avec Dina : je ne lui avais jamais demandé aucune aide.

Elle m'embrassa et se dévêtit. Ses jambes et ses bras étaient longs mais, dans son corps compact, les volumes et les creux se présentaient timidement, créant des ombres et des modelés doux mais fermes. Toute la matière en elle était positive, et n'avait pas besoin d'abîmes pour la soutenir. La peau se tendait avec fermeté, dans l'attente de la caresse, une caresse qui produisait en moi le même effet que quand je passais la main sur une statue polie les yeux fermés. Mais le corps de Dina n'était pas de marbre, ni d'aucune autre roche ; il me surprit presque lorsque je le touchai, et qu'il céda à l'endroit où mon doigt appuya, la partie supérieure du sternum.

Dans la petite salle à manger, entre des meubles recouverts de plastiques aux couleurs criardes qui semblaient faits pour repousser toute tiédeur, le corps de Dina se détachait par contraste, par sa disposition à tout accepter, et par la certitude de pouvoir tout recevoir. Je la regardai longuement : le visage soutenait sa présence dans la nudité, si léger et si remarquable en même temps qu'il parvenait à l'équilibre avec le corps. Dans un mouvement de sa tête, le tendon qui unissait la face au buste se détacha comme un dard, transportant le triangle supérieur formé par les yeux et la bouche vers un autre plus grand, mais aux proportions similaires, formé des mamelons et du nombril. Mon regard allait et venait du visage au corps et du corps au visage... Les artistes sont victimes des genres – me dis-je mentalement –, aucun peintre n'avait réussi l'équilibre entre portrait et nu auquel Dina parvenait.

J'arrêtai mes yeux sur son visage. Le sourcil et l'arc osseux coïncidaient dans le froncement, mais, à proximité de la tempe, ils se séparaient un peu et là, l'os montrait son profil, immédiatement sous le fin épiderme. Les paupières n'avaient pas besoin de maquillage : les orbites osseuses assombrissaient naturellement, lorsque la lumière obliquait, ses yeux enfouis.

Dina aimait à s'accouder dès qu'elle en avait l'occasion. Je l'avais souvent vue appuyée sur le petit comptoir ou sur un rebord d'un mur du Corso, pendant qu'un client lui causait. Lorsqu'elle s'accoudait, ses deux épaules se haussaient très près de ses joues, et l'on était alors en mesure d'apprécier son corps, si à contre-courant des divas néo-réalistes à la mode durant ces années d'abondance. Il fallait en avoir, du courage, pour travailler à cette époque avec un corps comme le sien. Elle faisait le trottoir avec un air abandonné, donquichottesque, mais, fort heureusement, elle n'avait pas beaucoup de concurrence dans ce quartier tranquille et éloigné du centre.

Un jour, au bar, peu de temps après avoir fait sa connaissance, au cours de l'une de ses stations accoudées – cette fois-ci sur le juke-box qui déversait la nostalgie de *Il ragazzo della Via Gluck* chanté par un Celentano blasé – je me concentrai sur son bras, d'abord, sur un fragment du même bras, ensuite, jusqu'à ce que le foyer soit si petit qu'il échappe à toute échelle. C'est ainsi que je pus apprécier la nature de cette peau, pâle, prédisposée à se réanimer, douée d'une qualité hypnotique invitant à ne plus penser. Depuis ce jour, je m'habituai à observer des fragments de Dina en faisant abstraction de son corps. Mais dans la petite salle à manger de son appartement, après avoir mangé un steak revigorant et plus que sec, je regardai pour la première fois son corps comme un tout.

Je me rendis compte, troublé, que j'étais l'unique témoin de cet instant. L'impression du corps de Dina, qui, traversant mes yeux, s'était déjà infiltrée dans ma mémoire, devint une responsabilité, pacte sans mots ni signatures qui me liait à cette image pour toute la vie. Je pressentis que quelque chose de semblable devait se cacher derrière toute promesse de fidélité : des images de l'autre dont nous sommes les seuls spectateurs et qui nous rendent témoins et dépositaires de ce que la personne possède de plus cher et de plus fragile, de son existence contingente, qui a besoin de notre témoignage pour ne pas disparaître. Une obligation de vivre en conservant les meilleurs moments de l'être que nous aimons. Je me sentis mal à l'aise.

Aussi longtemps qu'elle fut debout, à se dévêtir, Dina parut mince, presque dépourvue de volumes, mais quand elle s'allongea sur le sofa, des courbes d'une imprévisible sensualité surgirent, le triangle du nombril et des mamelons se transforma en une voile tendue, aux muscles bien marqués sur l'abdomen et fuselés sur les bras. À chaque mouvement, à chaque torsion, une Vénus nouvelle faisait fugacement son apparition, pendant un instant le revers de la jambe serré contre la cuisse, un autre instant le ventre s'arrondissant quand elle levait ses genoux. Quelques plis de peau et une rondeur insoupçonnée entraient alors en résonance avec tout autre mouvement de son corps.

Lorsqu'elle s'accouda sur le tissu, vert, rigide, jaune et artificiel, une hanche forte surgit là où semblait se cacher uniquement de la minceur. Je me demandai comment un os et sa peau pouvaient se courber à ce point et avec tant de souplesse. Le pelvis était devenu la ligne dominante, qui entraînait les formes du reste du corps. Par sa proximité avec la hanche, la cuisse avait gagné en cohérence, lui faisant écho dans un rythme qu'annonçait, ou résolvait, le trait puissant et lumineux du sacro-iliaque, selon que le regard se posait d'abord sur la hanche puis sur la cuisse, ou l'inverse. Quelque direction que prenne le regard, chaque forme du corps de Dina invitait à se saisir de la suivante. C'est ainsi que je sus que la beauté est totalité, continuité se développant dans tous les possibles.

Une fois étendue sur le sofa, elle prit appui sur un coude, pendant que son bras libre retombait sur son bassin, la main sur le tissu. Je voulus conserver aussi cet instant. Les deux pas qui nous séparaient produisaient une Dina entière, complète et nouvelle. Nous restâmes en suspens l'espace de quelques secondes.

Ensuite, elle eut un moment d'abandon et s'allongea, levant le bras qui auparavant reposait sur la hanche et vint, à cet instant d'ouverture de son corps, presque se coller à la joue. Une ombre recouvrait et modelait cette partie du visage de Dina ; une autre plus claire parcourait le bras, mais, dans les deux cas, la teinte pâle de la chair prenait le dessus et devenait transparente comme un défi silencieux... sans lambeau qui confondrait bras et joue.

Je détournai le regard, d'abord vers le sofa, ensuite vers la vulve de Dina qui, comme le ventre et les cuisses, absorbait la lumière d'une lampe de chevet posée sur une petite table, à ses pieds. Je regardai à nouveau tout son corps. « Si je l'embrasse, j'anéantis cet instant unique et le sentiment lyrique qu'il m'inspire. »

Je n'étais pas face à un corps parfait et suspendu hors du temps: on y voyait la cicatrice d'une vaccination; les abdominaux étaient trop saillants, à cause de son travail; les sous-vêtements avaient marqué la peau d'une ligne rose passée, juste au-dessous du nombril ; elle avait des cors aux pieds, à force d'être restée si longtemps à faire le tapin Corso di Porta Vigentina; mais, en soi, l'ensemble demeurait éloigné de la vie des détails.

J'avais commis une erreur en me concentrant seulement sur une petite fraction de la peau du bras, le jour où je l'avais vue accoudée au bar, et j'en commettais une autre en m'attardant sur les cors et les vaccinations. Dina était infragmentable; il s'avérait inutile de tenter de déduire quoi que ce soit de ses lèvres ou de ses muscles abdominaux, car elle était le principe même de l'unité. Chaque partie de son corps existait en ayant conscience de la partie suivante. Mon Nietzsche me revint en mémoire: «Ton corps ne dit pas "je" mais il agit en tant que "Je".» C'était avec elle tout entière que je devais agir, non avec ses fantasmagories ou ses fragments d'épiderme. J'eus chaud et sentis mon pantalon se tendre. Je fis un pas dans sa direction.

Dina comprit que j'étais ému. Elle ferma les yeux et approcha ses lèvres. Je saisis le canif dans ma poche. Je le sortis sans hésitation et lui tailladai la pommette. Une seconde, je pus apercevoir l'os, avant qu'il ne se couvre de sang. J'eus aussi le temps de porter un autre coup au visage, avant que Dina n'ouvre les yeux horrifiée, non à cause des blessures, mais parce qu'elle ne comprenait pas ce qui arrivait. Je me souviens d'avoir pensé à cet instant que les cicatrices ne seraient pas voyantes, mais graves.

Je lui demandai combien elle avait touché de commission, la fois de la trattoria, lorsqu'on m'avait arnaqué avec l'*etto*. Elle enfouit son visage dans le sofa hostile, qui n'absorba pas son sang.

X

s momentos que siguieron a la agresión, ella estaba todavía rosada y simétric
o al minuto se le encresparon las lín eas de los músculos de su
más suaves hasta ese día, a pesar de sus cuarenta y siet
s y de una resping

rtiendo en símbolo d e resistencia
las transforma ciones que e staba operando e
las arrugas de los ojos y el perfil de las mejillas iban tra

mándose en una cadencia antifuncional, una curv
nesia en un lugar que nunca hab

los rasgos originarios se generaba una eva fragancia: no una ca
como hubiera querido Arón, uno uno realidad, apartada
dado de parecerse.
a una cara. Otra génesis com enzó a ope
mundo que se desconocía el funciona miento de

dos iniciaron todos lo

la coqueta nariz resistía por ser el único elemento
cara anterior.
una época agitada y colo rida de la carne, tiempo de

los colores desligados de las formas evoc a
as difusas que los cineastas emplean para repres

técnica médica que los quisiese referir a algún principio ordenador.
del depar tamento de
spital en el coche de uno de los abogad

os que antes de la

Voice assumes mouth, eye, and finally face, a chain that is manifest in the etymology of the trope's name, «prosopon poien», to confer a mask of a face (prosopon). Prosopopeia is the trope of autobiography, by which one's name (…) is made as intelligible and memorable as a face. Our topic deals with the giving and taking away of faces, with face and deface, «figure», figuration and disfiguration.

Paul de Man

La voix assume la bouche, l'œil et finalement la figure, un enchaînement manifeste dans l'étymologie du nom du trope, «prosopon poien», conférer un masque ou une figure [«prosopon»]. Prosopopée est le trope de l'autobiographie, par lequel le nom lui-même (...) devient aussi intelligible et mémorable que la figure. Notre thème est relié à celui du don, à la disparition des figures, à la face et au revers, «figure», figuration et défiguration.

Paul de Man

Nous partîmes, Eligia et moi, le lendemain. En bas, derrière nous, Milan restait, mystérieuse et mienne. Dans notre pays, les traitements se prolongèrent plusieurs années : une cicatrice que l'on peaufinait, des retouches chirurgicales afin qu'elle puisse ouvrir ses mains sans difficulté.

Tout le monde louait le travail du professeur Calcaterra, surtout les médecins locaux, qui écrivaient en Italie pour avoir le suivi photographique. Eligia servait – aussi – d'illustration dans je ne sais quel traité de chirurgie, un petit rectangle noir sur ses yeux pour qu'elle ne soit pas reconnaissable, ou des gros plans des fragments de son visage.

Dans les rues, c'est un autre air qui flottait, bien différent des louanges doctorales. Les enfants s'obstinaient à fixer cette peau rapiécée de morceaux disparates, l'aspect démoulé de son visage, alors que les adultes débitaient des Niagaras d'éloges – évidemment forcés – sur ce joli résultat. La famille lui proposa de déménager, mais elle préféra s'installer dans l'appartement où Aron et moi avions vécu. Pour ma part, j'emménageai dans un appartement d'une seule pièce – une garçonnière – à trois pâtés de maisons de chez Eligia.

Avec la résolution que tous lui connaissaient, Eligia reprit ses activités politiques, toujours fidèle aux idéaux de développement rationnel de l'éducation. L'histoire lui réserva un curieux grand roque. En 71, on révéla que le cadavre intact et superbe de la femme du Général n'avait pas été jeté dans le fleuve, comme cela avait été annoncé en 1965, mais qu'il était resté caché à Milan, dans une sépulture anonyme, non loin de la clinique. Toutes deux s'étaient retrouvées à des milliers de kilomètres de leur patrie : l'une, parfaite, éternelle, enterrée en cachette sous un faux nom ; l'autre dégradée, impatiente de reprendre son travail, tentant de régénérer son propre corps sous le regard stupéfié de tous.

Le parti politique d'Eligia fit alliance, dans les luttes électorales qui suivirent, avec le parti du Général veuf. Elle fut désignée pour mener campagne dans la province des sierras, où son père avait été gouverneur, caudillo… et le plus grand et le plus acharné des ennemis du Général.

Eligia s'était retrouvée face à un dilemme : la mémoire de son père d'un côté, et la certitude que rien ne pouvait se faire sans le soutien populaire de l'autre. «Je vais aller dans les sierras faire campagne pour le front généraliste, me dit-elle. Le parti de papa (opposé ouvertement aussi au petit parti technocratique d'Eligia), va m'attaquer pour ça, mais je ne vois pas d'autre issue... Le moment de la réconciliation et des alliances est venu... » C'était en 1973.

La carte politique de mon pays était en plein bouleversement après six ans de gouvernement autoproclamé. On essayait de nouvelles combinaisons, de nouveaux pactes, des forces inattendues faisaient leur apparition. Moi, selon mon habitude, je n'émis aucune opinion, ni ne tentai aucune action; chaque événement me déconcertait davantage. De mon pays, il valait mieux ne pas parler, comme Eligia me l'avait recommandé en prison, lorsque j'avais dix ans. Le mieux, ne rien dire.

La carte politique de ma propre famille tendait à se transformer en un labyrinthe mouvant: les parents d'Aron avaient été conservateurs; lui-même était anarcho-individualiste stirnerien; le père d'Eligia, constitutionnaliste et furieusement anti-généraliste; elle, développementiste et, pour cette raison, membre du front commandé par le Général.

Je l'accompagnai à la cérémonie d'ouverture de la campagne dans sa province. Elle prit la parole dans un village. Chaque parti et chaque microparti du front électoral y avaient inscrit un orateur, de sorte que la liste était interminable. Lorsque ce fut son tour, elle prononça un discours sobre, cita des chiffres détaillés afin de démontrer que le niveau d'éducation avait régressé pendant les gouvernements autoproclamés. Le public ne prêta pas attention à ses paroles, et quand elle mentionna «la hausse du nombre des redoublements dans le primaire», comme argument de poids contre le gouvernement *de facto*, certains spectateurs échangèrent des sourires, mêlés à de somnolents hochements de têtes et à des soupirs d'ennui.

Le public ne s'intéressait qu'au courage de l'oratrice, qui faisait face à l'adversité, ce qui était considéré comme une vertu beaucoup plus importante que l'analyse des statistiques de l'éducation. Mais c'est justement sur cette corde personnelle et émotive qu'Eligia se refusait de jouer. Si elle avait fait référence, même indirectement, à ses souffrances, elle aurait gagné la ferveur du public. Mais elle n'en fit rien.

On la remercia avec l'admiration due à son stoïcisme; sans l'enthousiasme avec lequel on acclame le courage. La réunion se déroula dans un flot de formules rhétoriques, puis ce fut l'heure des grillades.

La nuit, le fumet des chevreaux crucifiés envahissait les salles de classe de l'école où se fêtait le début de la campagne électorale. Eligia et moi partîmes à deux heures du matin. En traversant la cour, nous passâmes près de l'un des brasiers. Une vieille femme de plus de quatre-vingts ans parlait, entourée de gens modestes.

– Je peux témoigner de la Dame, de cette Dame que le Général nous a apportée pour qu'elle nous protège et nous soit favorable. Si vous la voyiez, comme je l'ai vue, moi ! Une dame blonde comme le soleil, belle femme cette Señora...

Cette petite vieille a travaillé plus de vingt ans chez une sœur de la femme du Général, murmura pour nous l'un des politiciens du cru.

– Le Général l'a aimée vivante et même après sa mort aussi ; et c'est comme ça que nous devons faire nous aut's. Le Général a dû s'en partir à cause de la traîtrise qu'on lui a fait. Alors ses ennemis en ont profité pour lui voler le corps de la Dame qui était déjà embaumée, asqu'on dit, et elle avait l'air d'un ange comme elle a toujours été, et c'est alors qu'on lui a fait ce qu'on lui a fait. Allez savoir, mon Dieu, quelles méchancetés on lui a faites ! Mais la Dame a été plus forte, et ils ont pas pu lui faire aucun mal. Alors, ils ont été obligés de la cacher. Et elle était si bien cachée que ses amis retrouvaient pas sa trace. Personne savait oùsqu'ils avaient emporté son corps et qu'il était caché. Elle est restée un bon moment disparue, mais elle-même elle a rapparu – toute seulette elle est revenue – et j'ai pu la voir toujours aussi blonde qu'avant ; et même si elle avait les marques de la haine de ses ennemis, elle était blanche, angélique et éternelle. On avait envie de caresser son corps tout petit. « Elle est éternelle », c'est ce qu'a dit encore le do'teur qui l'a visitée, « seulement l'acide ou le feu peuvent l'abîmer »... mais moi je me pense que ni le

feu ni l'acide, vu que ses ennemis ont dû le faire. Ils ont dû tout tenter, pour sûr. Moi-même je l'ai vue quand elle a rapparu : ils avaient voulu lui couper une oreille, ils avaient frappé sa mâchoire, et abîmé son nez et brûlé ses tout petits pieds jolis, la pauvre ! Ses ennemis savaient pas – comme nous savons – que les coups et les brûlures rendent pur. Ils ont pas su, ils savaient pas, qu'elle avait déjà passé l'épreuve du feu. Ma patronne – sa sœur à elle –, qui m'appelle «camarade», m'a raconté un miracle de jeunesse. Elles étaient toutes les deux à jouer dans la cuisine un matin, il y a fort beaucoup longtemps de ça, quand la Dame avait seulement douze ans…

– Tu as entendu ça ? Elle a dit «fort beaucoup», elle ne sait pas que c'est un pléonasme, c'est intéressant, dis-je tout bas à Eligia.

Je gagnais ma vie alors en tant que correcteur pour des maisons d'édition.

– Écoute !

– … en jouant elle a tapé sur le manche d'une poêle qui chauffait, et l'huile a brûlé complètement son corps tout petit d'ange du ciel. C'était un matin d'orage, et c'est pour ça qu'elles jouaient dedans la cuisine. La brûlure lui avait fait tellement si mal, qu'elle est restée muette, en silence, à la lumière des lampes à pétrole. Tellement que sa soeur, elle croyait qu'il s'était rien passé. Mais quand elle l'a eu touchée, elle a enlevé la main aussi vite comme si c'était de la braise qu'elle avait touchée. La peau brûlait. On l'a portée au do'teur du village. Mais malgré la schience, son petit corps de douze ans a commencé de venir

foncé, comme s'il brûlait de dedans et doucement. Elle a fini par ressembler à une croûte qui marchait, une image à faire peur aux aut's enfants. Mais un jour la croûte est tombée, comme un moule, d'une seule pièce et en dessous on a vu une peau comme personne en avait jamais vu une, une Camarade pétrie dans les souffrances et la brûlure. C'est tout comme ça que ça s'est passé… Alors si nous faisons promesse de nos votes pour ces élections et si nous gagnons, elle va nous miraculer et nous profiter pour toujours, elle va rester avec son peuple pour toujours, éternellement, asqu'on dit. Et elle va être très miraculeuse, cette Señora, très protectrice, parce qu'on en a besoin.

Eligia, qui était arrivée de très bonne humeur au barbecue, avec un rouleau de feuillets noircis dépassant de son sac à main, se mit à adopter, à mesure que parlait la vieille femme, un air de passivité désarmée. Les jours suivants, elle renonça aux discours sur les estrades. Pendant le reste de la campagne électorale, elle s'affaira aux tâches militantes depuis un bureau au siège de son parti.

Après que l'alliance eut gagné les élections, elle refusa toute charge publique, préférant s'occuper d'un projet d'enquête pédagogique internationale. Il s'agissait d'analyser pour l'Unesco le rapport entre les études suivies par les femmes de notre pays et le marché du travail. Eligia sélectionna une équipe d'universitaires de haut niveau qui prirent leurs quartiers dans les bureaux mis à leur disposition par le ministère de l'Éducation, dans la capitale. Lorsque le travail fut achevé, la fonctionnaire tchèque, qui supervisait le rapport pour l'Unesco, adressa ses félicitations à toute l'équipe et fit publier cette étude comme un modèle pour d'autres, similaires, qui devaient être réalisées dans le monde entier.

Quinze mois s'écoulèrent. Eligia lut un jour dans le journal que la fonctionnaire internationale était en visite dans notre pays. Elle téléphona à son hôtel et elles prirent rendez-vous pour le jour même. Je les accompagnai pendant que nous sillonnions en automobile la métropole. Notre invitée fut un peu effrayée en voyant une manifestation dont les participants faisaient tonner des tambours, mais nous lui expliquâmes que c'était là un trait typique de la vie politique locale. Elle se rasséréna et prit plusieurs photographies, savourant à l'avance l'impression que celles-ci produiraient à son retour.

Plus tard, nous nous assîmes dans un salon de thé. Elles devisèrent d'emplettes et aussi d'éducation. Lorsque la glace fut complètement fondue sur plusieurs tasses de thé et sur deux plats de petits gâteaux, la fonctionnaire voulut se décharger d'une énigme qui l'intriguait :

– Il y a quelque chose que je ne saisis pas. Trois mois après la conclusion de votre rapport, un poste de haut niveau s'est trouvé vacant au sein de l'Unesco. J'ai envoyé deux lettres à votre ministère de tutelle pour leur demander votre curriculum, mais personne n'a accusé réception de la première lettre et, à la deuxième, le curriculum d'une maîtresse d'école maternelle âgée de vingt-trois ans m'est parvenu. Le voilà.

Eligia fit une longue pause. Un travail à l'Unesco était sans doute un de ses rêves les plus chers :

– Je ne sais que répondre.

C'était une lettre à l'en-tête de notre ministère de l'Éducation, et les renseignements personnels d'une institutrice qui sollicitait le poste. La jeune femme avait ajouté à son titre de maîtresse d'école maternelle quelques points relatifs à une formation aux premiers secours et en travaux manuels. Eligia reconnut le nom de l'employée chargée de distribuer le courrier au sein du ministère. La conclusion était évidente : la jeune fille avait ouvert le courrier de l'Unesco adressé à Eligia, après que celle-ci avait cessé ses activités au ministère, le poste lui avait plu, et elle avait posé sa candidature sans que personne ne le lui demande.

Après cet épisode, Eligia diminua son rythme de travail et se consacra à la fin de son traitement médical. L'une des dernières étapes, l'extirpation des follicules du revers de la paupière, dura un grand nombre de séances, car quelques racines se montraient rétives au traitement par électrocution et renaissaient avec une pénible ténacité. Eligia prêtait plus d'attention à cette épilation qu'à d'autres interventions plus importantes. Lorsque les médecins furent assurés qu'il ne restait plus trace de duvet, ils lui annoncèrent que les soins étaient terminés. Elle avait passé une année dans son pays, avec des greffes d'urgence ; vingt mois en Italie avec le professeur Calcaterra ;

et plus de douze ans, après son retour, à peaufiner dans la mesure du possible ce que le professeur avait commencé. Finalement, tous les docteurs tombèrent d'accord : chercher à atteindre la perfection n'avait plus de sens, il fallait mettre un terme à une série qui – compte tenu des possibilités de la science – se révélait infinie.

Pendant environ deux ans, Eligia se consacra à la gestion d'une exploitation agricole et rendit visite à des amies dans des fermes parmi les plus écartées de la plaine. C'étaient presque toutes des enseignantes, mais si Eligia les accompagnait dans leur école, un silence de regards se propageait parmi les élèves.

Un après-midi du mois d'octobre 78, elle me montra un album de photographies du temps où elle était fonctionnaire, avant qu'Aron ne la vitriole. Le photographe l'avait saisie durant une cérémonie dans une école, alors qu'elle hissait le drapeau ou prononçait un de ses discours truffés de chiffres. Elle semblait heureuse sur l'image. Elle me demanda, angoissée :

– Qu'est-ce que je fais de tout cela ?

Je ne sus que répondre. Nous étions dans la bibliothèque où Aron avait aspergé d'acide le visage d'Eligia et où j'écris à présent. Les vieux fauteuils Louis XVI ont été changés, mais les laques noires et cerise de l'écritoire chinoise et du coffre sur la petite table luisent encore. Je sais que sous le tapis, neuf et de médiocre qualité, quelques traces d'acide subsistent sur le parquet en bois.

– Et avec ça ?

Elle ouvrit le coffre, dans lequel elle avait conservé ses souvenirs personnels, comme les lettres que la famille ou les connaissances lui avaient envoyées en Italie. On y trouvait entassés (bien que la place ne manquât pas sur les étagères de la bibliothèque, car j'avais vendu la littérature pornographique française d'Aron juste après notre retour de Milan, mais elle n'avait pas rangé à leur place ses lourds volumes de pédagogie et d'histoire) quelques-uns des livres et revues dont je lui avais fait la lecture douze ans plus tôt, y compris la revue d'histoire avec le texte sur un combat du lointain passé. Livrées à elles-mêmes, se froissant parmi les livres, une photographie de l'église de Santa Maria al Paradiso que nous voyions de la fenêtre à Milan, des serviettes en papier portant l'adresse de la clinique, des ordonnances du professeur Calcaterra, et une petite image pieuse représentant la Madonnina, la Vierge dorée qui surplombe le Duomo de Milan, que lui avait donnée en Italie le prêtre de la clinique.

Jamais je n'aurais imaginé qu'elle puisse avoir une attitude aussi sentimentale envers cette période. C'était dans ce même coffre qu'Aron avait conservé les compositions scolaires de ses enfants. Je tentai d'en fouiller le contenu. Au fond, j'aperçus les vieux documents qu'Aron avait laissés ; au-dessus, ceux qu'avait ajoutés Eligia. Il était question de ses enfants dans beaucoup d'entre eux. Presque en surface surnageaient les actes d'un congrès de littérature pour lequel j'avais présenté un travail sur l'impossibilité du lyrisme à notre époque. Une tentative qui s'avéra vaine d'obtenir un poste d'assistant alors que j'étais dépourvu de tout de titre universitaire. Mes monographies furent accueillies avec sarcasme par les jeunes professeurs, qui m'assuraient que mes conceptions étaient dépassées.

– Qu'est-ce que je fais de tout cela ? insista-t-elle en me montrant le coffre ouvert. Je ne sus que lui répondre.

Le lendemain, elle se jeta de la fenêtre de son appartement, qui avait aussi été celui d'Aron, mais dans lequel ils n'avaient jamais vécu ensemble. Sa chute suivit une trajectoire est-ouest, en direction de la coupole derrière laquelle se couche le soleil.

XI

te suaves hasta ese día, a pesar de sus cuarenta y to años y de una respingada cirugía estética juvenil que había acortado la nariz. Aquel recortecito voluntario que durante tres décadas confirió a su testarudez un aire impostado de audacia se fue convirtiendo en símbolo de resistencia a las grandes transformaciones que estaba operando el ácido. Los labios, las arrugas de los ojos y el perfil de las mejillas iban transformándose en una cadencia antifuncional: una curva aparecía en el lugar que nunca había tenido curvas y se correspondía con la desaparición de una línea que hasta entonces había existido como trazo inconfundible de su identidad.

La cara longitudinalmente sensual de Eligia empezó a deshacerse de sus líneas y colores. Por debajo de sus rasgos originales se generaba una nueva sustancia: no una cara, como hubiera querido Arón, sino uno una nueva realidad, apartada del mandato de parecerse a una cara. Otra génesis

C'est justement à l'université, un mois avant le terme de mon affectation, en novembre 78, que je rencontrai par hasard un universitaire croisé auparavant dans les salles de rédaction et les maisons d'édition. Aron Gageac et ses romans, me dit-il, l'intéressaient. Nous nous assîmes au bar de l'université, silencieux et peint avec beaucoup de soin.

C'était un homme jeune, quarante ans tout juste, mais avec cette assurance et cette décontraction que j'enviais tellement à mes compatriotes, sans jamais parvenir à les imiter.

– Tu te souviens de moi ? me demanda-t-il. Je travaillais à *L'Editorial de mayo*, quand tu corrigeais les recettes de cuisine dans les suppléments. Tu ne t'en souviens pas ? Tu étais célèbre parce que tu corrigeais bourré et, pourtant, rien ne t'échappait.

– En toute modestie, je suis un professionnel.

– La célébrité est une chose et la réalité une autre. Dans cette collection de recettes, tu oubliais de vérifier que tous les ingrédients de la liste figuraient bien dans le texte qui expliquait comment confectionner le plat. Alors que tu avais déjà terminé ton travail et que les fascicules avaient été mis en vente, des grands-mères ont commencé à nous appeler en demandant « Qu'est-ce que je fais des trois cents grammes de thon ? », ou bien « Où faut-il mettre les quatre radis coupés en fines rondelles ? » Des fautes d'orthographe, il n'y en avait pas, mais la syntaxe culinaire, c'était un vrai gruyère.

– J'avais besoin de travailler.

– Ce n'est pas à moi qu'il faut le dire. Dans les recettes, tu faisais un méli-mélo avec les pois chiches, les fèves, les haricots verts, les haricots *porotos,* les lentilles, les fayots, les petits pois... Pour toi, c'est du pareil au même ?

– Ce n'est pas à peu près la même chose ? Aujourd'hui encore, je ne sais pas les distinguer... Bien sûr, je connais tous les noms. Tu oublies le mange-tout, le *fríjol*, le flageolet, le dolique, le *caragilate* et l'*arveja* ou haricot sauvage et une cinquantaine d'autres, mais comme dans mon dictionnaire ça dit toujours la même chose : « Plante herbacée de la famille des légumineuses, qui produit un fruit sphérique et comestible, à l'intérieur d'une gousse. / Graine de cette plante », comment tu veux que je fasse la différence ?

Comme je voyais que la conversation prenait un tour désagréable pour moi, je tentai une contre-attaque :

– Tu peux me dire pourquoi tu t'intéresses à ces romans pornos aux intrigues d'opéra ? Tu crois que l'on va te laisser publier ça par les temps qui courent ?

Le Général était mort et les militaires s'étaient emparés à nouveau du pouvoir.

– Ils devaient être pornographiques il y a quarante ans de ça, mais les grilles de lecture ont changé depuis, la réception des textes aussi. Les temps qui courent vont changer, eux aussi, dit-il en baissant la voix. Moi, je ne m'intéresse pas à la technique littéraire pure, mais aux signifiés socio-sémiotiques du texte. Le narrateur, dans les romans d'Aron Gageac, n'est rien de plus qu'un autre objet textuel, utilisé comme référent du sujet de l'écriture. Celui-ci, dans sa naïveté sémantique, recueille une série de signes littéraires issus de son hors-texte pour les transférer vers le texte sans quasiment les transcodifier, mis à part la sublimation de ses propres tendances... Dans le cas de Gageac, la sublimation est productrice d'idéaux, dans ses premiers livres... de ressentiments, surtout dans le dernier, celui de l'année de sa mort.

– Je ne l'ai pas lu. C'est comment?

– C'est... mauvais. Il hésita avant d'ajouter quelques mots, qui en définitive ne franchirent pas ses lèvres. Il poursuivit ses réflexions, comme si son vocabulaire technique le protégeait d'une situation gênante: «Prenons, par exemple, la première période de son œuvre littéraire, qui coïncide avec les premiers pas de l'auteur dans l'action politique; nous pourrions appliquer quelques-uns des concepts de la critique actuelle aux romanciers des années 1930, selon lesquels l'analyse des personnages trahit leurs déceptions parce que le monde de ces années-là n'avait pas progressé de la manière utopique qu'espéraient ces auteurs. Tu sais bien, la crise des années 1930 et tout ça... La dégradation des personnages au cours de cette décennie reflète la dégradation des auteurs. Le couple personnage-auteur abandonne le prestigieux statut de héros conquis à peine quinze ou vingt ans auparavant, pour le troquer contre une solitude maladive détachée de toutes leurs valeurs, qui sont en ruine. Avec ces débris, ils construisent un ego qui se nourrit de métalogismes totalement personnels. Dans le cas de Gageac, grâce à sa position économique élevée, cet écroulement de l'ego se produit dans un champ social et à un moment où ces sujets privilégiés de l'énonciation du discours du pouvoir qu'étaient les gens friqués reviennent avec tous leurs privilèges. Mais, dans le cas de Gageac, soit par volonté propre, soit par optation excrétative des membres de sa classe...»

– Comment? lui demandai-je complètement perdu.

– ... Je veux dire que, soit il a envoyé chier ses amis de la même classe sociale, ceux des clubs huppés, soit ce sont eux qui l'ont envoyé chier... Gageac lui-même s'est auto-exclu de la classe sociale dominante, phénomène unique dans ce pays si moutonnier et opportuniste, ce qui fait de lui un cas très intéressant pour la sociologie...

L'universitaire hésita, me regarda dans les yeux, et poursuivit:

– ... Sur le plan diachronique, en considérant son évolution, l'intérêt est davantage d'ordre psychiatrique que sociologique. Le fait que son dernier livre ait été illustré par un peintre qui a ensuite tenté d'assassiner le Pape démontre justement le pouvoir de convocation paranoïde, subconsciente et iconoclaste jusqu'à l'absolu, des ressentiments de Gageac, qui constituent un avertissement à propos de la direction que ce pays est en train de prendre. Chez lui, les ressentiments se manifestent contre sa propre classe sociale, durant son engagement politique des années 1930, et se prolongent jusqu'à peu de temps avant sa mort, dans les années 1960, affleurant alors sans travestissement idéologique, l'auteur étant devenu un émetteur de rancœur et de provocation contre tout idéal encore debout. C'est l'échec des grands discours et de la raison universelle des Lumières...

– Excuse-moi... c'est quoi un «émetteur»?

– Ça a un sens plus large que celui d'«énonciateur».

– C'est-à-dire?...

– Tu vois, selon Austin, c'est quelque chose comme «locuteur», qui s'oppose à «allocutaire» et à «délocutaire».

– Je ne connais pas Austin.

– Bon... tu dois connaître les catégories actancielles. Sur ce terrain, on pourrait parler de «destinateur», celui qui distribue les cartes...

– Distribuer les cartes, c'est bien ou mal?

– Bien? Mal? Ne me dis pas que tu te sers encore de ces oppositions. Tu parles comme si tu croyais au sujet, à la connaissance et à l'éthique... Tu ne serais pas un idéaliste?

– Non! Je ne comprends rien à Kant...

– Ou encore pire... Tu ne serais pas un humaniste, toi ? Non ? Il me regarda un peu peiné.

– Non... Comment je pourrais l'être? Je n'ai même pas pu terminer mes humanités !... Si j'avais écouté ma vieille... Tu ne peux pas savoir les boulots que j'ai ratés parce que je ne sais pas le latin! Je serais plein aux as et à des milliers de kilomètres du fameux Aron Gageac et de toutes ses «émissions»...

– Ce dont j'ai besoin, me dit l'universitaire, c'est d'un peu d'information objective. Tu ne sais pas si des critiques de ses livres sont parues dans les suppléments littéraires des journaux de l'époque ?

– Non, rien n'est paru, même pas pour les mettre en pièces. On a tiré une croix sur lui dans les cercles littéraires : opposant et traître à sa classe. N'oublie pas que le fils de notre poète national a été chef de la police à cette époque. Lorsqu'il a été nommé à ce poste, Aron était en prison pour avoir organisé je ne sais plus quel coup d'État ; l'un des premiers que l'autre s'est chargé personnellement de coincer, c'est lui. Quel duo ! N'est-ce pas ?

– Est-ce qu'il y a des amis de Gageac en vie ?

– Aucun... Les amis ne duraient que quelques semaines, tout au plus quelques mois. Il se foutait sur la gueule avec tout le monde. À la fin, il est resté presque complètement seul.

– Tu n'as pas gardé les livres de sa bibliothèque ?

– Non. Ceux qui valaient quelque chose, je les ai vendus... Ne me regarde pas comme ça, tu sais que j'ai eu de très mauvaises passes, des semaines entières au gin et au riz blanc, et parfois je n'avais même pas de quoi me payer des saucisses. Quand tu te tapes un vieux qui se prend pour le Marquis de Sade et dépense tout son blé à construire des monuments à la Passion, tu finis avec du riz et des saucisses... Qu'est-ce que je pouvais faire ? J'ai toujours habité dans des studios. Comment j'aurais pu garder une bibliothèque d'une taille moyenne, alors qu'il n'y avait pas de place pour deux meubles de rien du tout?

– Des lettres? Des journaux intimes? Des manuscrits inachevés?

– Il a brûlé beaucoup de papiers avant son suicide... À propos... tu ne peux pas me prêter un exemplaire de son dernier livre?

– Tu sais... Il n'est pas bon... il va te tomber des mains.

– Je veux juste y jeter un coup d'œil... par curiosité.

– J'ai prêté celui que j'avais.

[LA FOLLE DU LOGIS NE SE REND PAS: LES DIFFICULTÉS DU LYRISME À L'ÉPOQUE DU MARCHÉ]

La posture lyrique, qui est l'un des possibles de l'existence humaine – Goethe l'appelait «espèce naturelle» – a été durement maltraitée par la récente métastase des marchés...

Le lyrisme (encore et toujours Wolfgang Kayser!) naît de la fusion du sujet et de l'objet. Ce possible se présente à nous comme l'un des chemins existentiels, un facteur unificateur de l'être, à côté de la religiosité, de l'idiotie ou de l'altération artificielle des états de conscience (l'élargissement de certains de ces chemins, comme ceux des altérations artificielles de la conscience ou l'idiotie, ayant pour corollaire la disparition d'autres voies, comme le mysticisme ou le lyrisme)…

À l'instar de tout ce qui est irréductiblement humain, le travail lyrique est solitaire et, pour cette raison même, méprisable, tant que l'industrie de la culture ne l'absorbe pas, en le faussant. Ce harcèlement du cœur de l'homme par le marché a été combattu par les artistes via des replis stratégiques («la poésie ne vend pas») ou bien par des créations inappropriables (happenings, performances). Les philosophies d'aujourd'hui associent le lyrisme à la négation de la pluralité, l'élitisme et l'irrationalité. Le vaccin est Goethe. Le penseur allemand s'est opposé à l'art comme volonté débridée, avant même que Schlegel ait conçu le Moi absolu de l'irrationalité romantique. Le lyrisme de Goethe naît d'une espèce particulière de savoir. Afin d'en préciser la nature, il convient de se souvenir de Karl Löwith, qui souligne deux constantes de la pensée goethéenne : d'abord, le caractère autonome et créateur du sentiment lyrique se réfère toujours à une œuvre collective (la cathédrale «barbare» de Strasbourg, ou la chanson populaire), non à un moi panthéiste et absolu ; ensuite : le lyrisme se reconnaît dans une Nature (dans son cas, la Méditerranée de l'Antiquité), qui représente dans la vision goethéenne l'action et la souffrance de l'homme en une unité perceptible : «L'homme capte à l'unisson le monde à partir de lui-même et lui-même à partir du monde.»

Le lyrisme se passe des relations sociales, il est autosuffisant, il s'émet et se reçoit depuis la solitude, l'intimité sacrée seulement partagée avec le sacré ; sa voix est un silence chargé de significations négatives : il ne cherche pas à ce que l'amour se résolve en sexe, à ce que la mort se cache dans la consommation éternelle, à ce que la mélancolie se disperse dans le tourisme. La parole lyrique peut seulement toucher les alentours de son propre noyau, puisque la posture lyrique naît sans dialogue, mais fonde cette parole à la limite du silence et du cri…

Le noyau lyrique demeure étranger au temps et à la contradiction. À partir de son excentricité, le lyrisme détruit la logique, la grammaire, les rationalités, car en tant qu'actualisation primaire il ne se soumet jamais aux systématisations…

Bien que les universitaires actuels ne prêtent aucune attention au phénomène lyrique, les puissants de la Terre le reconnaissent immédiatement par sa capacité à faire voler en éclats tout le système, télévision et crédit inclus. C'est une caractéristique très tenace du genre que nous analysons, justement parce que le lyrique n'a nullement l'intention de faire voler en éclats quoi que ce soit, ni de transgresser, et encore moins l'intention de dominer ou de se vendre. Le lyrique n'a jamais eu confiance dans l'Histoire, le Progrès, la Révolution, le Marché, ou la Culture. Il réalise l'idéal de rencontre avec la Nature et avec nos semblables, sans la détruire, ni les dominer. Aucun de ces mots à majuscule ne peut en dire autant. Seul le mysticisme offre une posture similaire.

Le lyrisme s'énonce comme une proposition jetée au hasard, sans réception à attendre. Il élude la communication de masse et souvent aussi le je-tu. C'est une offre sans conditions, marquée par la prédisposition du sujet et non par le prix du marché, une offre qui, au lieu de se soumettre à la demande, s'offre à la liberté.

XII

?, ? janvier 1979

Je suis de retour dans l'appartement où vécurent Aron et Eligia, mais pas Aron avec Eligia. J'ouvre les fenêtres pour dissiper les mois d'air confiné. Des torrents de chaleur se promènent dans les chambres. Je suis venu pour emporter les objets qui ont appartenu à Eligia avant que l'appartement soit mis en vente. Je traîne de la cuisine au salon, fourgonnant de la menue vaisselle. Cela sent le renfermé et l'humidité, mais aucune odeur de nourriture ou d'épices. Je mets la main sur quelques bouteilles d'alcool bon marché qu'Eligia utilisait pour les desserts, et sur une autre, presque vide, de whisky, de la même marque forte écossaise qu'Aron aimait. Comme elles ne valent pas la peine d'être emportées, je décide de les boire.

Ce n'est que lorsque l'après-midi commence à décliner et que sa lumière s'infiltre à travers les plantes sèches du balcon, que personne n'a arrosées depuis octobre, que j'ai le courage d'entrer dans la bibliothèque. Je ficelle en paquets le peu de livres qu'il reste. Finalement j'ouvre le coffre. Sous les actes, à un niveau stratigraphique incertain, qui ne permet pas de savoir qui l'a rangé, je trouve le dernier roman d'Aron.

Je le dévore tout en terminant une liqueur d'un grenat translucide et en passant à une autre, opaque et épaisse. Le livre est un torrent d'amertume absolue. Ce qui, dans les années 1930 avait été loué comme sa «capacité d'engagement total» se termina, au début des années 1960, en un cri plein de rancœurs violentes: il haïssait les femmes, les sportifs, le Pape, les Juifs, les lecteurs, les Yankees, les révolutionnaires, les amis, les patrons, les journalistes, les puissants, les serviles, les Gitans, les intellectuels...

Je lis: «Pourquoi ne pas renier le fils engendré plus par curiosité que par désir? Quelle obligation d'aimer le nouveau-né? Qu'ils se chargent eux de sa honte et pas moi de son pardon.»

J'essaie d'imaginer où est ma place dans ce texte et je n'en trouve aucune. J'essaie, aussi, de rejeter en bloc tout ce qui me relie à ces caractères d'imprimerie et à leur auteur. L'indignation me fait sursauter. Je relis certains passages: il a été bien plus loin que la plupart des ivrognes, il a construit un espace dont il est impossible de connaître la limite. Il a ouvert un désert aux frontières invisibles, une espèce de mal n'ayant nul besoin de s'exercer à l'agression, car ce mal est enclos dans une sphère où l'humain n'a pas de place; un monde narcissique, qui se crée lui-même, qui interdit toute relation, toute perspective, toute réunification. Il a choisi de regarder vers le vide, le degré zéro de la stérilité, de produire là où rien ne se crée et où aucun défaut n'est admis, car reconnaître un défaut suppose déjà d'admettre qu'existe une quelconque perfection: le degré zéro de la stérilité. Pour arriver volontairement au désert, Aron a défait son amour pour Eligia et sa trajectoire politique rédemptrice des années 1930.

Il y a une différence dans sa relation avec ces deux sujets cruciaux – les femmes et la politique. Son agressivité vis-à-vis du féminin se fonda sur des motifs égoïstes. Comme tous les hommes de son temps, il se croyait supérieur à tous les autres quand il s'agissait de femmes et, dès sa prime jeunesse, il éprouva du ressentiment de ne pas être l'unique amant dc toutes les femmes.

Cependant, sur le plan politique, il semblait sur les bons rails, altruiste... Pourquoi avait-il fini en attaquant ce pour quoi il avait lutté ?

À présent que ma lucidité est bien entamée, je tente moi-même une ébauche d'explication. Je suppose que ses premiers coups de gueule eurent pour origine un sentiment authentique mais contradictoire envers sa classe. N'ayant pas trouvé dans la politique une autre voix pour le réfréner, comme il avait trouvé dans l'amour un autre corps, il se précipita sur les idéaux avec plus d'ingénuité que de stratégie. Il alla en prison et on le frappa. Il connut la haine ; il la trouva meilleure que les idéaux, et plus jamais il ne s'en sépara. Pour comble, au cours de la période la plus dure de ces années 1930, il fut l'un des rares à combattre. Lorsque ces temps infâmes furent passés, ses propres coreligionnaires l'évitaient à cause de son caractère violent, et ne lui reconnaissaient aucun mérite. Même le vieux Presotto, le père d'Eligia, gouverneur des sierras, le fit arrêter sur des rumeurs qui le disaient compromis dans une autre conspiration, donna l'ordre de perquisitionner la *estancia* d'Aron dans cette province et fit saisir les deux cents armes qu'on trouva cachées à l'intérieur de l'énorme tombeau de «deux cents pieds» où gisait le cadavre disloqué et calciné de sa première épouse – celle qui s'était écrasée pendant un meeting aérien – et dans la petite école réservée aux enfants du personnel, où Eligia donna ensuite ses premiers cours. À peine sorti de cette détention infligée par le vieux, il se maria avec la fille de Presotto, qui avait seize ans. Ainsi, à son ressentiment politique, il ajouta sa mégalomanie sexuelle. Lorsqu'il décida de se séparer d'elle pour toujours, vingt-huit ans plus tard, il écrivit auparavant ce livre que j'ai entre les mains...

L'explication ne me convainc guère ; toute autre me semblerait également insuffisante. Entre l'homme qui bâtissait des petites écoles et des monuments à l'amour de plus de soixante mètres de hauteur et celui qui a jeté de l'acide sur celle qu'il aime, il y a une évolution que je ne peux pas saisir. J'échoue à le comprendre, et cet échec me lie à lui.

Son aberrante chute idéologique et sa séparation avec Eligia me paraissent, encore et toujours, associées à l'acide. «Comment peut-on faire du mal à une femme sans défense ?», me dis-je stupéfié.

Aron avait écrit ce livre que j'ai entre les mains, pendant que nous vivions seuls tous les deux. J'essaie de me souvenir de ces années-là. Nous nous parlions peu et buvions beaucoup. Je méprisais ses écrits, et m'efforçais de me différencier de lui, mais j'avais partagé volontairement l'ambiance malsaine de cet appartement, et peut-être y avais-je contribué. Maintenant, le choix paraît être le suivant : parricide de sa mémoire ou héritier de sa haine, sans bénéfice d'inventaire; ou vulgaire imitateur de l'alcool dans le gosier et du plomb dans la tête. Je ne dois pas en rester seulement à la négation d'Aron. Je dois tourner la page de cette histoire.

«Comment a-t-il pu faire du mal à une femme qui l'avait tant aimé?», me suis-je demandé quelques minutes auparavant: comme je l'avais fait moi aussi, par deux fois, à Milan, avec Eligia et avec Dina. Je sens haleter en moi la tourmente d'Aron. Toutes ces réflexions que j'ai faites au sujet d'Aron valent aussi pour moi. On dirait que c'est la seule porte qu'il m'ait laissé entrouverte. Je comprends que cette ouverture sur l'abîme demeurera pour le restant de mes jours. Je ne sais pas ce que je vais faire d'elle, mais surtout je ne sais pas ce qu'elle va faire de moi.

Je veux m'en aller ; il est minuit passé. Je jette dans un sac-poubelle les crèmes pour la peau d'Eligia et les fards avec lesquels elle tentait de dissimuler les greffes. Au fond de la même armoire à pharmacie, je trouve les eaux de Cologne ayant appartenu à Aron, concentrées dans leurs flacons après quatorze années de quiétude. Là se trouvent également tous ses articles de toilette, tel qu'il les avait laissés, sans qu'Eligia, au cours des douze années passées ici après le suicide d'Aron, ni moi-même, pendant mon séjour de huit mois avant notre départ pour l'Italie, ayons rien touché. Le vieux rasoir électrique conserve les poils de son dernier passage.

Ensuite, c'est le tour de la chambre à coucher. Les tiroirs de l'armoire présentent en surface les chemisiers sévères d'Eligia, mais dessous il y a les chemises jaunies d'Aron, aux poignets et cols rigides, déjà anachroniques dans les années 1960. Des tailleurs sont suspendus aux cintres à côté des vestes croisées et mafieuses d'Aron. Eligia ne s'était débarrassée d'aucun effet d'Aron. Douze années durant, les objets de l'un et de l'autre avaient fait bon ménage.

Soudain, un doute vient m'assaillir, avec plus de force que n'importe quelle certitude. Eligia avait-elle lu le dernier livre d'Aron ? Je compare les dates. « Impossible ! », me dis-je avec soulagement ; l'ouvrage avait été imprimé peu de jours avant l'agression et n'avait jamais été mis en vente, comme cela sera sûrement le cas avec ce texte si le reste de ma famille le découvre. Mais je ne peux nier que – de même que les chemises et les costumes dans l'armoire – l'ouvrage était resté dans le coffre douze années, au cours desquelles elle y avait également entreposé ses souvenirs en papier. Avait-elle lu le texte et l'avait-elle trouvé ignoble, tout en aimant l'homme qui l'avait écrit ? Quelle confusion de sentiments avait-elle éprouvés ? Ou bien avait-elle été assez sage pour ne même pas ouvrir le livre ? Faut-il être naïf pour accepter de vivre avec le mal ? Quels sont ces territoires dont personne ne parle jamais ? « Si l'on aime quelqu'un qui ne le mérite pas d'un amour sans limites, tôt ou tard, cet amour rendra l'autre digne de cet amour.» Arrêtez avec vos sermons ! Que se passe-t-il si ce «tard» demeure au-delà de nos vies et de notre entendement ? Je suis au point exact où Dieu n'est plus un sermon et devient une nécessité. J'implore sa miséricorde dans son courroux clairvoyant, je lui demande de mener à bon port mon histoire hétérogène et grotesque.»

Je reviens à la bibliothèque et je sors sur le balcon. Il est couvert de feuilles mortes. Je jette un coup d'œil sur la coupole dans l'ombre et sur les arbres au centre du pâté de maisons. À trente mètres sous mes yeux, le jardin où Eligia est tombée, et où s'est écrasé le savoir-faire du professeur Calcaterra. Quelques reflets permettent d'apercevoir des «belles de nuit» et des géraniums en fleurs : rien que des fragments. Je me sens entraîné par une chaîne en direction du vide. Ni Eligia ni Aron ne paraissaient libérés après leur suicide. Je renonce, et une sensation riche de possibilités m'envahit. Je me souviens de la liberté d'un chemin, la nuit, sur une colline, à des milliers de kilomètres de cette bibliothèque.

Malgré toutes les greffes, les chéloïdes, les lambeaux de chair qu'elle eut à supporter, Eligia (je devrais commencer à l'appeler «mère», ou quelque chose comme «maman» ; en réalité, c'est ainsi que tout le monde commence) sut toujours trouver à Milan un reste de force pour parvenir à enlacer mon doigt au sien, pour essayer de me sourire sans lèvres, de ce sourire timide et forcé qui était son unique possibilité de sourire. Ce fut dans sa chair qu'Aron me conçut, que cela me plaise ou non. L'interprétation de saint Jean, telle que le prêtre l'a exposée à notre intention durant son prêche à Milan, est erronée; il n'est pas de chair indifférente. La chair est utile: elle apporte le plaisir ou la souffrance. Dans les deux cas, elle amène avec elle un autre, un amoureux ou un tortionnaire, et elle partage avec un autre son destin. Le mal est doué, en fin de compte, de volonté, mais notre temps l'est aussi, aussi insuffisant soit-il. Je retourne à la bibliothèque, et à ses étagères vides.

À trente-six ans, je suis convaincu d'avoir tout gâché. Si, douze années auparavant, le temps des métaphores prenait fin pour moi, à présent c'est le temps des excuses qui s'achève. Au cours de ces derniers mois, je ne me suis confronté à rien de vital, sauf à cette décision de revenir du balcon à la bibliothèque nue. Depuis le suicide d'Eligia, la seule chose à me faire face, se sont des textes; certains pour me consoler, d'autres pour m'accabler. Ma santé n'est pas à la hauteur des espoirs que je ramène du balcon ; je me suis trop écarté de la vie ; je vomis tous les jours. Tôt ou tard je ne serai moi aussi qu'un texte; je n'ai plus grand-chose à faire. J'écris ces lignes, et cette fragile impulsion est tout ce qui peut encore s'appeler, pour moi, «vie», «action» ou «possibilités».

Je m'installe dans le souvenir de Dina, comme dans une tente. À sa façon, elle s'était occupée des autres – amoureux ou tortionnaires ou, plus généralement, un mélange confus des deux. Elle s'était pliée aux désirs de ceux qui la désiraient ; elle leur avait prodigué les caresses qu'ils aimaient ; elle les avait même volés lorsque c'était ce qu'ils attendaient d'elle. Elle était apparue et avait disparu avec une exactitude angélique, me prenant toujours par la main, m'emmenant et me déposant à l'endroit précis où – si tel avait été mon désir – je puisse me lever et la serrer dans mes bras. Lorsqu'elle comprit que je n'étais pas capable de la retenir, elle abandonna son caractère angélique et fantomatique pour m'aimer : je l'ai détruite. Je sens la gravité de ces images d'elle qui me reviennent après être restées si longtemps muettes. Elles m'excitent jusqu'à l'indignité. C'est de réconciliation que je parle.

NOTES DES TRADUCTEURS

* *Cocoliche : en Argentine, en Uruguay et au Paraguay, hybride d'italien et d'espagnol ; par extension, intrusion d'une langue dans une autre. Le cocoliche, ici, a parfois été traduit littéralement, parfois amplifié.*

** *Pour les vers de Goethe, nous avons repris la traduction de Nerval.*

*** *Les traductions de Federico Gorbea (épigraphe) et de Paul de Man (ch. X) sont inédites. Les vers de Paul Celan (ch. VIII), tirés du poème «Mit mikrolithen gespickte», figurent en français dans le tome 1 de la* Correspondance *avec Gisèle Celan-Lestrange (Librairie du XXI*[e] *siècle, Le Seuil, 2001, traduction mot à mot par l'auteur) et ceux de John Keats (ch. IX) dans* Hyperion (éd. *La Dogana, 2010, traduction de Paul de Roux).*

**** *Criollo/a : propre au continent sud-américain, par opposition aux usages espagnols, et se déclinant en une multitude de tournures, d'archaïsmes, de syntaxes, d'accents particuliers aux régions, aux provinces, parfois aux bourgs et villages. La traduction des expressions et des tournures «pancriollas» tenant de la gageure, ce passage a été traduit librement afin de communiquer un certain décalage par rapport au français standard.*

Sources
par Jorge Barón Biza

Le jargon (*cocoliche*[*]) d'allemand, d'italien et d'anglais employé par rafales dans le texte n'a aucun caractère systématique; j'ai simplement voulu laisser des traces, en espagnol, du fait que des langues que je ne domine pas étaient parlées. Les vers de Goethe appartiennent à la ballade «Der Schatzgräber» («Le Chercheur de trésors»)[**]. La proclamation «L'heure de la lutte est arrivée!» («¡La hora de la lucha ha llegado!») fut publiée dans *Tribuna Libre* le 6 septembre 1933, et reproduite dans le livre *Por qué me hice revolucionario* (*Pourquoi je suis devenu révolutionnaire*, Raúl Barón Biza, Editorial Campo, Montevideo, 1934). Mes souvenirs de voyage furent rafraîchis par *Milano* (Istituto Geografico De Agostini, Novara, 1990). Quelques fragments de l'article de journal du chapitre IV ont été suggérés par «Aquí yace Eva Perón» («Ci-gît Eva Perón», Buenos Aires, janvier 1966): dans le roman, seuls les paragraphes en italiques reprennent textuellement l'article de la revue *Panorama* n° 32. Le livre mentionné dans le même chapitre, *The Goddess you will be*, n'existe pas. L'article historique est fictif, cependant, certains épisodes, comme celui du militaire obligé de regarder les têtes de ses compagnons décapités, ont vivement impressionné ma mémoire, bien que je ne me souvienne pas de leur origine. Pour l'écriture du sermon du chapitre VI, j'ai consulté principalement le *Dictionnaire théologique* (Louis Bouyer, Desclée & Cia., Tournai, 1966; édition espagnole Herder, Barcelona). J'avais en mémoire les *Oraisons funèbres* de Bossuet. La citation du chapitre IX sur «le visage du messager» est de la mère de Martin Buber, dans *La Vida de Martin Buber* (Maurice Friedman, Editorial Planeta, Buenos Aires, 1993). Certaines idées sur la culture juive proviennent aussi de cet ouvrage. L'épigraphe du chapitre X a été tirée de «Autobiography as De-Facement», in *The Rhetoric of Romanticism* (Paul de Man, Columbia University Press, New York, 1984)[***]. De nombreuses expressions prononcées par la vieille villageoise *criolla*[****] du même chapitre viennent des compilations de *Leyendas argentinas* (Berta Vidal de Battini, éd. Culturales, Buenos Aires, 1984) et du *Léxico* (Julio Viggiano Esain, Universidad Nacional de Córdoba, Córdoba, 1969). Ces expressions appartiennent à diverses régions, je me suis efforcé de composer quelques pages «pancriollas», sans souci de véracité linguistique. Les citations du chapitre XII sont de *Punto final (Point final)* et de *Todo estaba sucio* (*Tout était sale*, de Raúl Barón Biza, éditions de l'auteur, Buenos Aires, 1941 et 1963, ce dernier avec des illustrations de Benjamin Mendoza). Le texte sur le lyrisme fut présenté, sous le même titre que dans le roman, dans une version plus longue, au cour des *III Jornadas de Literatura desde la Cultura Popular* (Jorge Barón Biza, pp. 238-244, Universidad Nacional de Córdoba, 1996). J'ai dû y apporter quelques modifications afin de l'adapter chronologiquement (dans le roman, il est publié vingt années auparavant) et d'intégrer son sens à celui de la fiction. La citation dans ce texte appartient à *De Hegel à Nietzsche* (Karl Löwith, éd. Gallimard, Tel, 1981 ; édition espagnole Sudamericana, Buenos Aires, 1974).

NB : J'ai été originellement inscrit dans le registre de l'état civil en tant que Jorge Barón Biza (Registro Civil de Buenos Aires, 1067, 22 mai 1942). Chaque fois que mes parents se séparaient, la conscience féministe de ma mère exigeait que l'on ajoute Sabattini, son nom de famille. Mon nom actuel est Jorge Barón Sabattini. Je ne sais pas si «Jorge Barón Biza» doit être considéré comme mon autre nom, mon patronyme, mon pseudonyme, mon nom professionnel, ou un défi.

JBB, 1998

Un Œdipe trop complexe
par Daniel Link

12. Ses origines provinciales (de Cordoue, en Argentine) ont poursuivi Jorge Barón Biza toute sa vie comme une fatalité, alors même que les nécrologies signalaient qu'il était né en 1942 à Buenos Aires. Depuis 1993, il vivait à Cordoue, où il était professeur d'université et journaliste culturel. Régulièrement, le journal régional *La Voz del interior* publiait ses articles (sur le lunfardo, le cocoliche, les valeurs de la culture argentine, ou plutôt sur la *dégradation* des valeurs de la culture argentine). Le dernier qu'il a écrit pour ce journal avait pour sujet la poésie dans les prisons. Quant à la dernière nouvelle, elle parut le dimanche 2 septembre 2001 dans *Radar libros*, le supplément littéraire du quotidien *Página/12*. De temps en temps, il confiait à une revue de diffusion restreinte (ou semi-clandestine) les notes qui excédaient les canons stylistiques et «moraux» des journaux pour lesquels il collaborait. Il y a quelques années, il a traduit et préfacé *L'Indifférent*, un texte de jeunesse de Proust, miraculeusement sauvé de l'oubli. Quand Enrique Pezzoni eut vent de cette traduction, il abandonna celle qu'il était en train de faire. «Si j'ai privé le monde d'une traduction de Pezzoni, je mérite une punition exemplaire», dit Biza sur le ton de la blague quand il s'aperçut de la coïncidence.

11. En 1998, Jorge Barón Biza publiait son premier roman, *El Desierto y su semilla*, qui souleva un enthousiasme presque unanime. « Le livre a été bien reçu, oui. Mais on a beaucoup insisté sur son caractère autobiographique et la souffrance ne légitime pas la littérature. Ce qui la légitime, c'est le texte », précise Barón Biza au début de l'entretien qu'il m'accorda pour la revue *Página/30*, en 1999. Il savait que le fait de vivre à Cordoue faisait de lui un excentrique, par un de ces retournements miraculeux propre à la culture argentine, dans laquelle tout peut toujours aller de travers (et c'est ce qui arrive). « Le destin de Di Benedetto me terrorise. *Zama** est un bien meilleur roman que *Cent ans de solitude*, mais qui le sait ? Cette idée de se survivre à soi-même dans un état de terreur, totalement désarmé... Ce que le pays lui a fait, ça aussi, c'est très cruel », dit-il, en parlant de son compatriote de Mendoza comme d'un paradigme du sort de l'écrivain de province**. Et, cependant, Barón Biza semble avoir trouvé suffisamment de forces pour *faire irruption* dans l'étroit territoire de la littérature argentine avec un roman (plus ou moins autobiographique) qui thématise l'excentricité. « Je suis tellement isolé là-bas, à Cordoue, que... je ne sais pas... Beaucoup de médias n'ont pas encore parlé de *El Desierto y su semilla*. Le succès n'est pas parvenu jusqu'à moi et je suis aussi pauvre qu'avant. Ce qui manque à ce roman, c'est d'accéder à certains médias pour être légitimé. »

** Denoël, 1987 (trad. Laure Guille-Bataillon) ; rééd. Corti, 2011.*
*** Pendant la dictature civico-militaire, Antonio Di Benedetto a été poursuivi, arrêté, torturé et a subi trois simulacres d'exécution. Malgré la reconnaissance de son œuvre, il a vécu modestement jusqu'à sa mort (Note de la Traductrice).*

10. L'excentricité du *Désert* et de son auteur n'est pas que géographique (Barón Biza ne se réfugiait pas dans le confort mielleux du régionalisme littéraire) elle est surtout familiale ou, ce qui revient au même, sinistre. Cette excentricité sinistre fait du roman une rareté dans le panorama des lettres argentines, dominées par le marketing et la connerie. « Le livre est profondément existentiel », a expliqué Barón Biza, sans la moindre ombre de pudeur. Un tel pari pour la vérité crue de l'existence ne peut se lire sans un minimum de malaise. Mais existe-t-il un autre rapport *qui importe* dans la littérature ? La *nécessité* d'écrire ne se mesure-t-elle pas à cette manie caractéristique de considérer sa propre vie, sa propre histoire, sa propre famille comme un pur prétexte au roman ?

9. Le nom de Barón Biza a une place privilégiée dans la mythologie cordouane. Alta Gracia est une des localités régionales les plus proches de la capitale provinciale, mais reste éloignée des axes de développement urbanistiques et touristiques des dernières années. La route qui relie Cordoue à Alta Gracia est tranquille, rurale, presque sans relief. On s'ennuie facilement sur le trajet. À mi-chemin, au milieu du vide de la campagne cordouane, juste avant que le terrain ne devienne forêt, il y a un obélisque étrange, immense et solitaire. C'est un monument en forme d'aile à la mémoire de Myriam Stefford, une des premières femmes pilotes qu'ait connue l'Argentine. C'est à cet endroit que s'est écrasé son avion et c'est là que son mari, Raúl Barón Biza, le futur père de Jorge, a dressé ce morceau d'excentricité funèbre où, dit-on, sont conservés les fabuleux bijoux de l'aviatrice. L'aéroplane s'écrasa sur une des résidences de la famille Barón Biza, détentrice d'une fortune qui, avec le temps, s'est complètement épuisée. « Personne ne me croit quand je dis que je n'ai pas un kopek », racontait Jorge à qui voulait l'entendre. Un des plus grands talents de son père – écrivain « maudit » et artiste de la haine (pour preuve, le titre d'un de ses livres : *Le Droit de tuer – El Derecho de matar*) – a été de dilapider la fortune familiale. Bien des années plus tard, Barón Biza père, pris de furie (enragé d'amour), jetait au visage de sa seconde femme, Clotilde Sabattini*, la mère de Jorge, un verre de vitriol qui lui détruisit le visage. Le lendemain, il se tirait une balle dans la tête.

8. Les deux événements – l'avion écrasé, son monument commémoratif, et la destruction du visage de la femme aimée – se confondent parfois et se mêlent dans la tradition orale cordouane, mais ils occupent en tout cas une place centrale dans les légendes que la province peut offrir au monde. Et c'est sans doute cette excentricité familiale que Jorge Barón Biza a mise par écrit dans *Le Désert et sa semence*. Le roman commence sur le chemin de l'hôpital, avec le visage rongé de la mère. À côté d'elle, le narrateur

** Fille d'Amadeo Sabattini, gouverneur radical de la fin des années 1930, présidente du Conseil national pour l'Éducation, responsable de la sanction du premier statut du corps enseignant.*

(qui durant les premières pages cache leurs liens de sang). Tout le récit retrace le processus (lent et douloureux) de la reconstruction du visage, sans lequel aucune identité ne peut s'affirmer. Ni celle de la mère, ni celle du fils*. Le traitement les mène à Milan, où pendant de nombreux mois Eligia (la mère) est soumise à des greffes de chair morte, des traitements chirurgicaux, des implants. Pendant ce temps, Mario Gageac (le fils) erre dans une ville inhospitalière, rencontre des gens, se souvient d'Aron, son père, essaye d'expliquer ce qui s'est passé, sa propre histoire.

7. C'est de cette matière qu'est fait *Le Désert et sa semence*, et la crudité de ses détails suffit à effrayer beaucoup de lecteurs. Mais Barón Biza l'a déjà dit: la littérature est autre chose que la douleur. C'est précisément le moment durant lequel celle-ci doit cesser pour devenir autre chose. La littérature est le travail nécessaire pour donner à la douleur existentielle une nature différente: l'exactitude, la précision, la distance de l'écriture. On peut dire que le texte ironise suffisamment sur la relation qui existe entre la biographie et le roman. «Je ne sais pas si c'est de l'ironie, en tout cas c'est une distance nécessaire pour que le narrateur survive au milieu de ce qui est en train de lui arriver.» Il s'agit, dans la perspective de Barón Biza, de trouver les artifices nécessaires qui permettent de soutenir une conscience narrative qui, autrement, serait réduite à néant par la catastrophe

* *Même si toute l'œuvre – journalistique et littéraire – de Jorge est écrite sous le nom de Barón Biza, il signait son courrier sous le nom de Jorge Barón Sabattini. Ses divers textes ont été rassemblés dans* Por dentro todo está permitido (À l'intérieur tout est permis), *Buenos Aires, Caja Negra/CCEBA, 2010.*

familiale (comment pourrait-elle ne pas l'être). Pour que le roman survive, pour que le narrateur survive, pour que l'auteur soit reconnu comme un romancier, il devait exister quelque chose de l'ordre de la distanciation. «Je n'ai pas suffisamment de force pour être ironique, je ne suis pas si sûr de moi. Ce que j'ai est un désir de provoquer ce sourire typique de la prise de conscience. Cette distance-là, en effet, est devenue une nécessité pour moi.» C'est pour cela que dans *Le Désert et sa semence*, il y a beaucoup de passages parodiques. «Le jargon des médecins est une parodie du médecin de *La Montagne magique* de Thomas Mann, bien sûr», reconnut-il.

6. Bien sûr, l'histoire du visage de la mère est d'emblée amenée (comme c'est le cas dans la bonne littérature) sur des territoires lointains où le sens se complète. «Certains lecteurs européens ont vu des choses. Par exemple, le parallélisme entre la corrosion de la chair et la corruption de certaines idéologies des années 1960 et suivantes.» C'est pour cela que *Le Désert et sa semence* (parce qu'il met en relation la corruption des idées et la corrosion de la chair) insiste avec obstination sur la mascarade des langages de l'époque. De même, le fait que le traitement milanais se passe dans une clinique à une centaine de mètres du cimetière où l'on cachait le cadavre momifié d'Eva Perón ne manque pas de sens, bien que fortuit. «D'un côté, le corps parfait, de l'autre, le corps défait. Ma mère était dans un état de profonde perte d'intimité, ouverte, exposée, essayant de s'aimer.» Jorge Barón Biza espérait que, dans son roman, on puisse lire ce rôle de la chair et du reste dans la politique de l'époque.

5. Le texte traitant de manière presque exclusive de la mère, du père et du fils, on ne peut éviter de penser à la trinité œdipienne. «La présence de la Mère dans la littérature argentine est recouverte d'une cloche de cristal. La Mère est toujours immaculée. Moi j'ai rompu avec la tradition (populaire, médiévale) de la Mère sous sa cloche de cristal et j'ai placé la Mère dans l'espace de la douleur.» *Le Désert et sa semence* renverse le récit d'un Œdipe qui s'arrache les yeux en apprenant qu'il a assassiné son père et qu'il a couché avec sa mère. Dans le roman, c'est Aron, le père, qui veut rendre aveugle la mère et qui lui jette l'acide à la figure. «Le roman est complètement anti-psychoanalytique. Le personnage principal ne sait comment se rapprocher de sa mère via sa sexualité. Il la perd donc, et avec elle ses idées sur l'art, la beauté, etc.»

4. Une des thèses les plus récurrentes dans le roman du XXe siècle concerne l'impossibilité d'une langue littéraire (ou même, si l'on veut, d'un «style littéraire»). Cette impossibilité apparaît comme une obsession chez Joyce, chez Beckett. Dans la littérature argentine, bien que de manière inconsciente, Arlt est un pionnier du rejet de la langue littéraire;

un même rejet qu'afficheront, cette fois en tant que programme esthétique, les romans de Manuel Puig ou de Copi, par exemple. Cette impossibilité de la langue littéraire apparaît dans *Le Désert et sa semence* à travers un travail scrupuleux sur le parler des personnages, un parler qui contamine la voix narrative. D'un côté, l'emploi du cocoliche* étranger à la littérature argentine, à part de brèves lueurs dans les fictions de Rodolfo Fogwill (*Muchacha punk*). « Presque tout le livre est écrit en cocoliche. Le cocoliche nous est parvenu à travers la mise en scène parodique qu'en ont donné des auteurs qui peuvent être géniaux, mais qui l'écartent du cadre de la langue correcte. Déjà dans *Martín Fierro,* on peut lire une parodie du parler titubant du « nabolitain »**? Dans la culture d'ici, on essaie de faire taire ces voix immigrantes. C'est pour cela qu'on ne conserve pas de fragments longs d'écriture cocoliche. Et c'est dommage, parce que le cocoliche est une des pratiques linguistiques les plus imaginatives, puisqu'elle se construit sur un double code, en superposant deux langues. Ce qui élimine l'idée même d'erreur grammaticale. Le cocoliche est une intensité pure, une langue qui porte une énorme charge existentielle. Tout ce qu'on peut dire avec procède d'un dialogue entre le *savoir* et le *non-savoir* (autre langue).

3. Barón Biza a compris que le traitement du cocoliche était un thème inexploité dans la littérature argentine (de la même manière que le « portugnol », la version

* *« À l'embouchure du Rio de la Plata (Montevideo, Buenos Aires), il n'y a plus d'Indiens, mais la langue nationale pâtit de l'influence d'énormes quantités d'immigrants, qui représentent 30 % de la population et sont parvenus à créer un argot mêlant l'espagnol et l'italien : le cocoliche. » (Rodolfo Lenz,* Boletin del Instituto de Filologia, *faculté de philosophie et des lettres de Buenos Aires, tome 1, n°s 3 & 4).*

actuelle et sud-américaine du cocoliche). C'est pour cela que son roman se bizarrifie syntaxiquement, et cette «bizarrisation» est la preuve d'un travail littéraire. «Le cocoliche m'intéressait parce qu'il me permettait d'une certaine façon de laisser une marque linguistique indiquant que les personnages parlent une autre langue. C'est toujours un problème difficile à résoudre dans la littérature argentine.» Julio Cortázar, comme on sait, le résolvait en introduisant dans ses textes des mots isolés en français. Barón Biza a évité la juxtaposition de mots provenant de deux langues différentes. «Une juxtaposition syntaxique, complètement approximative, voilà ce qui m'intéressait, ce que je cherchais à obtenir.» Par ailleurs, selon lui, c'est l'une des caractéristiques de la littérature argentine, qui est toujours «un passage vers un exil». Il y a deux cocoliches, pour Biza, qui s'invente une généalogie : de flux et de reflux, si l'on pense à Rodolfo Wilcock et son passage à l'italien, ou à Hector Bianciotti et Copi et leur passage au français. «En général, on nie ce droit au passage. Dans le théâtre du *sainete*, les fils créoles traitent avec une grande dureté leurs pères cocolicheros. Le drame du cocolichero, c'est qu'il doit faire face à un double problème : d'un côté, des puristes, qui observent atterrés que la seule chose que leur apporte l'immigration est un napolitain avec de la terre dans les oreilles (et un livre de Bakounine sous le bras) ; de l'autre, un usage ghettoïsant (en tout cas, fermé) de la langue.»

*** «Papolitano», mélange de "papo" (insulte) et de "napolitano" (NdT).*

2. L'impossibilité d'une langue littéraire atteint une tension utopique dans un des moments clé du *Désert et sa semence*. Eligia assiste, une fois rétablie, à une manifestation politique. Au cours de cette rencontre, elle écoute une vieille femme, elle écoute sa ferveur péroniste. Elle réalise alors qu'elle ne pourra jamais comprendre cette femme et ceux qui pensent, vivent et sentent comme elle, et que, de ce fait, sa carrière politique n'a pas de sens. À l'instar de son mari et bourreau, Eligia se suicide, en se jettant dans le vide. « Cette vieille femme est un des rares personnages entiers du roman, un des rares qui ne se soient pas désintégrés. » Son parler est utopique parce qu'il mélange les caractéristiques de parlers provinciaux argentins. « La femme n'est pas du littoral, ni de la région du Chaco, ni d'où que ce soit : elle parle une sorte de pan-créole qu'il m'a été très difficile de construire. J'ai essayé de faire en sorte qu'elle ait une langue spontanée et vraie, mais complètement inventée. Ça a été un enfer d'écrire ces pages. » Pour Barón Biza, ce passage était un des moments de vérité du roman, justement parce que cette vieille femme (qui « ne représente personne ») déclenche la fin, mais aussi parce que dans son monologue se concentre le secret de la langue argentine, qui est extrêmement métissée : une tension existentielle, ou du moins une utopie linguistique et politique.

1. Au travers de ces articulations entre visages défaits, chair morte, restes de langage et épisodes familiers, l'Argentine se décompose et c'est ce processus de décomposition, surtout, que Barón Biza voulait raconter dans *Le Désert et sa semence*. Le roman a été reconnu par la critique comme l'un des grands événements des années 1990. Barón Biza a continué d'écrire, mais il ne voulait pas rester attaché à l'image tragique que la critique tentait de construire autour de lui. Il voulait publier des textes drôles, festifs, joyeux.

0. «Je me suis formé dans des collèges, des bars, des rédactions, des asiles et des musées à Buenos Aires, Fribourg, Rosario, Villa Maria, La Falda, Montevideo, Milan et New York. J'ai commencé à écrire très tard. Peut-être parce que je craignais qu'on me confonde avec mon père, qui était lui-même un écrivain important. Aujourd'hui, je suis un peu pressé. J'ai 57 ans et je ne jouis pas d'une bonne santé», disait-il en 1999. Deux ans plus tard, comme son père et, surtout, comme sa mère, il décidait de mettre fin à ses jours. Le dimanche 9 septembre 2001 il s'est laissé tomber du 12e étage d'un immeuble du quartier de Nueva Córdoba. Avec lui est morte la fiction.

(Traduction : Elsa Pierrot)

Daniel Link enseigne la littérature du XXe siècle à l'université de Buenos Aires. Il dirige la collection «Carnets d'Argent» (Cuadernos de Plata) des éditions du Bol d'argent (El Cuenco de plata), où il a publié, entre autres, des recueils d'essais, de poésie, des romans et du théâtre ; il a également édité, chez Planeta, l'œuvre de Rodolfo Walsh (El violento oficio de escribir, Ese hombre y otros papeles personales).

CATALOGUE

n°I Gog, de Giovanni Papini
n°II Ascension, de Ludwig Hohl
n°III L'Écorcobaliseur, de Bérengère Cournut
n° IV My Lady Nicotine, de James Matthew Barrie
N°1 Fuck America, d'Edgar Hilsenrath
N°2 La Tombe du tisserand, de Seumas O'Kelly
N°3 Le Rapetissement de Treehorn, d'E. Gorey et F. Parry Heide
N°4 Invention des autres jours, de Jean-Daniel Dupuy
N°5 Défouloir, de Bill Plympton et Roland Topor
N°6 Paris insolite, de Jean-Paul Clébert
N°7 Le Roi et la Reine, de Ramón Sender
N°8 Le Trésor de Treehorn, d'E. Gorey et F. Parry Heide
N°9 Les Idiots, d'Ermanno Cavazzoni
N°10 Le Nazi et le Barbier, d'Edgar Hilsenrath
N°11 Extraits des archives du district, de Kenneth Bernard
N°12 Requiem pour un paysan espagnol, de Ramón Sender
N°13 Et qu'advienne le chaos, d'Hadrien Klent
N°14 Les Jardins statuaires, de Jacques Abeille
N°15 Les Mers perdues, de Schuiten & Abeille
N°16 Télescopages, de Fabienne Yvert
N°17 Le Souhait de Treehorn, d'E. Gorey et F. Parry Heide
N°18 Ma Vie de garçon, de Fabio Viscogliosi
N°19 L'Empire d'un homme, de Ramón Sender
N°20 Palabres, d'Urbano Moacir Espedite
N°21 Dans le tourbillon, de José Antonio Labordeta
N°22 Papa part maman ment mémé meurt, de Fabienne Yvert
N°23 Les Barbares, de Jacques Abeille
N°24 Le Désert et sa semence, de Jorge Barón Biza

Achevé d'imprimer n°24

Cette première édition française
du *Désert et sa semence,*
mise en page par
Théo Delambre et
imprimée à la veille
de l'été chez Corlet (61),
est parue en septembre 2011,
dixième anniversaire de la disparition de
Jorge Barón Biza.

Numéro d'éditeur : 24
Isbn : 9782917084342
Dépôt légal : été 2011